MARY MCGARRY MORRIS

Mary McGarry Morris est née dans le Connecticut. Son premier roman, *Disparue* (Flammarion, 1989), a été sélectionné pour le Pen Faulkner Award et le National Book Award. Son troisième roman, *Mélodie du temps ordinaire* (Belfond, 1999), best-seller aux États-Unis, lui a valu d'être comparée à Carson McCullers, Steinbeck et Faulkner. Après *Fiona Range* (Belfond, 2000) et *Un abri en ce monde* (Belfond, 2005), *Une douloureuse absence* a paru en 2006 chez Belfond. Son talent est aujourd'hui unanimement reconnu par le public et la critique. Mary McGarry Morris, mariée et mère de cinq enfants, vit dans le Massachusetts.

UNE DOULOUREUSE ABSENCE

DU MÊME AUTEUR
CHEZ POCKET

UN ABRI EN CE MONDE

MARY McGARRY MORRIS

UNE DOULOUREUSE ABSENCE

Traduit de l'américain
par Michèle Valencia

BELFOND

Titre original :
THE LOST MOTHER
publié par Viking Penguin, a member of Penguin Group (USA) Inc., New York.

Ce livre est une œuvre de fiction. Les noms, les personnages, les lieux et les événements sont le fruit de l'imagination de l'auteur ou sont utilisés fictivement, et toute ressemblance avec des personnes réelles, vivantes ou mortes, des établissements d'affaires, des événements ou des lieux serait pure coïncidence.

ISBN 978-2-266-17675-0

Pour les enfants…
passés, présents et à venir.

1

ON DISAIT QUE C'ÉTAIT DUR POUR TOUT LE MONDE, mais le garçon ne connaissait personne d'autre qui en soit réduit à vivre dans les bois. Même après toutes ces années, une fois son histoire et celle de son pays remises en perspective, ses rêves font resurgir ce bouillon de chaleur infernale, le bruissement des feuilles provoqué par des créatures obscures en maraude, juste de l'autre côté de la toile mince, et les étoiles, des millions d'étoiles, tellement brillantes à travers le rabat oblique qu'ils les entendent grésiller autour d'eux, parmi les nombreux bruits nocturnes et les ombres indéfinissables à l'affût, comme si la tente était un énorme chaudron en ébullition. Et pourtant, ils dorment. Son père et sa sœur sont allongés en face de lui, sur des lits de camp. Tout ce qu'ils possèdent se trouve sous cette tente. Le plus précieux, ce sont les couteaux, les couperets et les scies. À part ses instruments de boucher, son père dit qu'il n'a rien.

On prétendait que les temps difficiles étaient venus de New York avec le krach boursier. Mais Thomas avait l'impression que tout avait vraiment commencé quelques années plus tard, le matin d'hiver où sa mère les avait abandonnés chez sa sœur. Irene s'était trop bien habillée pour aller faire une simple course, avait marmonné ce soir-là tante Lena à son père, Henry – en faisant mine de ne pas être au courant, alors qu'elle avait appelé le taxi qui avait emmené sa sœur à la gare routière.

On était à présent en été, et sa mère n'était toujours pas revenue. D'après son père, elle avait pris un autocar à destination du Massachusetts pour se faire embaucher dans l'une des grandes filatures. « Pourquoi ? ne cessait de demander Margaret. Tu travailles, alors pourquoi est-ce qu'elle doit chercher du boulot ? » « Eh bien, pour gagner quelques sous, pour aider la famille à s'en sortir, expliquait son père. Il y a des femmes qui le font. » Margaret rétorqua qu'elle n'en connaissait pas. En tout cas, pas des mères de famille.

Au début, son père disait qu'elle ne resterait pas longtemps là-bas. Thomas l'entendit expliquer à son amie Gladys Bibeau que c'était temporaire – elle travaillerait seulement le temps de les aider à récupérer la ferme. Dans ce cas, c'était peine perdue, s'empressa de claironner le père de Gladys le lendemain. Le vieux Bibeau affirma qu'il savait bel et bien que la banque était en train de revendre le prêt à leur voisin, Fred Farley, qui lorgnait ce terrain depuis des années. Si Thomas comprenait que son père était peut-être forcé de déformer la vérité pour la rendre acceptable aux yeux des autres, il ne voyait pas pourquoi Henry Talcott aurait menti à ses enfants, ce qu'il n'avait encore jamais fait. Bientôt, toute allusion à leur mère cessa.

Dès le matin, habiter une tente redevenait formidable. Ils avaient établi leur campement dans les bois du père Bibeau, non loin de Black Pond. Certains jours, Thomas et Margaret gagnaient à la rame le centre de la mare et se laissaient dériver sur l'eau dans un silence troué par le seul clapotis. Thomas pêchait le poisson-lune avec la canne de son père. Sa sœur n'aimait pas tellement pêcher et finissait soit par pleurer, soit par inventer des histoires loufoques sur la manière dont ils devraient aller en stop à Collerton, dans le Massachusetts, pour ramener leur mère, qu'elle ait économisé assez d'argent ou non – Margaret s'en fichait. Ça lui était égal qu'ils restent pauvres et vivent sous une tente tant qu'ils pouvaient être ensemble. Thomas tâchait de ne pas se laisser emporter par ces divagations. Ces derniers temps, il avait de plus en plus l'impression d'être le seul membre raisonnable de la famille. Son père avait toujours été taciturne, mais maintenant ses silences opiniâtres se nourrissaient de tristesse et de colère.

Henry Talcott allait de ferme en ferme pour abattre des animaux de boucherie, quelques bœufs, quelques agneaux, et surtout des porcs. Son travail (le plus souvent, ces temps-ci, la recherche de travail) lui faisait parcourir tout le comté. Il filait à l'aube dans sa vieille camionnette et ne rentrait qu'à neuf ou dix heures du soir. Gladys Bibeau venait presque tous les jours voir comment les choses se passaient dans la tente. Si Henry n'était pas là à l'heure du souper, elle attrapait le gamin et sa sœur et les emmenait manger. Margaret n'aimait pas le père Bibeau, toujours en train de grogner, de roter ou de jacasser, mais, de temps en temps, elle avait besoin de sentir Gladys près d'elle. C'était dans ces moments-là que Thomas regrettait le plus son ancienne vie : lorsqu'il était assis à la table, qu'une soupe de pois frémissait sur le feu, que cette femme disgracieuse et efflanquée sifflait entre ses dents écartées et gavait les deux gosses de purée de pommes de terre au beurre et de tomates mijotées. Abominable cuisinière pour sa part, sa mère n'en était pas moins la plus belle dame du monde, les mains très douces et la voix tellement mélodieuse qu'on aurait dit qu'elle chantait quand elle parlait.

Tout le monde était d'accord là-dessus, Irene Jalley était la plus belle fille du village. Son attirance pour le taciturne Henry Talcott en avait surpris plus d'un, et Gladys Bibeau la première. Gladys et Henry étaient des amis d'enfance ; Henry avait quinze ans à la mort de sa mère. En quittant le cimetière, son père continua son chemin et on ne le revit jamais. Le père Bibeau accueillit Henry, non pas par bonté d'âme, aimait-il à répéter, mais pour empêcher les fichus cabots d'aboyer tous les soirs au moment où le gamin se faufilait dans sa grange pour y dormir. Malgré sa reconnaissance, Henry, en raison de son éducation, supportait mal d'être un fardeau pour les autres. La guerre éclata et, dès qu'il le put, il s'engagea.

Henry et Gladys se fiancèrent lorsqu'il revint de France. Henry n'avait alors qu'une peau grisâtre sur des os saillants, et des poumons brûlés par le gaz moutarde. Il essaya de se remettre aussitôt à son travail d'abattage, mais, après avoir parcouru quelques mètres à peine, il était tellement essoufflé qu'il devait s'asseoir. Vêtu d'un pantalon de l'armée usé, il passait la plupart de ses journées à tailler des bâtons au couteau sur la terrasse de Bibeau, les yeux fixés sur la route de montagne non goudronnée. Ce fut le père Bibeau qui prit à part l'ancien soldat au souffle court et lui fourra dans la main la bague de fiançailles, ornée d'une perle jaunissante, qu'il avait autrefois passée au doigt de sa femme. Quelques mois plus tard, grâce aux soins de Gladys, Henry fut assez robuste pour reprendre son travail. Au bout de deux ans, il possédait une camionnette, des outils, et construisait une maison sur le terrain qu'il avait acheté au père Bibeau grâce à un emprunt bancaire. Ces dix hectares avaient de la valeur, car ils se trouvaient entre les pâturages de Farley et la route de Burlington. « Un jour, ces terres vaudront un sacré paquet de pognon », prédisait le père Bibeau. Dès que la maison serait terminée, Henry et Gladys se marieraient à l'église et, pour leur voyage de noces, iraient voir les chutes du Niagara.

Et puis, un jour de printemps, Henry Talcott tua les trois agneaux du père d'Irene Jalley. Malgré le côté sanglant de la besogne, Irene dut comprendre instantanément que cet homme simple, rude, ne la traiterait pas comme son père – amateur de putains et de jeu – avait traité sa mère, bientôt aigrie, vouée à une mort précoce. Irene n'avait plus qu'un cours à préparer avant d'obtenir le diplôme d'études commerciales par correspondance qui la délivrerait du joug paternel. Mais son père refusa de lui rembourser les sept dollars qu'il lui devait et, quand elle annonça qu'elle s'en allait, il empila ses livres et ses vêtements devant la maison, pour que tout le monde les voie bien, et y mit le feu.

D'après tante Lena, si sa petite sœur avait jeté son dévolu sur Henry Talcott, c'était parce qu'elle n'avait pas l'habitude d'être ignorée à ce point. Surtout par un homme.

« Il est descendu de sa camionnette et m'est passé devant pour aller dans la grange sans prononcer un mot, sans même soulever son chapeau, comme si je n'étais pas là », raconterait-elle plus tard à ses enfants, toujours avec une note de surprise, presque d'émerveillement dans la voix, semblant ne pas avoir encore bien compris comment tout cela avait pu arriver. « C'était un brave type, respectueux et travailleur », continuerait-elle, attestant, à leur profit et au sien, ce que tout le monde savait déjà. S'il avait quelques défauts, ils étaient liés à sa nature d'homme peu raffiné, qui terminait souvent une longue journée de labeur en buvant un verre, journée d'autant plus longue qu'il goûtait les histoires paillardes et les plaisanteries rebattues des ouvriers agricoles. C'était la vie qu'il connaissait le mieux, puisqu'il avait commencé à travailler à douze ans.

Irene se sentait seule dans la petite ferme de Belton, bourg rural situé à plusieurs kilomètres d'Atkinson, une ville plus importante, plus animée, dans laquelle elle rêvait d'habiter. Elle aurait voulu arpenter les trottoirs qui bordaient les rues pavées, parler à des gens installés sur leur véranda, se faire coiffer dans le salon de sa sœur et courir les magasins quand ça lui plaisait, au lieu d'attendre que Henry puisse la conduire en ville, le dimanche, le plus souvent, alors que tout était fermé. Et il y avait encore autre chose qu'elle désirait : apprendre à conduire, comme Lena, et travailler dans un bureau, pour mettre à profit ses connaissances commerciales.

Mais elle était tombée amoureuse de Henry, et il l'aima bientôt si fort qu'il ne parvenait pas toujours à réfléchir correctement, et encore moins à comprendre ses coquetteries. Quelques mois après leur mariage, Thomas vint au monde. Margaret naquit près de quatre ans plus tard. Et ensuite Jamie, le dernier. Le Dr Creel n'avait pas pu, ou pas voulu, soulager cette grossesse difficile. Il était dix heures et demie du soir. Le bébé avait pleuré toute la journée, et son état empira à la tombée de la nuit. Rien ne faisait tomber la fièvre. Pris de convulsions, il vomissait. Irene ne pouvait pas demander de l'aide. Le téléphone le plus proche, celui des Farley, se trouvait à près de cinq kilomètres. De plus, en revenant de Bennington, Henry s'était arrêté chez les Dellicote pour voir s'ils avaient du travail pour lui. Ils en avaient. Il resta souper, but quelques bières avec son vieil ami Bob. Avant qu'il s'en rende compte, minuit avait sonné, et le corps de Jamie était déjà froid dans les bras d'Irene.

« Elle ne s'en est jamais remise, déclara tante Lena. Elle ne l'a jamais pardonné à Henry. » Après ça, elle n'a plus voulu mettre d'enfants au monde pour les perdre ensuite. Henry le comprit. Sa propre peine était d'autant plus insupportable qu'il avait aimé ce bébé aux yeux bleus plus que sa vie. Et il ne pouvait s'en prendre qu'à lui-même. Désormais, il couchait dans la petite pièce qu'Irene utilisait pour coudre et garder les enfants, près de la cuisine, et voyait sa femme se transformer en quelqu'un d'autre.

Le petit chat de Margaret fut la cause de tous les ennuis, l'été qui suivit le départ de leur mère. Thomas et Margaret avaient joué aux Indiens et pisté les ouvriers qui installaient des poteaux destinés à amener de nouvelles lignes électriques un peu plus haut sur la montagne. L'équipe ignorait complètement que les enfants la suivaient à travers les bois. Soudain, un homme se précipita derrière un bosquet de bouleaux. Il n'avait pas plus tôt déboutonné sa braguette que Thomas bondissait sur sa sœur et lui enfonçait le visage dans le sol. Margaret se mit à brailler, l'homme à glapir et, dès qu'il en fut capable, se lança à leurs trousses. Ses recherches, si tant est qu'il s'y adonna, se révélèrent vaines. Tout au long de l'été, les enfants avaient couru dans la forêt et ils en connaissaient chaque ravine, chaque ruisseau, chaque taillis, comme si elle était leur terrain de jeu, ce qu'elle était bien sûr devenue. Haletants, ils descendirent la dernière pente au galop et filèrent, telles des flèches, devant les vaches qui remuaient la queue dans le pré vallonné jouxtant la grange rouge tentaculaire de Farley. Fred Farley était le plus gros fournisseur de produits laitiers de la région. Il employait cinq personnes, possédait une camionnette avec son nom inscrit sur la portière et une berline noire luisante, que sa femme conduisait le plus souvent. Petite et boulotte, Mme Farley se garait juste devant le cinéma, en montant sur le trottoir en marche arrière, puis sortait du coffre le grand fauteuil roulant pour permettre à son fils souffreteux, Jesse-boy, de voir un film. Ensuite, elle le poussait jusqu'au drugstore pour lui offrir une limonade gazeuse chez Leamings.

La semaine précédente, lorsque les deux enfants étaient venus en ville à pied, Thomas avait aperçu Mme Farley et Jesse-boy derrière la vitre du drugstore. Margaret avait mal aux pieds et voulait entrer pour s'asseoir à la table voisine. Elle se disait que, si elle avait l'air d'avoir très soif, Mme Farley leur paierait peut-être un soda. À l'époque, Margaret était comme ça, prête à se laisser offrir quelque chose par le premier venu. Elle avait essayé d'ouvrir la porte, mais Thomas l'en avait empêchée. Il avait suffi qu'il mentionne le nom de tante Lena pour la faire tenir tranquille. Ni l'un ni l'autre n'avait envie de se retrouver dans cette maison mal tenue, avec une tante Lena imbibée de bière et un oncle Max qui vous donnait la chair de poule.

Bref, en fuyant l'installateur de poteaux, Thomas et Margaret longèrent la grange au moment où Mme Farley descendait l'allée, un carton dans les bras. Elle appela Thomas. Elle le connaissait du temps où Jesse-boy avait brièvement fréquenté l'école à classe unique. Au début, les enfants Talcott crurent qu'elle était en colère en les surprenant sur sa propriété, mais elle voulait simplement savoir s'ils avaient envie d'un chaton. Il y en avait trois dans la portée et ils pouvaient être les premiers à choisir. Avant que Thomas ait pu dire non, Margaret avait attrapé le gris et noir. Il avait le bout des oreilles noir et un M noir dessiné sur le museau.

« Le M, c'est pour Margaret, affirma sa sœur en caressant le cou du petit chat.

— Non merci, on ne peut pas le prendre. » Thomas donna un coup de coude dans le bras hâlé et poussiéreux de Margaret.

« Si, on peut le prendre », riposta Margaret en s'écartant pour ne pas recevoir un nouveau coup de coude. Le chaton se jucha sur son épaule, ses grands yeux semblables aux siens, bleus, provocants.

« Tu sais bien que non », dit-il en plissant les paupières afin d'atténuer la dureté de son regard. Acculer Margaret pouvait se révéler dangereux.

« C'est à cause de ton père, Thomas ? Il n'aime pas les chats ? demanda Mme Farley.

— Si, il les aime. » Thomas essaya de ne pas se tortiller d'embarras. « Mais, en ce moment, on ne peut pas, c'est tout.

— Oh ! dit Mme Farley, comme si elle commençait à comprendre. Bon, avec les chats de ferme, il y a régulièrement de nouvelles portées, alors quand ce sera possible pour vous, faites-le-moi savoir et je vous en mettrai un de côté. » Elle tendit la main pour reprendre le chaton.

« Non ! Il est à moi maintenant, je le garde !

— Margaret ! » Mme Farley semblait amusée.

Sa sœur suscitait souvent ce genre de réaction. Si elle était petite pour son âge, elle ne manquait pas d'aplomb. Même le père Bibeau, tout ronchonneur qu'il était, savait qu'il valait mieux ne pas trop la brusquer. Au lieu de quoi il adressait ses récriminations à la personne la plus proche. « Gladys, dis à la gamine de cesser ses coups sur la table. » Ou il demandait à Thomas : « Dis à ta sœur qu'elle a eu assez de poulet. Cette aile est pour moi. »

Sur le ton prudent qu'emploient les gens pour parler à des enfants bloqués sur de la glace en train de céder, Mme Farley conseilla à Margaret d'écouter son grand frère. Thomas tâchait seulement de respecter la volonté de son père. Margaret devrait retourner à la maison pour demander la permission. Si son père la lui accordait, Mme Farley lui apporterait elle-même le chaton. Elle voulut savoir où ils habitaient. Dès qu'elle posa la question, son visage se voila. En bégayant, elle demanda s'ils étaient hébergés chez leur tante Lena. Voilà ce qui arrivait quand on acculait Margaret – elle vous entraînait avec elle.

« Non, répondit-elle. On est à Black Pond. Sous une tente, ajouta-t-elle, ce qui empourpra aussitôt les joues éclatantes et rebondies de Mme Farley.

— Oh ! dans ce cas... » Mme Farley attrapa le chaton ronronnant par la peau du cou et le remit dans le carton. « Quand vous serez installés, alors », lâcha-t-elle, comme si elle ne pouvait pas envoyer un de ses chats dans une tente qui prenait l'eau, avec des araignées qui pendillaient partout et des petits serpents verts qui filaient sur la terre humide.

« On est installés. » D'une main tout aussi déterminée, Margaret reprit le chaton. « C'est là qu'on habite. » En serrant la boule de fourrure, elle se dirigea vers la route avec un Thomas une fois de plus entraîné malgré lui dans son sillage.

Comme le petit chat suivait Margaret partout, ils devaient veiller à ne pas trop s'éloigner. Un jour, après avoir pêché pendant des heures en barque, ils s'aperçurent en revenant que le chat avait disparu.

« Minet ! Reviens, s'il te plaît ! Minet, minet, minet ! » hurla Margaret en se faufilant entre les buissons et les arbres.

À leur retour, épuisés, ils découvrirent le chaton roulé en boule au creux de couvertures enchevêtrées, sur le lit de Margaret.

Henry Talcott n'avait pas d'avis sur la question du chat. Ou peut-être semblait-il content que sa fille ait trouvé un dérivatif pour l'empêcher de penser à une mère qui lui manquait tant. Ni Thomas ni son père ne parlaient d'Irene et, chaque fois que Margaret éclatait en sanglots et exigeait de savoir quand elle allait revenir, père et fils se retiraient encore davantage dans leur grotte de solitude respective.

Le mur de silence s'éleva. Effrayée à l'idée de laisser son chaton sans surveillance, Margaret ne partait plus à l'aventure avec son frère. Thomas était fatigué de jouer à proximité de la tente ou d'aller ramer seul sur la mare. Le petit chat était beaucoup plus attaché à Margaret qu'à lui. Plus les jours d'été s'écoulaient, plus il se sentait seul. Son père parcourait des distances accrues pour dénicher les rares fermiers qui pouvaient se permettre d'élever des animaux de boucherie. Les bœufs et les porcs abattus n'étaient généralement pas remplacés. Le prix de la nourriture et du fourrage avait trop augmenté.

Il avait plu presque tous les jours, si bien que, le premier matin ensoleillé après une semaine de cantonnement sous la tente détrempée, Thomas annonça à Margaret qu'ils allaient en ville. Gladys lui avait donné dix *cents* la veille pour l'avoir aidée à nettoyer la grange de derrière, et il savait très bien ce qu'il allait acheter avec cette somme. Le Palomino, ce couteau de poche nickelé, à deux lames, exposé en vitrine dans la quincaillerie de Whitby. Margaret refusa toutefois d'abandonner son chaton si longtemps. Tout le long du chemin, Thomas regretta de ne pas l'avoir forcée à l'accompagner. Si son père rentrait plus tôt que d'habitude et la trouvait seule, ça barderait. Mais que pouvait-il donc arriver à sa sœur ? Elle était assez raisonnable, et d'ailleurs, qui se soucierait d'elle ? Surtout si elle restait près de la tente, comme il le lui avait recommandé.

Un chariot aux essieux grinçants, tiré par un cheval ensellé pourvu d'œillères, arrivait sur la route creusée d'ornières. Des bohémiens ? Thomas se figea. Parfois, ils se faufilaient dans les bois pour chercher des enfants à voler. Ou, pire, à assassiner. Pendant un certain temps, après la disparition de leur mère, le frère et la sœur avaient songé, entre autres, à un méfait des bohémiens. Au début, personne ne voulait leur parler de son absence. À présent, Thomas se rendait compte qu'il ne s'agissait pas d'un grand mystère, mais du secret bien caché de leur père – un secret qui était aussi le leur. Une vieille femme en robe rouge écossaise conduisait le chariot. Au moment où elle se penchait sur le côté, Thomas agita une main pour la saluer. Une longue traînée de jus de chique brune s'écrasa alors sur la route de terre. Il n'y avait pas de bohémiens. Margaret ne craignait rien.

Dès qu'il sortit du magasin, il s'assit sur le trottoir et ouvrit le couteau de poche. Les deux lames étaient rouillées. Il les frotta sur son pan de chemise, mais la rouille ne partait pas. Il dut s'armer de courage pour retourner chez le quincaillier. M. Whitby, un homme chauve, austère, n'aimait pas grand monde, et surtout pas les enfants. Thomas lui montra les lames piquées de rouille, et Whitby fit mine d'examiner le couteau sous tous les angles à la faible lumière de l'ampoule suspendue au plafond, qui faisait luire son crâne.

« C'est l'humidité. » Il replia les lames et rendit le couteau à Thomas. « Il faut le garder au sec.

— Mais je viens de l'acheter !

— Je sais. » Il le toisa.

« Est-ce que je pourrais en avoir un qui ne soit pas rouillé ?

— Tu as pris le dernier.

— Et celui-là ? » Thomas montra le couteau étincelant dans la vitrine.

« C'est un article d'exposition. Il n'est pas à vendre. » Il le scruta par-dessus ses verres maculés à monture invisible. « Alors, quand est-ce que ta mère va revenir ?

— Bientôt. » Lorsque Thomas lui rendit son regard, un sourire s'esquissa sur les lèvres de Whitby. Tous les deux ou trois mois, sa mère s'occupait de la comptabilité du quincaillier. D'ailleurs, c'était avec elle que Thomas avait vu le couteau pour la première fois. Quand ils venaient ici, elle n'était plus la même. Ça l'embêtait de la voir se comporter autrement, pas comme sa mère, mais comme une personne affairée qui a des choses importantes à régler et tient à ce que ses deux enfants restent tranquilles pendant ce temps.

« Il paraît qu'elle travaille dans une filature maintenant », lâcha Whitby.

Vexé de ne pas être au courant, Thomas referma les lames. Il posa le couteau sur le comptoir. « Il est abîmé. Je voudrais récupérer mes dix *cents*, s'il vous plaît. »

Whitby sourit. « Je ne reprends pas les articles endommagés.

— Ce n'est pas moi qui l'ai abîmé !

— Ça n'en reste pas moins un bon couteau. » Il sourit de nouveau. « En tout cas, c'est mieux que rien.

— Rien n'est mieux que rien. » Thomas n'avait pas la moindre idée de ce que ça pouvait bien vouloir dire, mais il se sentit fort en prononçant ces mots.

Whitby parut perplexe. Et furieux. « Allez, prends ton couteau et fiche-moi le camp d'ici !

— C'est pas mon couteau ! » Thomas le laissa sur le verre rayé du comptoir et se dirigea vers la sortie. Whitby le suivit des yeux. « Le mien, c'est celui-là ! affirma le gamin en arrachant le couteau au carton argenté.

— Dis donc, remets-le en place ! » hurla le quincaillier, mais Thomas claqua la porte et remonta la rue au pas de course. Aussitôt les limites du bourg dépassées, il ramassa un bâton sur la route et le tailla tout en marchant. Il n'était pas très doué. Rien à voir avec les têtes de sorcière au nez crochu, et même parfois aux cheveux bouclés, que son père sculptait. Au bout de trois kilomètres, il n'avait réussi qu'à effiler l'extrémité. Il cassa cette épée en deux et en fit un poignard, qu'il passa à sa ceinture. Au fond du fossé se trouvait un tas de branches, cassées sans doute par l'équipe qui avait dégagé les emplacements des poteaux électriques. Il dégringola le bord escarpé et dénicha un beau bâton, bien sec, assez épais, juste au moment où une voiture passait. Une grosse étoile dorée étincelait sur la portière. Le shérif. À quatre pattes, Thomas se hissa sur la pente caillouteuse pour regagner la route. La semaine précédente, la banque d'Atkinson avait été attaquée. Le père Bibeau disait que tout ce que le cambrioleur avait emporté, c'était un sac de billets à ordre. « Il y a peut-être le tien dedans », avait dit Gladys à son père. Avec un éclat de rire, il avait claironné : « C'est celui de Farley maintenant. »

À moins que des bohémiens aient été repérés. Margaret ! Thomas lâcha son bâton et se mit à courir. Soudain, tous les dangers qui pouvaient s'abattre sur une gamine aussi stupide que sa sœur lui traversèrent l'esprit. Pour un bonbon à un sou, elle grimperait dans leur chariot et disparaîtrait à jamais. Les gens disaient toujours qu'elle était belle et avait le visage délicat de sa mère. Il est vrai qu'elle avait aussi hérité du caractère entêté de son père, alors peut-être refuserait-elle. Peut-être se montrerait-elle sage. Allons, elle ferait probablement ce qu'il venait lui-même de faire avec le couteau, elle attraperait le bonbon et s'enfuirait. Mais, si elle en avait eu assez de rester seule tout l'après-midi et avait décidé d'aller se promener en barque avec son chaton ? La seule fois où ils l'avaient emmené, il s'était juché sur le bord du bateau et en avait fait le tour. Thomas voyait déjà l'animal basculer, et Margaret tenter de l'arracher à l'eau insondable. Un hiver, alors que son père était petit, un chariot, avec cheval et conducteur, était tombé dans la glace, et on n'avait jamais rien retrouvé. Pas même un os, un brin de tissu ou un fragment de bois n'avaient refait surface. Margaret se penchait sans cesse sur le côté. Elle se débrouillait tout juste pour nager comme un chien, mais si le bateau se retournait, lui tombait dessus et l'ensevelissait dans un cercueil gorgé d'eau pendant qu'elle essayait de récupérer son chat ? « Quelle idiote ! » marmonna-t-il. Il se mit à courir aussi vite que le lui permettaient ses orteils comprimés dans des souliers trop petits et songea qu'elle n'aurait jamais l'idée de se dégager de la coque à la nage. Non, elle se cognerait la tête au siège, dans le noir, s'enfoncerait et remonterait tout en sanglotant et en hurlant sans cesse pour appeler son frère, tellement terrorisée, affolée, qu'il croyait déjà l'entendre. « Thomas ! Thomas ! Thomas ! »

La voiture du shérif, à la peinture d'un vert passé, arrivait en face. Elle pila juste devant lui. Le shérif descendit d'un bond. « Tu es bien Thomas Talcott ?

— Oui, m'sieur. » Il inclina la tête. Le besoin de parler de Margaret le faisait haleter.

« Monte dans la voiture. » Donc, le shérif était déjà au courant. Inutile de parler. L'essentiel était de se dépêcher. Il contourna l'avant de l'automobile au pas de course pour ouvrir la portière. « Monte à l'arrière ! » beugla le shérif. Une fois qu'il eut grimpé, le shérif bloqua la fermeture puis s'installa au volant. Il fit démarrer le moteur puissant avec une clé à laquelle était attachée une patte de lapin. Un porte-bonheur. C'était en effet un coup de veine que le shérif l'ait rencontré.

« Non ! Vous allez dans la mauvaise direction ! s'écria Thomas quand la voiture continua sur la route poussiéreuse.

— Ah bon ? » Le shérif tourna la tête. Il avait l'air amusé. « Et quelle est la bonne direction ? » Il n'en continuait pas moins sa route.

« Derrière nous ! Black Pond. Ma sœur, elle n'a que huit ans, il faut que je l'aide, elle…

— T'as bien un Palomino nickelé à deux lames, fiston ?

— Oui, monsieur.

— Donne. » La large main du shérif avança par-dessus le siège.

« Il est tout neuf. Je viens de l'acheter. »

Les gros doigts s'agitèrent.

Avec hésitation, Thomas le tendit et le shérif le lui arracha. « Il vient de chez Whitby ? Tu l'as pris dans la vitrine, c'est bien ça ?

— Oui, monsieur. Mais il est à moi. Je l'ai payé. Je vous assure, déclara-t-il d'une voix faiblissante.

— Ce n'est pas ce que j'ai entendu dire. J'ai entendu dire que tu l'avais attrapé et que tu étais parti en courant. En tout cas, c'est ce qu'affirme T. C. Whitby. Et je ne crois pas qu'un homme aussi occupé que lui ait le temps d'inventer une histoire pareille, ni n'en éprouve le besoin.

— N'empêche que c'est ce qu'il a fait. Je l'ai payé. Dix *cents*. Il ne vous l'a pas dit ?

— Ce n'est pas la version que j'ai entendue.

— C'est pourtant la vérité.

— Tu es le fils de Henry Talcott, l'abatteur de bestiaux ?

— Oui, monsieur. Mais ma sœur est restée toute seule. J'ai peur qu'elle soit allée sur la mare en bateau. Elle…

— Bon, on va tirer tout ça au clair. » Il jeta un coup d'œil derrière lui. « D'une manière ou d'une autre. »

Le shérif n'avait rien compris au sujet de Margaret. Thomas baissa le regard sur son pantalon marron taché, aux genoux déchirés et aux revers effilochés. Son père ne lui en voudrait pas tant d'avoir volé le couteau que d'avoir abandonné Margaret et son fichu chaton pendant tout ce temps. Si quelque chose devait lui arriver… Seigneur ! Il ferma les yeux, incapable de supporter cette idée. Que ferait-il ? Sa pauvre petite sœur…

« Je connais ta tante Lena. Ouais, c'est une amie de ma sœur. Ta mère est bien Irene, hein ? »

Thomas ouvrit les yeux.

« Il paraît qu'elle est partie. Quelque part, dans le Massachusetts. Qu'elle s'est trouvé un boulot là-bas. Par une de ses connaissances. Un très bon travail. Du moins, d'après Lena. Bon, on y va, fiston. » Il se gara devant la prison.

T. C. Whitby arriverait dès la fermeture de son magasin. C'était déjà malheureux d'avoir été volé, il n'allait pas, en plus, fermer boutique pour perdre davantage d'argent à cause de ce bandit de fils Talcott. Thomas était juché sur le banc étroit, devant la fenêtre donnant sur la rue, pour que tous les passants le voient.

« Ça ne m'étonne pas du tout, marmonna un adjoint quand le shérif revint avec le repas dans un seau en fer-blanc. Ces Talcott ont toujours été une bande de rustres mal dégrossis.

— Henry est un brave type, répliqua le shérif. Tant qu'il ne se met pas en rogne.

— Sauf que ça lui arrive sans arrêt ces temps-ci », lâcha l'adjoint d'un ton méprisant.

Il y eut un bruit de papier froissé. Thomas sentit une odeur de jus de viande. Pour tout petit déjeuner, il avait avalé, des heures plus tôt, un demi-biscuit et des myrtilles cueillies avec sa sœur, arrosées de crème que son père avait rapportée tard hier soir et laissée dans la glacière pour qu'ils aient la surprise après son départ, de bon matin.

« Est-ce qu'on peut le lui reprocher ?

— Je ne l'aurais jamais cru. Pas de la part d'Irene Jalley.

— Lena, ça oui. Mais Irene, Seigneur ! non.

— Il faut de tout pour faire un monde. » La mastication rendait les mots de l'adjoint pâteux.

La porte s'ouvrit. T. C. Whitby apparut en manches de chemise retroussées et cravate noire luisante. Il adressa un sourire triomphant à Thomas. Le shérif et l'adjoint avaient eu beau commencer à entendre le gamin, ils se mirent bientôt à faire des courbettes au quincaillier. Si Whitby récupérait son couteau, l'affaire serait réglée. Thomas pourrait rentrer chez lui.

« Voilà qui me paraît équitable. » Le shérif remit à Whitby le Palomino à deux lames.

« Pour que personne ne soit lésé, voici celui que tu as acheté. » Whitby tendit le couteau rouillé.

« Non, monsieur. » Thomas n'en voulait pas. Pour que personne ne soit lésé, il devrait avoir le droit d'acheter le couteau exposé en vitrine.

« Allons, ne fais pas l'idiot », lui conseilla le shérif.

Une fois de plus, Thomas expliqua qu'il était rouillé.

Le shérif déplia les lames. « Il a raison, dit-il à Whitby.

— C'est bien pourquoi il ne vaut que dix *cents*. L'autre, vu son état impeccable, en coûte vingt », précisa le quincaillier en agitant la main.

Le shérif échangea un coup d'œil avec l'adjoint, et Thomas se sentit rassuré. Whitby était un escroc, tous deux le savaient. Thomas n'avait pas violé la loi, contrairement à Whitby, qui avait essayé de refiler à un enfant un couteau en mauvais état. Le shérif lui expliqua que, s'il voulait celui de la vitrine, il devait payer dix *cents* de plus. Ce n'était pas juste, protesta Thomas. L'adjoint loucha sur son repas en train de refroidir. Le shérif tambourina sur son bureau et demanda au gamin de se décider. Cette histoire avait déjà fait perdre trop de temps à tout le monde. Thomas dit qu'il voulait être remboursé.

« Pas question ! hurla Whitby. Après tous les ennuis que tu as causés, tu ne vas pas t'en tirer comme ça et te faire payer par-dessus le marché.

— Rendez au gamin ses dix *cents*. Ça paraît correct. Vous ne trouvez pas ? » ajouta le shérif. Même si, sur le moment, Thomas était incapable de mettre des mots sur ce qu'il éprouvait, il comprit plus tard – bien des années plus tard – qu'il avait été non seulement déçu, mais honteux en entendant la voix du shérif trembler.

« Pour quoi faire ? Pour le récompenser de son vol effronté ? Non, shérif, sa pièce, je la garde. » Whitby la lança en l'air et la rattrapa. « Comme ça, il y réfléchira à deux reprises la prochaine fois qu'il aura envie de me voler ou de voler quelqu'un d'autre. C'est le salaire du péché, déclara-t-il en l'empochant.

— Je suppose qu'on pourrait y voir une sorte

d'amende, fiston, le prix d'une leçon à retenir, estima le shérif avec un regard qu'il voulait à la fois apaisant et sévère. Voilà qui me semble honnête. » Il tapota l'épaule de Thomas, mais le gamin n'avait aucune envie d'entrer dans ce jeu.

« Alors, qu'il me donne le couteau rouillé ! s'écria-t-il avec une indignation, une colère plus grandes qu'il n'en avait encore jamais éprouvé à l'égard de quiconque. Sinon c'est du vol, voilà ce que c'est, et nom de Dieu, vous le savez parfaitement, shérif !

— Dis donc, reste poli ! » L'adjoint le repoussa vers le banc avec une telle brutalité que sa tête alla heurter le mur. Pendant un instant, Thomas eut l'impression de lutter pour sortir d'un sommeil écrasant.

« La mère se tire, et voilà ce qui arrive », disait Whitby.

Les larmes coulèrent. Impossible de les arrêter. Il ferma les yeux, retint son souffle mais, brûlantes, elles roulaient sur ses joues, accompagnées d'un horrible sanglot de fille, qui l'ébranla de la tête aux pieds. Sa mère était partie, sa maison envolée. Son père traversait les journées comme s'il était mort à l'intérieur. Thomas n'avait que Margaret à qui se raccrocher, or Margaret était sûrement partie elle aussi. Et voilà qu'il était en train de pleurer sur leur disparition parce que toute sa vie avait basculé sans qu'il ait pu faire quoi que ce soit pour arranger les choses. Il ne voulait pas de ce stupide couteau, ni même de sa pièce. Il voulait seulement que la vie soit moins injuste.

« Donnez-lui quelque chose. Ça, là, le couteau rouillé, dit le shérif. Tiens. » Il lui mit dans la main le couteau abîmé. « Allez, va-t'en, maintenant. Rentre chez toi. » D'une poussée, il l'aida à franchir le seuil.

Thomas avait envie de partir en courant. Son cœur et

son esprit tournaient tellement vite qu'il n'arrivait plus à respirer, mais il s'obligea à descendre la rue à pas lents.

« Et tu ferais mieux d'avouer à ton père ce que tu as fait, parce que sinon, c'est moi qui le lui dirai ! » lança le shérif dans son dos.

À ce moment précis, Mme Farley garait sa voiture à quelques kilomètres de là, à la lisière des bois appartenant à Bibeau. Elle ôta le foulard qu'elle portait en conduisant, tapota ses cheveux crantés pour s'assurer qu'ils n'étaient pas décoiffés, puis attrapa sur la banquette arrière l'assiette de petits gâteaux encore chauds, bien enveloppée, s'avança sur l'ancien chemin forestier de la mare et sifflota doucement pour éloigner bêtes et serpents. Cette mission réclamait beaucoup de courage, car Mme Farley n'était pas une fille de la campagne. Sa main libre s'agitait devant son visage. Même les insectes l'effrayaient. Surtout les moustiques. Après toute la pluie qui était tombée, ils bourdonnaient en nuages assoiffés de sang. Son talon vacilla sur le sentier inégal, mais elle se rattrapa à temps. Deux piqûres apparurent sur son bras, une autre enfla sur sa joue. Si elle avait su que c'était aussi loin, elle aurait choisi des chaussures plus pratiques. *Quand on pense que des enfants doivent vivre de cette façon*, songea-t-elle en apercevant bientôt la tente noire affaissée. Fred affirmait qu'il avait fait son possible, étant donné les circonstances ; qu'elle demande à n'importe qui, on le lui confirmerait. Henry Talcott était têtu. Après avoir racheté son billet à ordre, Fred avait fait dire par la banque qu'il serait heureux de garder Talcott en tant que locataire. Mais la fierté l'avait emporté sur le sens de la famille. Et maintenant, voilà le résultat…

« Ohé ! Ohé ! » lança-t-elle, puis elle se tut, certaine d'avoir entendu quelque chose. Une voix d'enfant. En train de pleurer ! « C'est moi ! Mme Farley… Margaret ? » Elle se précipita vers la tente.

Quand Thomas revint enfin, Margaret et le chaton avaient disparu. Tout en l'appelant, il courut à la mare et fut soulagé de trouver le bateau attaché et la corde telle qu'il l'avait nouée. Peut-être sa sœur était-elle allée dans les bois pour vérifier si les mûres qu'ils avaient vues la veille étaient bonnes à cueillir. Les ronces se trouvaient à plus d'un kilomètre et demi. Il brailla son nom tout le long du chemin. Le soleil s'affaissait dans le ciel strié de rouge. Thomas avait des crampes d'estomac. L'heure du souper était sûrement déjà passée. Il devait être six heures et demie, ou sept heures, il ne savait pas au juste. « Margaret ! Margaret ! » Les ronces tièdes bourdonnaient d'abeilles, la plupart des fruits étaient encore blancs ou verts, et il ne vit aucune trace de sa sœur.

Il fallait la retrouver avant la nuit. Avant le retour de son père. Il fit demi-tour en courant, sans même prendre la peine de rester sur le sentier. Cette fois, il aperçut le message déposé dans un pli du rabat de la tente.

Chers Thomas et Monsieur Talcott,

J'apportais des gâteaux tout frais, et j'ai trouvé Margaret seule, couverte de piqûres de guêpes. Je l'accompagne chez le docteur Creel et je l'emmènerai chez moi ensuite.

Avec mes meilleures salutations,

Votre voisine

Mme Fred Farley

Il faisait presque nuit quand Thomas se présenta là-bas. Sur le seuil, Mme Farley murmura que Margaret s'était endormie en revenant de chez le médecin. C'étaient surtout ses bras et ses jambes qui avaient été piqués. Elle était sortie avec le chaton et avait marché sur un nid de petites guêpes. Le Dr Creel avait retiré les dards à l'aide d'une pince et préparé un emplâtre avec du bicarbonate de soude pour réduire l'enflure. Mais la douleur n'avait pas vraiment disparu. De temps à autre, Margaret criait dans son sommeil.

Elle allait très bien s'en sortir, c'était une fille courageuse, affirma Thomas en proférant là un mensonge. Elle était surtout bonne comédienne, mais mieux valait ne pas en souffler mot à Mme Farley, visiblement dupe du cinéma de sa sœur. Il annonça qu'il devait à présent la ramener à la maison. Mme Farley lui demanda si son père était revenu. Non, mais il reviendrait d'une minute à l'autre. Bon, reprit-elle, il verrait alors son petit mot et saurait où aller. Elle l'invita à entrer dans la cuisine. Jesse-boy était assis sur un fauteuil recouvert d'un plaid, ses jambes fluettes étendues sur un coussin en cuir et, un plateau sur les genoux, il grignotait des petits gâteaux tout en écoutant la radio. Mme Farley demanda à Thomas s'il avait dîné. Il lui mentit et affirma que oui. Elle déposa sur la table une assiette de gâteaux et un verre de lait froid crémeux à son intention, puis, heureuse, empressée et nerveuse, monta d'innombrables fois l'escalier pour voir comment allait Margaret – « La pauvre petite dort à poings fermés », soufflat-elle en regagnant la cuisine d'un air affairé. Au bout de quelques phrases, la respiration de Jesse-boy devint difficile, si bien que Thomas finit par se charger de presque toute la conversation, non pas parce qu'il avait quelque chose à raconter, ni même pour combler le silence étrange, mais parce que le souffle asthmatique de Jesse-boy, tout comme celui de son père, l'affolait.

Tant qu'il parlait, Jesse-boy n'avait pas besoin de le faire.

Jesse-boy avait trois ans de plus que lui mais s'était trouvé dans sa classe avant de quitter l'école pour prendre des cours particuliers. Thomas évoquait les événements qui s'étaient déroulés depuis. Les yeux de Jesse-boy brillaient en entendant le récit des punitions. Thomas essayait de se remémorer tous les malheurs infligés aux garçons brutaux. Il en inventa même quelques-uns. Celui-ci était véridique, cependant. Il s'agissait du terrible accident de Billy Humboldt : alors qu'il était juché sur le tracteur de son père, il était tombé sur la tête. Depuis, il n'avait jamais plus été dans son état normal. Mais ses crises s'étaient tellement aggravées l'année précédente qu'on avait dû l'envoyer dans une institution, à Burlington. « Presque un asile de fous…

— Chut ! » dit Mme Farley, et il se rendit compte que Jesse-boy s'était endormi. Elle s'approcha sur la pointe des pieds avec M. Farley, qui glissa les bras sous le corps de son fils et le porta jusqu'à son lit.

À dix heures et demie, le père de Thomas ne s'étant toujours pas présenté, Mme Farley prépara la banquette pour Thomas. Il affirma qu'il n'était pas fatigué. Elle insista pour qu'il s'allonge, même s'il n'avait pas envie de dormir. À trois heures du matin, il fut réveillé par le hurlement de Margaret. Fonçant à l'étage, il se guida d'après le bruit pour atteindre une chambre dans laquelle Mme Farley était déjà arrivée. Les joues de Margaret formaient des poches distendues de part et d'autre de son menton. Ses yeux gonflés n'étaient que de simples fentes. Impuissant, il observa Mme Farley pendant qu'elle appliquait un nouvel emplâtre blanc, qui se fendilla en séchant.

« Là, là », murmura-t-elle en tenant la main boursouflée de sa sœur gémissante.

Margaret avait l'air d'un monstre. De ceux qu'on exhibait dans les foires. Mme Farley ne cessait de la rassurer en disant qu'elle irait bientôt très bien. Sa langue, très enflée, l'empêchait presque de parler. Quand elle grognait, on croyait entendre Billy Humboldt. Et si elle finissait comme lui ? Dans un asile de fous ? C'était possible. Tout était possible, il commençait à s'en apercevoir.

À quatre heures et demie, il se redressa sur la banquette. La vieille camionnette bruyante de son père venait de s'arrêter devant la maison. Henry laissa tourner le moteur et se précipita sur la véranda. Son véhicule était tombé en panne à Montpelier et il lui avait fallu presque toute la nuit pour le faire réparer. Mme Farley eut beau répéter que l'état de Margaret présentait des risques, il insista pour ramener ses enfants chez lui. Sans cesser de lui demander de baisser la voix, elle le conduisit à l'étage pour lui montrer la pauvre petite. Du seuil, Thomas observa la scène. Son père se pencha pour murmurer à l'oreille de Margaret. Puis, exactement comme M. Farley l'avait fait plus tôt pour son fils, il la souleva du lit. Elle hurla de douleur. Il la reposa donc et accepta qu'elle reste si elle le souhaitait. C'était ce qu'elle voulait ? glissa-t-il au milieu des sanglots de Margaret. Elle a dit oui, expliqua Mme Farley en effleurant d'une main douce le cataplasme de bicarbonate de soude appliqué sur le cou de la fillette.

« Thomas, toi aussi, tu peux rester si tu veux. Comme ça, Margaret verra un visage familier à son réveil », proposa Mme Farley.

Il n'y tenait pas. Il préférait être avec son père, planté

là tel un homme desséché et brisé, ses bras maculés de graisse, ballants, le long de ses flancs. D'un autre côté, il n'avait pas envie de devoir lui expliquer que toute l'histoire était arrivée par sa faute. « D'accord ! dit-il en s'empressant d'entrer dans la chambre.

— Non ! Il vient avec moi. La petite peut dormir ici. Jusqu'à ce que je revienne la chercher. Demain matin à huit heures. »

Le trajet du retour fut long et silencieux. Thomas en était soulagé. Son père avait eu assez d'ennuis comme ça pour la journée. Il n'avait pas besoin d'apprendre, par-dessus le marché, que son fils avait été alpagué comme un vulgaire voleur et traîné en prison par le shérif, même s'il serait bientôt au courant. Les nouvelles vont vite, surtout les mauvaises.

« Bon, maintenant, écoute-moi bien », dit son père en s'arrêtant devant la tente. Il éteignit les phares, mais ne coupa pas le moteur. « Fred Farley m'a peut-être pris ma maison et mes terres, mais il n'aura pas mes enfants.

— Non, je sais bien.

— Tu n'en donnais pas l'impression, là-bas. Tu me paraissais prêt à t'installer.

— Non, je te le jure ! »

Son père garda un instant le silence. « Je fais de mon mieux, Tom, mais ça n'est peut-être pas suffisant. Un de ces jours, je risque de me retrouver complètement à plat, comme la camionnette aujourd'hui.

— Non ! Pas du tout. C'est juste que les temps sont durs, tu le disais toi-même.

— Pour certains, c'est de plus en plus dur, quoi qu'on fasse. Et il faut s'y préparer.

— Se préparer à quoi ?

— À savoir quoi faire. Si ça arrive. » Un silence encore plus long s'installa, tendu par le bruit grinçant de sa respiration difficile. « À savoir quoi faire avec Margaret et toi.

— On s'en sort bien. On s'en sort très bien, papa.

— Ah ouais ?

— Ouais ! Je ne me suis jamais autant amusé que cet été. Vivre sous la tente, aller pêcher tous les jours, se balader dans les bois tout le temps, c'était vraiment chouette. Margaret et moi, on est sûrement les gosses les plus vernis du monde ! »

Son père lui tapota le genou. « T'es un brave petit gars, Tom. Un bon fils. »

Thomas sentait les larmes lui brûler les yeux. Il n'était ni un brave petit gars, ni un bon fils, ni un bon frère, il était un bon à rien. Sinon, sa mère ne serait jamais partie.

2

L'ÉCOLE ALLAIT BIENTÔT RECOMMENCER. Thomas ne savait pas quand au juste, mais il sentait que la rentrée approchait. Dans les champs du père Bibeau, le chaume desséché lâchait de la poussière jaune quand on marchait dessus. Sous le soleil moins généreux, la pourriture fermentée des pommes tombées des arbres attirait les corbeaux à des kilomètres à la ronde. Quelques érables se teintaient déjà de roux. Le père Bibeau prédisait un hiver précoce et rude ; il le savait en voyant les écureuils amasser des noisettes avec frénésie, les cerfs se risquer à la lisière des bois, et Donald boiter. L'arthrite du vieux setter n'avait jamais été aussi prononcée. Ce matin-là, quand Thomas et Margaret vinrent chercher des seaux qu'ils rempliraient de baies, Donald quitta la terrasse pour les rejoindre, ses pattes de derrière à la traîne, et lâcha un glapissement pitoyable.

« Vous lui avez manqué. » Les mains sur les hanches, Gladys les toisa du haut des marches. « Vous n'êtes pas venus de toute la semaine. J'avais préparé les pâtés en croûte que vous adorez, avec une part supplémentaire pour votre papa, et vous n'êtes pas venus. »

Thomas marmonna une excuse et s'en tint là. Elle connaissait aussi bien que lui la raison de leur absence.

La dernière fois qu'ils avaient mangé là, le père Bibeau s'en était pris à leur mère. Thomas n'avait pas bien compris ses paroles, parce qu'il jouait avec Donald sur la terrasse tout en buvant de la limonade à base de plantes fabriquée par Gladys. Pendant que Margaret aidait Gladys à faire la vaisselle, le vieillard et Henry avaient bu un coup à la table de cuisine. D'habitude, Henry préférait ne pas boire devant les enfants, mais Thomas s'en apercevait toujours à la voix de son père, qui devenait plus chaude et plus pleine, sans compter qu'il était beaucoup plus loquace.

Bref, son père, furieux, sortit soudain sur la terrasse avec Margaret et ordonna à Thomas de monter dans la camionnette ; ils s'en allaient. Gladys se précipita dehors, son tablier d'un bleu défraîchi taché d'humidité, et tenta d'expliquer que son père ne pensait pas ce qu'il avait dit au sujet d'Irene. C'était seulement sa façon d'être ; il était tellement vieux jeu, surtout quand il s'agissait des femmes. « Henry ! S'il te plaît, ne t'en va pas ! s'écria-t-elle en courant à côté de la camionnette. Je te demande pardon !

— C'est pas ta faute, marmonna Henry, même si Thomas doutait qu'elle ait pu l'entendre à cause du bruit du moteur.

— N'oublie pas les pâtés en croûte », brailla-t-elle lorsqu'ils s'engagèrent sur la route.

C'était donc la première fois qu'ils revenaient. Tout en leur tendant les grands seaux en tôle galvanisée qu'elle leur avait proposés pour cueillir les baies, Gladys leur demanda comment allait leur père. « Bien », répondit Thomas. En fait, ce qu'elle voulait vraiment savoir, c'était s'il était encore en colère.

« Est-ce qu'il te reste des pâtés en croûte ? » s'enquit Margaret, accroupie à côté de Donald. Le chien souleva un petit nuage de poussière en agitant la queue. Margaret avait laissé son chaton dans la tente, à l'abri d'un panier à pêches retourné, que Thomas avait lesté de pierres.

« Non, mais j'ai de la salade d'œufs et deux gros pilons bien gras du poulet d'hier soir, si tu veux.

— Margaret ! » dit Thomas d'un ton menaçant lorsqu'elle s'élança sur la véranda.

Elle tourna la tête. « Viens, Tom. S'il te plaît ! T'en as autant envie que moi, tu le sais très bien. »

Il était forcé d'admettre qu'il avait imaginé ce scénario sur le chemin. Mais maintenant, au moment de la mise à l'épreuve, il était incapable de céder. « On ne peut pas », se contenta-t-il de répliquer. D'une voix faible.

Margaret colla le nez à la moustiquaire et jeta un coup d'œil à l'intérieur de la maison pour chercher le vieil homme. « Il n'est même pas là », siffla-t-elle entre ses dents.

Thomas refusant d'entrer, elle n'eut d'autre choix que de redescendre les marches bruyamment, l'air bougon, et, pendant qu'elle attendait avec lui, ne cessa de marmotter que son frère était idiot, ignorant, et qu'elle ne voyait pas pourquoi elle devait pour sa part se passer de manger. Il se vengeait sur elle parce que le shérif avait raconté à son père qu'il avait essayé de voler ce couteau. Son père l'avait appris l'avant-veille en tombant sur le shérif chez le barbier. Le temps de revenir à la maison, il enrageait tellement qu'il exigea que Thomas lui remette le Palomino à deux lames et alla le jeter de toutes ses forces dans la mare. Puis il arracha sa ceinture et, tout en se martelant la paume si fort que des marques rouges apparurent, il affirma que ne pas avoir d'argent ne vous autorisait pas à voler. Chaque fois que

Thomas essayait de lui expliquer qu'il n'avait pas volé le couteau, son père s'emportait davantage et lui hurlait de la fermer. Un voleur doublé d'un menteur n'avait pas droit à la parole, encore moins le droit de se chercher des excuses. En guise d'avertissement, la ceinture claqua en l'air. La fureur de son père augmentait toujours. Si, ce jour-là, Thomas était resté dans la tente comme prévu, sa sœur ne se serait pas fait piquer par les guêpes. Et il n'aurait lui-même pas besoin de se sentir redevable envers Mme Farley, qui avait payé le docteur. Car Henry Talcott ne voulait rien devoir aux Farley. Ah ! non alors !

Son père lui indiqua une souche, et Thomas se baissa.

« Voilà ce que ça rapporte, de voler ! » Avec la main, son père lui administra dix bons coups sur les fesses. « La prochaine fois, ce sera avec la ceinture », promit-il, la respiration sifflante, avant de s'éloigner à grands pas en glissant la ceinture inutilisée dans les passants de son pantalon.

Quand son père eut regagné la tente, Thomas, hors de danger, hurla le plus fort possible : « Il n'y aura pas de prochaine fois, parce qu'il n'y a pas eu de première fois ! J'ai payé ce couteau dix *cents*, et il était rouillé… » Chancelant à la lisière des bois, il beuglait l'histoire, en dénonçait toute l'injustice, s'attendant à moitié que son père sorte de la tente et se rue sur lui, mais non. Une fois son indignation épuisée, il s'élança en pleurs dans la forêt et y resta jusqu'au moment où Margaret finit par venir l'y chercher.

Son père était étendu sur son lit de camp, les bras sur le visage, et feignait de dormir. Thomas était persuadé qu'il ne dormait pas mais ne savait pas quelle autre attitude adopter.

D'ailleurs, lui rappelait à présent Margaret, c'était

leur père qui avait juré de ne plus remettre les pieds dans la maison du père Bibeau. Il ne leur avait pas interdit d'y aller, eux. Thomas lui ordonna de la fermer, et elle lui retourna l'expression.

« Vous pouvez venir manger si vous voulez, proposa Gladys en tendant l'assiette à la porte.

— On ferait mieux de rester dehors, répondit Thomas, si bien qu'elle posa l'assiette et les fourchettes sur la petite table chargée de plantes, recouverte d'une toile cirée.

— Il a peur d'avoir encore plus d'ennuis », expliqua Margaret. Elle haussa les épaules quand il la fusilla du regard. Après trois grosses bouchées de poulet, elle n'avait même pas commencé à mâcher.

« Bon, voilà ce qui arrive quand les hommes boivent, déclara Gladys. Ils disent des choses qu'ils ne devraient pas dire. »

Thomas s'attaqua à la salade d'œufs. Du fait qu'elle connaissait son père depuis une éternité, Gladys s'imaginait que ça lui donnait le droit de s'exprimer à sa guise. Qu'elle ne se mette pas à le critiquer maintenant, pensa Thomas, sinon il attraperait sa sœur et filerait. Sans terminer ce plat délicieux.

« Et ils ronflent aussi beaucoup, ajouta Margaret, les joues gonflées de poulet.

— Avale ! » lui dit-il, mais elle enfourna une nouvelle bouchée, juste pour le contrarier.

Gladys parut amusée. « J'espère bien que tu ne bois jamais, Thomas. » Elle lui servit un verre de lait.

« Non, j'attendrai d'être grand.

— Même quand tu seras grand, il ne faudra pas. »

Il ne répondit pas. Lui donner raison serait trahir son père, et, pour l'instant, Gladys paraissait trop butée pour être contredite. Margaret ne supporta sans doute pas le silence, car elle demanda soudain à Gladys pourquoi le père Bibeau avait traité sa mère de traînée. Sa mère n'était pas une vagabonde. Elle ne voyageait pas en douce dans les wagons de marchandises et ne mendiait ni nourriture ni travail.

Le visage aux pommettes hautes de Gladys s'empourpra. « Bien sûr que non. Ta mère s'est trouvé un bon boulot dans le Massachusetts. »

Comme c'est le cas dans bien des domaines que les enfants découvrent un beau jour, Thomas se rendit brusquement compte qu'il savait des choses qu'il ne comprenait pas encore. Et Margaret, que savait-elle ? Était-ce la première fois qu'elle répétait innocemment des paroles qu'elle avait surprises ? Ou avait-elle déjà posé cette question à son père et s'était fait gronder ? Thomas trouva bizarre qu'elle ne lui en ait pas parlé. Margaret était incapable de garder un secret.

Plus tard, ce jour-là, lorsqu'ils retournèrent péniblement vers la tente, bras et jambes zébrés par les épines, les mains maculées de violet, douloureuses à force de porter les seaux emplis de grosses mûres tièdes, Margaret posa la question à laquelle il avait beaucoup réfléchi ces derniers temps. « Comment ça se fait que maman ne nous écrit jamais ?

— Elle nous a écrit. Papa nous a lu sa lettre.

— Seulement des passages. Pourquoi est-ce qu'on n'a pas le droit de tout lire ?

— Je n'en sais rien.

— La fois où j'ai demandé à papa, il s'est mis en colère. Il s'est tellement énervé qu'il a dit des gros mots. Tu te rappelles ? » Elle semblait aussi blessée qu'elle l'avait été sur le moment. Margaret était moins habituée que lui aux crises de fureur de son père.

« Tout ce qu'il a dit, c'est "Bon sang". C'est pas bien méchant, Margaret. Il aurait pu employer des mots plus grossiers.

— N'empêche, pourquoi il l'a dit ? Je n'avais rien fait.

— Je sais. Mais il est triste. Et il ne veut pas que tu sois triste toi aussi.

— Ben, je le suis quand même. » Elle éclata en sanglots. « Je ne comprends pas pourquoi elle a été obligée de partir comme ça.

— Elle va revenir, tu le sais bien. Dès qu'elle aura économisé assez d'argent. Papa a raison, elle fait ça pour nous.

— Moi, l'argent, je m'en fiche. J'en ai même horreur. Et, quand j'aurai des enfants, je ne les laisserai jamais seuls. Si je dois partir ne serait-ce qu'une journée, je leur écrirai, je leur dirai que je les aime beaucoup et je leur donnerai l'heure exacte de mon retour ! »

Il ne devait jamais oublier les paroles de sa sœur, à la fois pour le chagrin qu'elles révélaient et pour leur éloquence simple, celle de la vérité. Et puis aussi pour ce portrait de la future femme que sa sœur était déjà bien décidée à devenir.

Le lendemain, Margaret et lui se rendirent en ville à pied. Ils n'avaient pas parcouru six cents mètres que Margaret se plaignait de la lourdeur de son seau. La fine poignée métallique lui entamait la main, de sorte qu'il se retrouva en train de porter les deux seaux. Ils proposaient leurs mûres à toutes les portes, dans toutes les rues. Au bout d'une heure sans une seule vente, Margaret supplia son frère d'abandonner. Au lieu de quoi, il baissa le prix à deux *cents* le bol. Dans la maison suivante, une dame aux boucles plaquées sur la tête voulut leur en acheter. Elle alla chercher une grande jatte, qu'elle remplit.

« Ce n'est pas juste, protesta enfin Thomas après avoir rassemblé son courage.

— Tu as dit un bol.

— Mais je voulais parler d'un petit bol.

— Alors, il fallait le préciser. » Là, elle le tenait. Et elle tenait aussi la plus grosse part de leurs mûres.

« Bon, d'accord, donnez-nous plus d'argent ! exigea Margaret. Vous avez pris un seau entier !

— Ne fais pas l'impertinente, petite morveuse ! » La femme leur claqua la porte au nez.

Margaret plongea la main dans le seau, attrapa une poignée de grosses mûres et la lança sur la maison. Une giclée de grains charnus et de jus violacé dégoulina sur les planches blanches du mur.

« Tu n'aurais pas dû faire ça !

— Elle l'a bien cherché ! » s'écria Margaret en passant devant lui pour s'enfuir.

Ils évitèrent les maisons de cette rue. Même à un *cent* le bol, les ventes se faisaient rares. De ses deux mains, Thomas formait un cercle pour indiquer la taille d'un bol. Une vieille dame les invita à entrer boire de la citronnade. Son intérieur puait le pipi de chat et le camphre, mais Thomas avait trop soif pour s'en soucier. Margaret ne cessait de renifler. Son frère était sûr qu'elle ne manquerait pas de faire une remarque. La vieille dame leur dit qu'elle aimerait bien leur acheter des mûres, mais les graines se coinçaient dans ses dents et c'était la croix et la bannière pour les retirer. Elle leur suggéra de tenter leur chance au *Metropole*, le grand hôtel du centre. « Présentez-vous à la porte de service, leur conseilla-t-elle. La rouge. Le cuisinier cherche toujours des baies fraîches. Dites-lui que sa tante Shirl assure qu'elles viennent d'être cueillies. »

Margaret jacassa pendant les vingt minutes du trajet. Heureusement, le chemin descendait. Plus ils approchaient de la rue principale, plus elle s'excitait, ravie de voir toutes ces voitures passer à toute allure, ces enseignes colorées, les mannequins dans les vitrines, avec de jolies robes et des chapeaux sophistiqués. Sa mère avait eu exactement la même réaction en allant en ville : les yeux brillants, un sourire aux lèvres, elle jacassait avec la même voix haletante. Le cuisinier du *Metropole* leur acheta toutes les mûres restantes. Cinquante *cents*. En outre, il était même preneur s'ils lui en apportaient d'autres. Thomas n'avait jamais gagné autant d'argent. Il laissa Margaret s'offrir trois *cents* de sucre candi, puis se hérissa quand elle refusa de lui en donner. Elle lui demanda pourquoi il ne s'en était pas acheté. Il économisait pour se payer un pantalon d'école, répondit-il, mais, à la vérité, il voulait acheter un billet d'autocar. L'idée lui en était venue lorsqu'ils étaient passés devant le dépôt. Leur mère ne pouvait peut-être pas obtenir un jour de congé pour venir les voir, mais eux, ils pouvaient très bien prendre le car pour se rendre auprès d'elle. Si toutefois il arrivait à gagner assez d'argent. Mieux valait ne pas en parler à sa sœur.

Le lendemain, il obligea Margaret à aller cueillir des mûres de bon matin. Les deux jours précédents l'avaient fatiguée, et elle n'avait pas très envie de laisser une nouvelle fois son chaton enfermé sous le panier à pêches. Quand Thomas expliqua qu'ils pourraient récolter assez d'argent pour qu'elle s'achète une paire de chaussures, elle finit par céder. De nouveau, ils emplirent deux seaux. Cette fois, ils se rendirent directement à l'hôtel, où le cuisinier leur donna soixante-quinze *cents*. Thomas était déçu. Il était persuadé de récolter un dollar. N'empêche, il possédait maintenant un dollar et quinze *cents* destinés à l'achat d'un billet. Il demanda à Margaret de l'attendre sur un banc pendant qu'il entrait dans la gare routière. À une condition, rétorqua-t-elle : qu'il lui explique pourquoi. Il répondit qu'il devait aller aux toilettes. Elle aussi. Il n'y avait que des toilettes pour messieurs, affirma-t-il.

Au guichet, l'employé au dos voûté l'informa qu'un aller-retour pour Collerton, dans le Massachusetts, coûtait deux dollars cinquante. Thomas était découragé. Alors combien coûtait un aller simple ? Un dollar trente. Quinze *cents* de plus, et il aurait de quoi se payer un aller. Sa mère lui donnerait peut-être le montant du retour. Ou bien elle lui demanderait de rester. Après tout, il causerait deux fois moins de soucis qu'une petite fille, dirait-elle, il ferait donc sans doute mieux de partir seul. Quand il s'éloigna du guichet, il s'aperçut que Margaret louchait vers lui. Elle s'agenouilla sur le banc pour regarder à travers la vitre épaisse pourvue d'inscriptions. Il se hâta vers les toilettes. « Qu'est-ce que tu as demandé à cet homme ? » questionna-t-elle lorsqu'il ressortit. « Où étaient les toilettes », répondit-il sans même une once de culpabilité. À la pensée de prendre l'autocar pour se retrouver dans les bras de sa mère, il était plus heureux qu'il ne l'avait été depuis bien longtemps.

En ce moment, tout ce que faisait sa sœur l'agaçait. S'il ignorait qu'il souhaitait un peu d'intimité, il savait en revanche qu'il avait un grand besoin de quelque chose et que Margaret était devenue un obstacle pour lui.

« Qu'est-ce que tu cherches ? » lui demanda-t-elle

une nouvelle fois d'une voix étouffée. Elle était couchée à plat ventre et, installé sur son dos, le petit chat ronronnait. Un instant plus tôt, elle n'avait pas pu s'empêcher de rire pendant qu'il arpentait son corps.

Sans mot dire, il continua sa fouille hâtive. Il était trois heures de l'après-midi. Son père n'était pas attendu avant le souper, mais la veille il était rentré plus tôt à cause d'une crevaison de pneu. La moitié de l'argent qu'avait rapporté la cueillette des mûres était allée à la réparation. La semaine précédente, la courroie de ventilateur s'était cassée, et leur père avait dû aller en ville en stop pour en acheter une nouvelle. La situation était critique. L'école allait bientôt reprendre, et l'hiver ne tarderait pas. Thomas ne parvenait pas à imaginer comment ils pourraient passer l'hiver ici. Une nuit froide, pluvieuse, venteuse, suffirait à rendre la tente tellement misérable le lendemain matin que Margaret refuserait de sortir des couvertures.

« Dis-le-moi ! » Elle se redressa, le chaton agrippé au dos de son pull effrangé.

« Rien.

— C'est pas vrai. Tu cherches la lettre de maman.

— Non ! Je cherche mon carnet scolaire.

— Pourquoi ? »

La lettre était là. Tout au fond du coffret qu'il avait tiré de sous le lit de son père. Avec la belle écriture de sa mère sur l'enveloppe. « J'ai oublié quelles notes j'ai eues. » Bon sang ! Elle était vide. Son père gardait sûrement la lettre dans son portefeuille. Ou alors, pris de colère, il l'avait jetée. Ces derniers temps, toute allusion à sa femme le rendait d'une humeur encore plus noire. Thomas avait demandé s'il pouvait lire la lettre quand son père était allé la chercher à la poste. Son père n'avait pas répondu. Margaret lui avait donc demandé s'il voulait bien la leur lire. « En laissant de côté les mots d'amour », avait-elle ajouté en gloussant. Henry s'était tassé sur le volant et n'avait plus ouvert la bouche pendant tout le reste du trajet.

Thomas commençait à ranger les documents importants de son père comme il les avait trouvés, avec l'enveloppe en dessous, quand il comprit la valeur de sa découverte. S'il n'y avait pas de lettre, il y avait une adresse au dos : 34, Common Street, Collerton, Massachusetts, l'endroit où il pourrait voir sa mère. Au cas où il le faudrait. Au cas où il le souhaiterait. Il s'assit sur son lit de camp et écrivit aussi vite qu'il en était capable, car les mots déferlaient dans sa tête.

> *Chère maman,*
>
> *Tu me manques beaucoup. À Margaret aussi. Elle pleure souvent. Son nouveau chat est gris et noir. C'est un petit chaton. Je lui ai rappelé que tu n'aimais pas les chats. Margaret dit que c'est pas vrai, que je suis méchant, mais je m'en souviens, tu as dit que tu ne voulais pas d'animaux parce qu'ils mouraient toujours. Si j'ai raison, peux-tu le dire à Margaret, s'il te plaît ? Elle devient très vilaine, et ça ne me plaît pas. Elle a un culot monstre, voilà ce que Gladys a dit à papa.*

Il s'interrompit, se frotta le menton avec le crayon. Il ne voulait pas que sa mère soit contente d'avoir laissé une sale môme derrière elle, si bien qu'il poursuivit :

> *Mais la plupart du temps, elle est la gentille petite fille que tu voudrais qu'elle soit. Alors, s'il te plaît, s'il te plaît, reviens vite à la maison. Tu nous manques. J'aimerais te voir. Peut-être que je*

pourrai aller te voir là-bas. Bientôt, j'espère. Je pourrai prendre l'autocar.

Ton fils qui t'aime, Tom.

Avec mes meilleures salutations.

Thomas H. Talcott

« Qu'est-ce que tu écris ? » demanda Margaret.

Il plia la feuille de papier et la mit dans sa poche. Il lui fallait à présent trouver une enveloppe et un timbre. Peut-être ce soir chez Gladys.

« Dis-moi ce que tu as écrit ! s'écria Margaret en fonçant sur le lit de camp à côté de lui. Montre-moi ! » Elle essaya de lui sortir la lettre de la poche.

« Arrête, Margaret ! » Il la repoussa avec des petites tapes.

« Pourquoi ?

— Parce que c'est personnel.

— Qu'est-ce que ça veut dire ?

— C'est comme un secret. J'ai le droit d'avoir des secrets. Je ne suis pas obligé de tout te dire. Je suis plus grand que toi. »

Elle s'écarta de lui et, le dos tourné, s'assit au bord du lit.

« C'est un secret comme ce qu'a fait Jesse-boy ?

— Je n'en sais rien. Comment veux-tu que je le sache ? »

Elle ne répondit pas, mais ne s'éloigna pas.

« Qu'est-ce qu'il a fait, Jesse-boy ?

— Je n'ai pas le droit de le dire.

— Pourquoi ?

— Il me l'a interdit. Alors, je ne peux pas. » Elle paraissait effrayée.

« Je suis ton frère. Il faut me le raconter.

— Mais toi, tu ne veux pas me dire ton secret. »

Il s'exécuta donc, déplia la lettre et la lui lut en laissant de côté les critiques. Lorsqu'elle refusa de lui confier son secret, il se rendit compte qu'elle l'avait roulé. À l'école, les filles faisaient la même chose. Il suffisait qu'il essaie d'être gentil avec l'une d'elles pour que, en se retournant, il la voie en train de s'esclaffer avec ses camarades.

« Ohé ! Oh… hé… ! » fit une voix féminine essoufflée, insistante.

Stupéfaits par la nouveauté que représentait une visite, ils se levèrent d'un bond. Scrutant par-dessus les petites lunettes rondes juchées sur le bout de son nez, Mme Farley sortait de la rangée de bouleaux qui lui avaient filé les bas et ébouriffé les cheveux. Elle avançait sur le sentier, un panier dans chaque main. « Coucou ! Regardez ce que je vous ai apporté ! »

Il y avait des beignets aux patates douces, du poulet frit et même des épis de maïs beurrés, tout frais, cueillis dans le potager de M. Farley. Il en faisait pousser uniquement pour sa famille, expliqua-t-elle en posant le tout sur la table de camping branlante. Fabriquer des produits laitiers, c'était la spécialité de M. Farley depuis son enfance. « Pour ma part, je viens d'un milieu cultivé. » Leur expression déroutée l'incita à s'expliquer. Avant son mariage, elle était institutrice, profession qu'avaient exercée son père et son grand-père avant elle. Puis un jour, elle avait fait la connaissance de M. Farley, en assistant avec sa sœur à un office du carême. Six mois plus tard, ils étaient mariés, et elle avait donc dû abandonner l'enseignement. Seules les dames célibataires enseignaient. Mais M. Farley et elle avaient dû attendre douze, presque treize ans pour avoir Jesse-boy.

« Bon, voilà, ma chérie. Vas-y, mange », dit-elle en

tapotant un tabouret pour que Margaret s'installe à côté d'elle. Thomas se hâta de s'asseoir lui aussi. Mme Farley leur passa des serviettes de lin rose et des assiettes à fleurs, tellement à son affaire dans la tente qu'on aurait cru qu'elle se trouvait chez elle et non chez eux. La mère de Thomas se montrait aimable avec Mme Farley quand elle la rencontrait en ville, mais aussitôt après elle se reprochait son affabilité et son empressement, que le seul rang social de cette femme lui avait inspirés. Par souci de loyauté, Thomas essaya de garder une mine sévère.

Dès qu'ils se mirent à manger, les enfants se plongèrent dans le silence. Thomas avait le regard amolli de contentement. Tout était délicieux. Peut-être même meilleur que la cuisine de Gladys. Bien sûr, c'était sans doute parce qu'ils mangeaient chez eux et non pas sous les yeux acerbes du père Bibeau. Le père Bibeau aimait son père et les détestait. Mme Farley les aimait, mais n'aimait pas leur père. Elle ne cessait de surveiller le sentier. Malgré lui, car il aurait préféré faire durer le plaisir, Thomas se mit à avaler le plus vite possible. Mme Farley pensait sûrement la même chose que lui : si Henry Talcott arrivait et la trouvait là avec eux, ça barderait.

Mme Farley avait repris son étrange récit. Étrange pour Thomas, qui n'avait jamais entendu sa mère lui raconter la moindre histoire de femmes. Tante Lena, elle, le faisait, mais les siennes étaient différentes, vulgaires et trop extravagantes pour qu'on y croie. Mme Farley s'adonnait à un récit très personnel, qui la passionnait. Elle haletait de plus en plus. Quand, à quarante-trois ans, elle s'aperçut de son état, elle s'évanouit – elle s'évanouit dans le cabinet du Dr Creel tant le choc était grand. Thomas rogna son pilon jusqu'à l'os. Quel bébé terrifiant devait être Jesse-boy pour obliger sa mère à tomber dans les pommes. Né le lendemain de Noël, c'était le plus beau bébé qu'elle ait jamais vu. Dieu avait accédé à ses prières. Quand il eut presque un an, ses parents se rendirent compte que cet enfant doux et faible, avait un problème cardiaque. Ils l'emmenèrent chez les meilleurs médecins de Boston et de New York, et leurs avis concordèrent. Il n'y avait pas de remède, tout ce qu'ils pouvaient faire, c'était prendre soin de lui et le rendre aussi heureux que possible durant le peu de temps qui lui était imparti. Les médecins pensaient qu'il ne fêterait pas ses trois ans. Et aujourd'hui il avait quinze ans – une seule chose lui avait permis de les atteindre. La voix de Mme Farley se fit murmure. L'amour maternel, dit-elle, voilà ce qui maintenait Jesse-boy en vie. L'amour. C'était l'œuvre de sa vie, déclara-t-elle dans une envolée passionnée. « Il est heureux malgré tout. » Sa voix trembla et, derrière ses verres épais, ses yeux étaient brillants et humides. « Mais il se sent si seul ! » souffla-t-elle avant de détourner le regard.

S'il vous plaît, ne pleurez pas, songea Thomas. Il ne saurait alors pas quoi faire.

Margaret la dévisageait elle aussi. « Excusez-moi, madame Farley, dit-elle d'une toute petite voix. Est-ce qu'il reste de la limonade ? »

Mme Farley lâcha un grognement pendant que ses doigts courts et potelés forçaient pour ôter le bouchon. Elle passa la bouteille à Margaret, qui lécha les bulles dorées jaillies du goulot.

« C'est pourquoi je me suis dit que j'allais vous en parler d'abord. Peut-être que, si l'idée vient de vous, votre père y sera plus réceptif. Je fais des gâteaux presque tous les jours. Chacun de vous pourrait avoir sa chambre. Et vous n'auriez plus besoin d'aller à l'école. M. Wentworth est prêt à accueillir deux élèves supplémentaires dans notre salon transformé en salle d'étude. Ce serait bien mieux, bien plus normal si Jesse-boy avait des camarades de classe. Naturellement, vous pourriez aller voir votre père quand vous voudriez. » En lisant l'affolement sur les traits de Thomas, elle agita la main en ayant l'air d'effacer une ardoise. « Inutile de me répondre maintenant. En fait, mieux vaut ne pas vous décider trop vite. Je ne voudrais pas donner de faux espoirs à Jesse-boy. Réfléchissez-y, voilà tout. » Avec une serviette rose, elle essuya le menton graisseux de Margaret, ses mains, puis chacun de ses doigts. « Pensez à la vie heureuse que vous mèneriez. On s'amuserait tellement tous ensemble », souffla-t-elle à Margaret, qui leva la tête et lui sourit. Mme Farley se pencha pour lui murmurer quelque chose à l'oreille. Puis elle rassembla les os, les épis de maïs égrenés, les bouteilles vides et s'éloigna sur le sentier, repartant aussi vite qu'elle était venue.

Thomas et Margaret se vautrèrent sur leur lit de camp, étourdis de gloutonnerie. Ils avaient même mangé les petits gâteaux à la mélasse laissés par Mme Farley. Thomas voulut savoir ce qu'elle avait murmuré à l'oreille de sa sœur.

« Qu'elle m'aimait. Et Jesse-boy aussi. » Margaret se redressa et le regarda. « Elle lui a demandé ce qu'il désirait le plus au monde, et il a dit qu'il voulait que je sois sa sœur.

— Mais tu es la mienne ! lâcha Thomas, aussi prompt que son père à se mettre en colère.

— Je sais. Tu pourrais toi aussi être son frère.

— Margaret ! Notre famille, elle est là ! dit-il avec

un geste de la main, comme si la tente sombre grouillait de parents. Tu ne veux tout de même pas quitter papa ?

— Non. Mais je n'aime plus cet endroit. Je ne l'aime plus ! »

Il lui conseilla de ne pas s'inquiéter. Dès que leur mère lirait sa lettre, elle verrait à quel point ils avaient besoin d'elle. Il sortit même sa missive et, devant Margaret, ajouta ces mots en post-scriptum avec des majuscules hardiment soulignées : S'IL TE PLAÎT, REVIENS TOUT DE SUITE. La force brutale des capitales l'emplit d'une urgence qu'il n'avait pas ressentie jusque-là. Margaret était si près de lui qu'elle lui hérissait les poils des bras en respirant et, surtout, lui faisait prendre conscience que tout dépendait de lui. Il fallait qu'il fasse revenir sa mère avant qu'une catastrophe ne se produise. Il pensa à l'amour maternel de Mme Farley, qui avait gardé en vie Jesse-boy pendant tout ce temps. Il ajouta : J'AI ÉTÉ TRÈS MALADE. CERTAINS JOURS, JE N'ARRIVE PAS BIEN À RESPIRER. Quels étaient les autres problèmes de Jesse-boy ? J'AI D'AFFREUX MAUX DE TÊTE ET JE DOIS RESTER LONGTEMPS DANS LE NOIR. Les jambes et les pieds de Jesse-boy tressautaient, mais il avait peur d'aller jusque-là, de tenter le sort. C'était surtout pour Margaret qu'il faisait ça. Elle se laissait si facilement influencer. Par chance, Mme Farley ignorait à quel point elle aimait la réglisse. Il n'en faudrait pas plus, quelques rouleaux dans le prochain panier, et Margaret la suivrait.

Pendant trois jours de crachin, la camionnette resta en panne dans la clairière, juste devant le vieux chemin forestier qui menait à la mare. De toute façon, si Henry Talcott avait pu se rendre en ville, il n'aurait pas eu de quoi payer des bougies. Parfois, Thomas et Margaret feignaient d'être tristes pour leur père. En fait, l'avoir avec eux tout le temps était merveilleux, même s'il s'enfonçait de plus en plus dans son amer malaise. « Pauvre papa ! soupira Margaret en lui coupant quelques cheveux qui dépassaient de son col. Je vais te faire ressembler à un acteur de cinéma. » Elle lui souffla dans la nuque pour chasser les cheveux coupés, puis le regarda sous tous les angles. « Lequel tu choisis ? » D'ordinaire, quand il était dans cet état, seule Margaret parvenait à lui arracher un sourire, seulement là même elle n'y réussit pas. Thomas préférait ne pas être dans ses jambes, mais la tente semblait rétrécir encore avec la présence de leur père. Les mains derrière la tête, les yeux fermés, il était allongé sur son lit de camp. Juste au moment où ils le croyaient endormi, un soupir plus profond qu'un grognement s'échappa de lui ; on aurait dit qu'on lui arrachait des pierres de la poitrine. C'était très inquiétant. Thomas savait bien que leur situation était difficile, mais, depuis peu, le comportement de son père semblait indiquer qu'il n'y avait plus d'issue. Thomas était sûr que sa mère n'allait pas tarder à revenir. Cela faisait quinze jours qu'il avait posté sa lettre. Au début, il avait été déçu de ne pas recevoir de réponse. Maintenant, il comprenait. Sa mère se préparait sans doute au retour. Un tel trajet prenait du temps. Collerton, dans le Massachusetts, était loin. Il l'imagina dans le car, puisque c'était le moyen de transport qu'elle avait emprunté pour partir. Elle avait probablement économisé chaque *cent* gagné, si bien qu'il devrait avertir Margaret de ne pas attendre de présent. L'avoir avec eux serait le plus beau cadeau de tous, dirait-il à sa sœur.

Henry Talcott était sorti pour secouer les cheveux qui collaient à sa chemise. Margaret essayait de maintenir le chaton sous son pull en le berçant comme un bébé, mais il ne cessait de gigoter pour se libérer. Henry se baissait pour pénétrer dans la tente quand quelqu'un l'appela.

« Où t'étais passé ? s'enquit une voix féminine, et les deux enfants regardèrent par l'ouverture de toile, enracinés dans leurs espérances.

— Nulle part. Ici, c'est tout », répondit-il en se dirigeant non pas vers leur mère, mais vers Gladys. Ils se trouvaient à quelques pas des latrines qu'il avait construites, espace étroit auquel il voulait donner l'apparence d'un appentis, sauf qu'il consistait seulement en une planche pour s'appuyer quand on s'accroupissait, une pelle et un seau de chaux. Une couverture en loques servait de porte.

Presque aussi grande que leur père, Gladys était une femme plutôt étrange dans sa robe lâche, sa veste d'homme et ses bottes de jardinage. Thomas, toutefois, se gardait bien de le faire remarquer. Gladys et son père étaient presque frère et sœur, répétait toujours sa mère, avant d'ajouter que le problème avec cette pauvre fille, c'était qu'elle manquait totalement de dignité pour s'habiller de cette manière et pour laisser le père Bibeau décider de sa vie. Gladys avait fréquenté l'école d'infirmières, mais, à la mort de sa mère, son père lui avait ordonné de revenir s'occuper de la maison. Ou plutôt de lui. La pitié que leur mère éprouvait à l'égard de Gladys frisait souvent la jubilation, dans la mesure où elle lâchait presque toutes ses remarques devant Henry. Et qui pouvait en vouloir à cette pauvre fille ? Jusqu'à l'arrivée d'Irene, tout le monde supposait que le mariage entre les deux amis d'enfance n'était qu'une question de temps.

Depuis peu, Thomas avait remarqué le mutisme anormal qui s'emparait de Gladys dès que le nom de sa mère était prononcé. On avait presque l'impression qu'elle retenait son souffle pour se forcer au silence. En y repensant, il se rendit compte que personne n'avait jamais reproché à sa mère d'être partie. T. C. Whitby avait seulement dit qu'elle travaillait dans une filature. C'était son ton sarcastique qui avait irrité Thomas. Whitby était furieux d'avoir perdu une aussi bonne comptable, avait assuré son père, et il n'y avait rien de mal à travailler dans une filature. Beaucoup de femmes très bien le faisaient. En ces temps difficiles, les gens étaient bien contents de trouver du boulot, les femmes aussi bien que les hommes. Chacun faisait ce qu'il avait à faire.

Sa chemise toujours ouverte, Henry Talcott revint dans la tente et prévint ses enfants que Gladys allait l'emmener en ville pour se renseigner sur des bougies. Son père ne se serait jamais montré la poitrine nue devant une autre femme que sa mère, Thomas le savait. Gladys passa la tête à l'intérieur et demanda à Margaret si elle avait trouvé un nom au petit chat.

« Oui, répondit Margaret en le soulevant du nid de vêtements aménagé dans la caisse. Il s'appelle Thomas.

— C'est le nom de ton frère, s'exclama Gladys en riant. Tu ne peux pas l'appeler comme ça !

— Si, je peux ! rétorqua Margaret, offusquée.

— Non, tu ne peux pas ! railla Thomas.

— Bien sûr que si ! s'écria Margaret sur le ton supérieur qu'il détestait.

— Je ne t'ai jamais entendue l'appeler Thomas.

— C'est parce que tu réponds “Quoi ?”, voilà pourquoi. » Elle secoua la tête et regarda Gladys. « Il croit toujours que c'est lui que j'appelle. » Gladys et Henry riaient tous les deux à présent. Ils se moquaient de lui. Mais c'était la première fois que son père avait ne serait-ce que souri depuis plusieurs jours. « Alors j'ai pas envie de le vexer, ajouta Margaret d'une voix traînante.

— Écoutez un peu ce petit diable ! » Gladys souleva Margaret et la tint devant elle pour la dévisager. « Tu as un culot monstre ! » affirma-t-elle de sa voix grinçante.

Thomas cherchait encore une repartie intelligente quand Gladys lui serra la tête contre sa poitrine osseuse. Elle leur annonça qu'elle les attendait à souper jeudi soir. « Et mets une jolie robe, recommanda-t-elle à Margaret. Ce sera une grande occasion.

— Une fête ! hurla Margaret.

— Oui, dit Gladys avec un grand sourire. Le 21 août ! Le douzième anniversaire de ton frère. Et j'ai un beau cadeau pour lui. »

L'été s'était révélé bien curieux : Thomas ne se préoccupait pas du jour de la semaine, à plus forte raison de la date. Il n'avait absolument pas pensé à son anniversaire. Et maintenant, voilà qu'il lui tombait dessus, qu'il dominait tout. Margaret et lui en étaient arrivés à la même conclusion : leur mère avait choisi son anniversaire pour revenir. Bien sûr, voyons. C'était elle, le beau cadeau. La surprise. Oui, s'empressa de reconnaître Margaret. C'était là quelque chose qu'il souhaitait depuis très longtemps ! (Gladys en avait-elle vraiment parlé ?) Mais, contrairement à lui, Margaret l'avait peut-être entendu. Voilà pourquoi sa mère n'avait pas répondu à sa lettre. Elle attendait son anniversaire. Et elle savait qu'il s'en douterait.

3

CE SOIR-LÀ, AVEC LA PLUIE, LA FERME LUGUBRE du père Bibeau aurait dû paraître encore plus sinistre. Mais l'événement faisait naître trop de joie. Le ciel était noir de pluie. Les murs ternes vibraient à chaque coup de tonnerre. Les deux enfants s'étaient précipités à l'intérieur en gloussant, et les boucles de Margaret dégouttaient. La fillette avait emmené en douce le chaton, auquel elle n'avait pas encore donné de nom.

« Je vais laisser maman le prendre dans ses bras », avait-elle murmuré à Thomas pendant qu'ils cherchaient leurs plus beaux habits dans la grande malle noire. Leur mère était très pointilleuse sur leur tenue quand ils sortaient – surtout si elle les accompagnait. Regardez-moi un peu cette grande dame avec ses gamins loqueteux, disait tante Lena pour se moquer de sa sœur lorsque, à la fin d'une visite, les deux enfants étaient sales et débraillés. Pour cette merveilleuse soirée, Thomas portait sa plus belle chemise blanche, même si elle avait jauni et si les manches étaient devenues trop courtes. La robe rose et blanc de Margaret était toute froissée. Le temps qu'ils arrivent, la pluie avait lissé presque tous les plis, à l'exception des plus récalcitrants. Dès que leur père avait enfilé sa chemise du dimanche, ils avaient été certains que leur mère serait là. Henry avait même penché la tête dans le seau d'eau pour aplatir ses cheveux bruns rebelles. Thomas fut soulagé en voyant les mèches se redresser. Leur mère critiquait souvent l'allure de son mari. Elle avait beau se donner du mal pour essayer de le faire ressembler à un homme bien élevé, il n'avait jamais l'air impeccable. En revanche, elle adorait ses cheveux. « Voilà ce qui a eu raison de moi, ces belles boucles », disait-elle en lui passant les doigts dans les cheveux, jusqu'au moment où, embarrassé, il lui repoussait la main.

La table était couverte d'une nappe blanche. Les fleurs jaunes et bleues entrelacées au bord avaient été brodées par sa défunte mère, expliqua Gladys à Margaret d'un ton presque faraud. Personne n'avait encore dit grand-chose. Margaret avait les yeux fixés sur la porte. Thomas s'efforçait de regarder ailleurs. La viande braisée et les pommes de terre étaient délicieuses, mais il était trop heureux et surexcité pour en reprendre. Les temps difficiles seraient bientôt finis, songeait-il. Le père Bibeau annonça pourtant tout à trac qu'il tirerait à vue sur le premier vagabond qui viendrait quémander.

« J'm'en vais mettre une pancarte sur le portail. "Propriété surveillée. Les mendiants dehors !" », aboya-t-il en brandissant sa fourchette dégoulinante. Son menton poilu luisait de graisse.

« Celui d'hier était tellement jeune ! fit remarquer Gladys. Il ne pouvait pas être beaucoup plus âgé que toi, Tom. Quatorze ans, tout au plus. Tout au plus. Son frère aîné et lui venaient de Vergennes. Ils se dirigeaient vers l'ouest. Vers la Californie. Je leur ai dit : "Vous devriez aller à l'école, des gamins comme vous." "On peut pas, qu'il m'a répondu. Y a trop de gosses à nourrir à la maison, il faut qu'on se débrouille tout seuls."

— Bon Dieu, ça suffit ! » Le vieil homme se pencha sur sa jambe. Il souleva le chaton par la peau du cou. « Voilà qu'il me griffe sous mon propre toit ! » Il secoua au-dessus de la table le petit chat roulé en boule.

« S'il te plaît, ne lui fais pas de mal ! s'écria Margaret en tendant la main. Il jouait, c'est tout ! Il s'amuse avec les pieds des gens. »

Muet, leur père avait mangé sans discontinuer, mais à présent, la fourchette dans une main, le couteau dans l'autre, il s'interrompit pour regarder le père Bibeau. Thomas retint son souffle. Le chaton avait la peau du cou distendue, et ses yeux étaient réduits à de simples fentes. Un jour, Thomas avait vu le vieil homme frapper son chien dans les côtes, juste pour l'obliger à bouger.

« Pose ce chat, papa », dit Gladys en observant son père.

Le vieil homme grimaça un sourire. « Viens ici », demanda-t-il à Margaret. Elle dégringola de son siège et se précipita au bout de la table. « Écoute, tu ne sais pas qu'il ne faut pas amener un chat chez les gens ?

— Si. Mais c'est encore un tout petit minet.

— Je n'aime pas les chats. Ils sont sournois. Ils vous tombent toujours dessus au moment où on s'y attend le moins, comme les femmes. » Il regarda fixement la fillette. L'estomac de Thomas fit une embardée d'énervement et de joie mêlés : c'était là une façon détournée d'annoncer l'arrivée de leur mère.

Le couteau et la fourchette de son père retombèrent bruyamment sur son assiette. Il se leva et attrapa le chaton. « Je vais le mettre dans la camionnette », dit-il à Margaret. Pendant qu'il s'éloignait, elle lui recommanda de bien remonter les vitres. Henry Talcott revint un instant plus tard. Seul. Le regard de Thomas s'attarda sur la porte, qui resta fermée.

Le père Bibeau s'était plongé dans le silence. Gladys et Margaret débarrassaient la table. Henry demanda à son fils de les aider mais, pour Gladys, il n'était pas question de faire travailler l'invité d'honneur. Quand elle voulut prendre l'assiette de son père, il grommela un « Bas les pattes » ; ne voyait-elle donc pas qu'il n'avait pas fini ? Tous les autres avaient terminé, répliqua-t-elle, et elle voulait apporter le gâteau d'anniversaire. Tant pis pour eux, ils n'auraient qu'à attendre, dit le vieil homme. Seules quelques carottes restaient dans son assiette, et il n'y toucha pas. Il n'en voulait même plus, pensa Thomas avec amertume, mais il se croyait obligé de tout diriger.

Quand la colère s'emparait de son père, Thomas s'en apercevait toujours : il se passait sans arrêt la langue sur les lèvres, prenait de longues inspirations. Il était précisément en train de le faire. Le père Bibeau semblait content maintenant qu'il avait Henry Talcott pour lui seul. Il lui raconta qu'un employé de la banque était passé la semaine précédente pour voir s'il avait besoin d'un prêt. Comme s'il était aussi bête ! Comme s'il ne connaissait pas les manigances de ces voleurs !

Son père se contenta de hocher la tête. « Notre époque est complètement folle », murmura-t-il quand le vieil homme s'interrompit pour écouter ses commentaires. Même Thomas savait à quel point le père Bibeau débitait des idioties, obsédé par l'idée que tout le monde convoitait sa propriété, ses prés à la terre épuisée, alourdie de cailloux. C'était tout ce qui lui restait, cette maison croulante, sa dizaine d'hectares et une fille âgée de trente-cinq ans dont personne ne voulait, pas plus que de ses terres, d'ailleurs.

« Joyeux anniversaire ! Joyeux anniversaire ! chantèrent Gladys et Margaret avec des voix douces, étonnamment bien accordées, lorsqu'elles franchirent la porte avec un gâteau au chocolat illuminé de bougies. Joyeux anniversaire, cher Thomas, joyeux…

— J'ai pas fini ! grogna le vieil homme en abattant son poing sur la table.

— … anniversaire ! » Gladys posa le gâteau devant Thomas. Il ferma les yeux, forma le vœu que sa mère ne les quitte plus jamais, puis souffla toutes les bougies.

« Je sais ce que tu as fait comme vœu. » Margaret regarda autour d'elle, les yeux brillants.

Soudain, tout devint silencieux. Dehors, la pluie avait cessé.

« J'ai dit que j'avais pas fini ! » Le vieil homme repoussa son assiette.

« Allons, papa, s'il te plaît ! C'est son anniversaire », répliqua tranquillement Gladys.

Le vieil homme bouillait d'amertume. Il avait perdu l'attention respectueuse de Henry, et sa fille ne se souciait que de ces deux moutards, dont la mère, elle, se fichait. L'air aigri, il observa Gladys lorsqu'elle remit à Thomas son cadeau enveloppé de papier d'emballage blanc, sur lequel elle avait dessiné des marguerites avec un centre coloré en marron. C'était une chemise à rayures bleues et blanches. « Merci », dit-il en plaquant l'immense chemise sous son menton. Elle était un peu grande, de sorte qu'elle lui irait pendant au moins un an, expliqua Gladys. *Dix ans*, pensa-t-il, en souhaitant que Gladys aille s'asseoir afin qu'il puisse voir la porte au moment où elle s'ouvrirait. Le cadeau suivant venait de Margaret. Enveloppé dans un bout de tissu, c'était un gros bâton bien lisse, une branche de bouleau. Très content, il la remercia, même si elle l'avait ramassé en chemin pour avoir quelque chose à lui donner. Et il y avait enfin une grande surprise pour son douzième anniversaire, annonça Gladys. Une chose dont il avait vraiment très envie. Elle tendit à son père, pour qu'il le lui remette, un petit paquet également enveloppé dans du papier d'emballage.

« Tiens, Thomas. C'est pour toi. »

Il était déjà déçu avant d'avoir fini de l'ouvrir. Quel que soit son contenu, ce n'était pas ce dont il avait envie.

« Un couteau Palomino nickelé, à deux lames ! annonça Gladys avec un grand sourire.

— Tout neuf, précisa son père avec un hochement de tête sévère laissant augurer que le délit n'avait pas été oublié et que la leçon restait d'actualité.

— Tu pourras t'en servir pour tailler le bâton. » Le menton de Margaret trembla.

Il n'y aurait plus d'autre surprise. Gladys coupait le gâteau. Thomas reçut la première part, la plus grosse. Gladys lui rappela que c'était le gâteau préféré de son père, tout chocolat, pâte et glaçage. Un jour, raconta-t-elle aux enfants, pour son dixième anniversaire, au lieu de confectionner la génoise qu'elle aimait, sa mère, n'y pensant plus, fit un gâteau au chocolat. « J'ai éclaté en sanglots, si bien que le jour de son anniversaire, votre père a demandé à sa mère de préparer une génoise avec un glaçage au chocolat.

— J'ai fait ça ? » Henry Talcott semblait surpris et gêné.

« Oui, je peux te l'assurer, dit Gladys avec un grand sourire.

— Où est ma part ? » finit par demander le père Bibeau. Il bouillait d'impatience. Gladys rétorqua qu'elle attendait qu'il se manifeste.

Sa réponse se perdit dans un soudain roulement de

tonnerre. Margaret fixa la porte des yeux. « Je crois qu'il y a quelqu'un dehors.

— La pluie, c'est tout », dit son père lorsqu'elle alla l'ouvrir pour vérifier. Elle revint à pas lents.

« Maintenant que j'y pense, dit Gladys en déposant une grosse part de gâteau devant son père. Qu'est venu faire Farley ici cet après-midi ? J'ai vu son camion. Il repartait au moment où je suis arrivée en haut de la route. »

Le père Bibeau coupa un morceau de gâteau avec sa fourchette et le porta à sa bouche.

« Qu'est-ce qu'il voulait ? reprit sa fille en commençant elle aussi à manger.

— C'est pas tes oignons ! lâcha le père Bibeau avec un regard haineux.

— Sûrement, mais je… » bégaya-t-elle en se détournant des enfants. Elle avait rougi. « Je me disais seulement qu'il voulait peut-être te parler du…

— Boucle-la ! cracha le père Bibeau en pointant sa fourchette sur elle. Boucle-la, bon sang ! »

Gladys ferma un instant les yeux et parut s'affaisser sur la table. Honteuse, elle se leva à la hâte et courut dans la cuisine. Là-dessus, Henry posa sa serviette sur la nappe et se leva lui aussi en disant aux enfants qu'ils feraient mieux de partir.

« Allons ! » beugla le père Bibeau. Il agita les deux bras. « Reste ! Reste donc ! Il faut toujours qu'elle vienne mettre son grain de sel dans les affaires des autres, pourtant elle sait bougrement que ça ne la regarde pas. Le problème, c'est qu'elle n'a pas d'affaires à elle ! » hurla-t-il en direction de la cuisine.

Le père de Thomas se passa la langue sur les lèvres. Avec détermination, il prit une profonde inspiration et se pencha au-dessus du vieil homme. Il se trouvait tellement près de lui, sa voix était si basse et dure que Thomas était persuadé qu'il allait le frapper. « Tu ne devrais pas la traiter de cette façon. Surtout devant des gens. Ça la blesse dans son orgueil. » Il parlait tout bas pour qu'elle ne l'entende pas.

« Son orgueil ? » Le vieil homme au nez rougi explosa. « Si elle en avait, elle t'aurait épousé au lieu de se transformer en… en vieille branche desséchée dont personne ne veut. » Il attrapa le bâton de Thomas posé sur la table. « Moi compris ! » hurla-t-il en le lançant sur la porte de la cuisine.

La lettre de sa mère arriva quelques jours plus tard. Son père ouvrit l'enveloppe et se mit à lire. « Le 21 août, dit-il en soupirant avant de secouer la tête avec incrédulité. Elle a écrit le jour de ton anniversaire.

— C'est vrai ? Qu'est-ce qu'elle dit ? » Thomas ne pouvait s'empêcher de sourire.

Son père prit une profonde inspiration. « Voyons… elle dit : "Je pense à toi aujourd'hui. Douze ans. Imagine un peu ! Mon petit garçon grandit si vite." » Il y eut un silence lorsqu'il poursuivit sa lecture. Les enfants étaient plantés devant lui, tous deux immobiles. Les épaules voûtées, Henry était assis au bord du lit de camp, la lettre tout près de son visage. *Il doit la relire*, songea Thomas. Car elle était courte, une page à peine. Apercevoir l'écriture délicate de sa mère lui porta un coup au cœur. Elle avait effleuré ce papier. Son père replia la lettre.

« Lis-nous tout ! s'écria Margaret. S'il te plaît, papa ! » Elle le tira par la manche.

« Je l'ai fait.

— Non. Tu as seulement lu le passage sur Tom. Et sur moi ? Qu'est-ce que maman a écrit sur moi ? »

Thomas vit le menton de son père s'affaisser, comme si, d'un coup de poing, on venait de lui couper la respiration. Il gardait les yeux rivés au sol. Lorsqu'il prit la parole, Thomas sut qu'il allait mentir. Que tout était mensonge. Même le « Je pense à toi ».

« Elle dit que tu lui manques beaucoup et qu'elle veut que tu sois sage », déclara-t-il à Margaret.

Thomas s'assit sur son lit et observa les efforts de son père, remarqua chaque pause, chaque raclement de gorge. Il était stupéfait de le voir mentir avec autant de facilité.

« Très sage. Elle veut que tu nous aides, Thomas et moi.

— Que je vous aide à quoi faire ? demanda Margaret, et Thomas se hérissa en l'observant, elle qu'on aidait toujours et qui n'aidait jamais personne.

— Que tu nous aides… que tu nous aides… » Son père baissa les yeux, éprouvé par l'espoir, la confiance qu'on lisait dans le regard de la fillette.

« Quand est-ce qu'elle va revenir à la maison ? » demanda Thomas avec une froideur soudaine, se doutant à présent que les choses avaient changé de manière définitive. Jusque-là, son cerveau avait fonctionné à la manière d'une horloge, de sorte que chaque déception, crainte, carence affective – simples tic-tac – le rapprochait d'une seconde, d'une minute, d'une heure, d'un jour du réconfort qu'il pourrait trouver dans les bras de sa mère.

Le lendemain, Henry ne se mit pas en quête de travail d'abattage. Il passa la plus grande partie de la matinée à bricoler la camionnette. Assis sur l'aile avant, Thomas taillait un bâton court et noueux avec son couteau, pas tant pour observer son père que pour prendre son mal en patience.

« Ça, là, c'est l'arbre à cames, murmura son père en sortant de sa poche arrière une clé plus petite. Faut que j'enlève un peu de ce cambouis. » Il jeta un coup d'œil par-dessus son épaule. « Fais bien attention, maintenant, Tom. Il faut que tu saches te débrouiller tout seul. Tu ne peux pas attendre des autres qu'ils fassent ton boulot. Il faut que tu deviennes autonome… »

Thomas ne l'écoutait plus. Il se rappelait que sa mère se mettait à frotter des boiseries ou à secouer une carpette quand son père s'abandonnait à ce genre d'humeur. N'importe quoi pour ne pas être dans ses jambes. Il était trop dur avec elle, disait tante Lena. Il aurait dû épouser Gladys Bibeau s'il voulait seulement une ouvrière agricole. C'était son tempérament coléreux qui avait fait fuir sa mère. Thomas en était sûr. En butte au mécontentement de son père au cours des derniers mois, il en avait oublié les longues périodes durant lesquelles sa mère parlait à peine, même à ses enfants. D'après le Dr Creel, c'était la mort de Jamie qui l'avait fichue en l'air. Mais Thomas s'en souvenait très bien, tante Lena avait soutenu que sa naissance lui avait donné l'impression d'être horriblement piégée et que sa mort n'en avait été que la confirmation. En de tels moments, Thomas regrettait les quelques mois où ils avaient habité en ville. Il pouvait oublier la tension qui régnait à la maison car, lorsqu'ils allaient faire des courses, ou simplement se promener, sa mère devenait une tout autre femme. Elle conversait d'un ton animé, plein d'entrain, avec tous les gens qu'ils rencontraient. Qu'on puisse avoir deux personnalités aussi différentes demeurait un mystère. Mais Thomas était trop gagné par ce bonheur contagieux pour s'en étonner longtemps.

Partout où ils allaient, les gens adoraient sa mère. Il adorait sa mère. Jusqu'au jour où elle s'en alla sans crier gare.

La veille au soir, dans l'obscurité, il avait vu son père sortir la lettre de sa poche et la glisser dans sa blague à tabac. Thomas comptait la lire dès qu'il partirait au travail le lendemain matin, mais la camionnette n'avait pas voulu démarrer. Thomas sauta de l'aile en disant qu'il allait voir ce que faisait Margaret. Son père expliqua qu'elle découpait des images dans le magazine féminin que Gladys lui avait donné l'autre jour. Thomas répéta qu'il allait quand même jeter un coup d'œil pour savoir si elle voulait boire ou avait besoin de quelque chose. Il restait quelques pommes, lui rappela son père. Elles étaient aigres, répliqua Thomas, et son père sortit la tête de sous le capot.

« Je les ai payées en bel et bon argent, lâcha-t-il en fronçant les sourcils à cause du soleil brûlant.

— J'ai seulement dit qu'elles étaient aigres. J'ai pas dit que j'allais pas en manger ! » rétorqua Thomas.

En fait, son père n'avait pas versé un sou, il les avait obtenues en échange de son travail. Presque toute leur nourriture provenait des fermes dans lesquelles il abattait des bêtes.

« Ne me parle pas sur ce ton ! » beugla son père, un œil plissé, en brandissant son tournevis pendant qu'il le rattrapait. De la graisse lui maculait une joue. « Tu devrais être déjà bien content d'avoir quelque chose à te mettre sous la dent, même une vieille pomme aigre, tu m'entends ? Tu entends ce que je te dis ? » Ses doigts se refermèrent sur le bras de Thomas et serrèrent jusqu'à l'os.

« Oui, père. »

Son père le toisa d'un regard furieux. « Et n'écris plus jamais de lettre à ta mère. »

Thomas lui retourna son regard. Ce n'était pas juste. Personne ne pouvait exiger de lui une chose pareille, même pas son père.

« Qu'est-ce que je viens de te dire ? Ne reste pas planté là à me regarder, répète-le-moi ! » D'une poigne encore plus forte, il l'attira vers lui, si bien que la joue de Thomas se retrouva plaquée contre sa poitrine en sueur. « Répète !

— Pourquoi ? Pourquoi est-ce que je n'ai pas le droit de lui écrire ?

— Parce que ! gronda son père en le serrant tellement fort que Thomas sentit la rage bouillonner dans sa transpiration poisseuse. Parce que j'ai décidé. » Le cœur de son père cognait trop fort contre son oreille. Thomas n'osait pas s'écarter. L'empoignade était devenue étreinte, plus désespérée, dans le chagrin qu'elle révélait, que la colère.

Rien n'avait plus aucun sens. Le reste de la journée et presque toute celle du lendemain, son père resta à proximité. Thomas n'eut pas la possibilité d'aller chercher la lettre de sa mère. L'après-midi se terminait quand la camionnette démarra enfin en toussotant et s'éloigna. Son père craignait de devoir acheter une nouvelle batterie. Il venait de repenser à Mme Cobb, la vieille dame de Pawlet dont le mari était tombé à l'eau en traversant la glace et s'était noyé l'hiver précédent. Si elle ne s'était pas débarrassée de son véhicule, elle serait peut-être disposée à lui céder quelques pièces contre l'abattage de son cochon. Ou contre n'importe quel boulot qu'il pourrait effectuer dans sa ferme.

« C'est loin, Pawlet ? demanda Margaret.

— À vingt-cinq kilomètres.

— C'est très loin. Et si ta camionnette tombe en panne, comment tu reviendras ? »

Il lui répondit de ne pas s'inquiéter. Il s'en sortirait très bien tant qu'il ne couperait pas le moteur. Et si jamais il était retenu, son grand frère saurait quoi faire. Il restait des œufs et des haricots grimpants. Et du porc salé pour leur donner du goût, cria-t-il de la camionnette. « Allez chercher du bois. On n'en a presque plus », brailla-t-il en faisant hurler la boîte de vitesses.

Thomas se dirigea à pas lents vers la tente en entraînant Margaret. Tous deux pensaient la même chose. La camionnette faisait vraiment un drôle de bruit. Leur père ne partait jamais travailler aussi tard, grommela Margaret. « Il le faut bien. Les temps sont durs », expliqua Thomas en cherchant la blague à tabac. Elle était exactement à l'endroit où son père l'avait accrochée la veille, suspendue à un clou, derrière la caisse où ils rangeaient les conserves. Margaret demanda s'ils pouvaient aller faire un tour en bateau. « Peut-être dans un moment », répondit-il en extirpant la lettre. Il lui dit qu'il revenait tout de suite. Il allait aux toilettes. C'était le seul lieu où il pouvait échapper à sa sœur. Son chaton sur les talons, elle le suivit jusqu'aux latrines. Combien de temps durait un moment ? lui demanda-t-elle derrière la couverture. Le temps qu'il ait terminé, lui répondit-il en s'efforçant de déchiffrer l'écriture dans l'obscurité. S'il sortait ou même soulevait la couverture, elle comprendrait qu'il lisait quelque chose.

« Je n'entends rien, dit-elle en gloussant. Alors, tu dois être accroupi, c'est ça ?

— Plus vite tu t'en iras et plus vite j'aurai fini ! » beugla-t-il en prenant le ton de son père. Il scruta par l'interstice, sur le côté de la couverture, et vit Margaret bouger de quelques pas à peine. « Va m'attendre dans le bateau ! hurla-t-il. Sinon, pas de promenade. » Margaret courut vers la mare, et il sortit.

Le 21 août

Cher Henry,

Comment oses-tu te servir des enfants pour me forcer à revenir ? Si tu espérais m'inspirer de la pitié ou de la culpabilité en faisant écrire Thomas, sache que tu as lamentablement échoué. Bien sûr, je m'inquiète pour eux, mais je suis vraiment incapable de les entretenir avec mes gains misérables. Tu le sais très bien ! Même pour moi toute seule, la chambre est petite, et ma logeuse me jetterait à la rue si j'amenais des enfants. J'ai essayé d'être une bonne épouse et je n'y ai pas réussi. Je ne peux pas en faire plus, tu le sais. S'il te plaît, explique cette triste situation aux enfants. Si tu leur parles d'un ton raisonnable et gentil, ils pourront accepter la vérité. Je me suis résignée depuis longtemps à ce que tu ne tiennes pas compte de mes sentiments, Henry, mais une lettre comme celle de Thomas me montre à quel point tu es cruel. Je me suis efforcée d'être tout à fait sincère. Tu dois maintenant en faire autant.

Bien à toi,

Irene

S'il te plaît, dis aux enfants que je pense à eux.

À présent, il savait à quoi s'en tenir. Tout n'était que mensonge. Elle n'allait pas revenir et ne voulait pas d'eux là-bas. Elle ne travaillait pas dur pour économiser de quoi leur permettre d'être de nouveau réunis. La réalité, c'était ça, cette tente, l'herbe piétinée menant au bord boueux de la mare, se répétait-il en ramant vers le milieu de l'eau sombre, calme. Le ciel argenté était une lumière chaude, floue, qui essayait de percer à travers une bulle. Thomas avait mal, tellement mal qu'il ne pouvait regarder Margaret de crainte d'éclater en sanglots. Quant à elle, elle ne cessait de bavarder, de parler de petits riens alors que leur vie était fichue en l'air. Il avait envie de la pincer pour la faire pleurer. Son ignorance béate le heurtait. Il fallait qu'elle souffre elle aussi en apprenant le triste sort qui les attendait : une vie de tentes, de camionnettes récalcitrantes et fumantes ; fini le baiser de leur mère avant qu'ils s'endorment, ils n'entendraient plus que leur père exigeant d'un ton sec qu'ils lavent leurs sous-vêtements, jettent de la chaux dans les latrines et mangent des pommes aigres sans piper mot. Et voilà que Margaret, ravie, hilare, lui montrait son chaton juché en parfait équilibre sur le bord du bateau, à l'arrière. Il attrapa les avirons et se remit à ramer. Avec des mouvements brusques, rapides, il enfonça le plat de l'aviron dans l'eau sombre pour virer.

« Thomas ! Thomas ! Arrête ! » hurla sa sœur à ce soudain changement de direction. Elle se pencha le plus possible pour plonger la main dans l'eau. Il continua à ramer. Margaret rampa vers lui par-dessus le banc. Il fallait revenir en arrière : le chaton avait basculé. « S'il te plaît, Thomas ! Vite, avant qu'il se noie ! »

Qu'elle était donc terrorisée ! Horrifiée ! Terrassée par la perte d'un objet aimé dont elle avait tant besoin. « S'il te plaît, Tommy ! brailla-t-elle, la morve au nez, les yeux gonflés, rouges. S'il te plaît, va chercher minet avant qu'il se noie ! »

Et, bien sûr, il allait s'exécuter. Il plongea dans le vide stagnant, tout au fond, là où la boue insondable avait englouti un chariot et un attelage.

« Là-bas ! » dit-elle en sanglotant au moment où il

remonta la tête à la surface. Le bateau dérivait déjà. Il nagea avec de grands mouvements dans la direction qu'elle indiquait. Mais il ne trouva rien. Pas de minet. Il revint vers le bateau et, s'accrochant au bord, demanda à sa sœur de regarder sous le banc. Derrière la caisse des cordes. Il se cachait peut-être. Non, elle l'avait vu tomber à l'eau. Elle l'avait vu sauter comme un bouchon à la surface. « Il essayait de garder la tête hors de l'eau ! ajouta-t-elle d'une voix gémissante.

— Les chats savent nager, oui ou non ? Oui ou non ? » hurla-t-il, car, bien sûr, il avait cru que c'était le cas et que le chaton pourrait nager derrière le bateau. Laissons-la avoir un peu la frousse. Que ça lui serve de leçon. Quelle leçon ? Que les gens les plus cruels étaient ceux qu'elle aimait le plus, en qui elle avait le plus confiance ? « Ne pleure pas, je t'en prie », supplia-t-il, mais il pleurait lui aussi.

Dans sa poche, la lettre était mouillée et l'encre bavait dans les pliures quand il l'ouvrit. Plus tard, une fois qu'elle eut séché, il replia la feuille et la glissa dans la blague à tabac accrochée derrière la caisse de conserves.

Son père revint à la tombée de la nuit. La vieille femme lui avait donné la batterie, mais pas contre l'abattage de son cochon, qu'elle venait de vendre la semaine précédente. En revanche, son puits s'était asséché. Il fallait en creuser un autre, et elle n'avait pas les moyens de payer quelqu'un. La batterie était à lui s'il creusait un puits. Selon son estimation, le boulot prendrait trois bons jours. Quatre au maximum. Son père se déclara navré par la noyade du chaton. Il garda Margaret sur ses genoux pendant un long moment et lui dit qu'il était bien content qu'il ne lui soit rien arrivé, parce qu'il l'aimait beaucoup. Elle raconta que Thomas avait sauté à l'eau avec un grand courage pour essayer de le sauver. Son père lui lança un coup d'œil sans prononcer un mot.

Le lendemain matin, Henry se leva avant le soleil. La première lueur du jour se faufilait à travers les arbres, accompagnée par le trille cristallin d'un oiseau. Les conserves cliquetèrent. S'abritant derrière son coude, Thomas vit son père décrocher de son clou la blague à tabac, puis la poser sur la table avec un soupir. Il roula six cigarettes pour la journée, en lécha le papier, puis les mit dans la poche de sa chemise. Il sortit la lettre. En entendant bruisser le papier qu'il dépliait, Thomas ferma les yeux. Son père se leva et vint se poster devant son lit de camp. Ces quelques secondes furent les plus angoissantes de toute la vie du gamin. Il essaya de respirer lentement, en imitant quelqu'un qui dort. Malgré ses paupières closes, l'ombre de son père l'engloutissait, de la même manière que la mare noire avait triomphé du chaton. Son père savait qu'il avait tué le chat de sa sœur, tout comme il savait qu'il avait lu la lettre. Il allait devoir payer à présent. Thomas attendit en se préparant presque au coup inévitable. L'air trembla lorsque son père sortit de la tente.

4

IL Y AVAIT MAINTENANT UN MOIS que Thomas était retourné dans son ancienne école, à Belton. Mlle Hall en était l'unique institutrice. Chaque niveau occupait une rangée. L'année précédente, durant les quelques mois où ils avaient habité en ville, l'école que Margaret et lui avaient fréquentée disposait d'une salle par classe. C'était moins déconcertant qu'entendre un méli-mélo de leçons dispensées en même temps, les élèves du cours élémentaire récitant l'alphabet, ceux du cours moyen énumérant les différents présidents des États-Unis, mais on s'y ennuyait.

Thomas ne savait pas au juste quel âge avait Mlle Hall. Difficile à dire avec ces grosses dames. La cinquantaine, sans doute, à en juger par ses fins cheveux grisonnants. Elle habitait en ville avec son frère célibataire, timide, dont le seul travail consistait à la conduire tous les jours à la petite école, un peu plus tôt par temps froid pour lui donner le temps d'allumer le poêle à charbon avant l'arrivée des élèves. Tout le monde savait que Mlle Hall préférait les filles aux garçons, mais, pour une raison ou une autre, Thomas était celui qu'elle aimait le moins. En ce moment, sa chouchoute était Margaret. Le premier jour de classe, l'institutrice s'était étranglée en voyant Margaret franchir la porte. « Tes cheveux ! Qu'est-il arrivé à tes belles anglaises ? » Comme tant de choses qui appartenaient à leur ancienne vie, Thomas avait presque oublié le rituel du soir au cours duquel sa mère enroulait les longues mèches de sa sœur autour de bandes de tissu.

À présent, les cheveux de Margaret étaient la plupart du temps emmêlés, ébouriffés. Ses bras et ses jambes s'émaillaient de piqûres d'insectes, et les deux enfants ressortaient toujours des bois avec des griffures mystérieuses. Maintenant qu'il y pensait, il se dit, en observant sa sœur du bout de la rangée, qu'elle commençait à ressembler à cette pauvre Carol Pfeiffer, dont la famille nombreuse vivait dans une cabane en carton goudronné. Carol était assise devant lui. Tous les jours, la couture de sa robe se déchirait un peu plus à l'épaule. Ses cheveux châtains hirsutes étaient aussi courts que ceux d'un garçon. À cause des poux, sans doute. Des traînées de crasse couraient sur sa nuque, et elle puait le mazout. Sous ses ongles trop longs s'incrustait une croûte noire. En guise de chaussures, elle portait des caoutchoucs de protection lâches, noirs, dont les boucles avaient été arrachées depuis longtemps. Sa mère n'était pas normale, une vraie cinglée, racontait-on. Carol, elle non plus, ne se comportait pas normalement. Elle disait des gros mots, frappait les autres gamins et volait tout le temps. Mlle Hall n'aimait pas du tout Carol, même si elle essayait d'être gentille, de lui apporter des oranges, des pommes et des sandwichs pour qu'elle mange à l'école, tandis que la plupart des autres enfants rentraient déjeuner chez eux.

Le poêle de la petite école rougeoyait. La pluie et les nuits froides de la semaine écoulée avaient rendu la vie sous la tente rude, éprouvante. Depuis quelque temps, le père de Thomas ne cessait de répéter qu'il allait chercher un endroit à louer. Ils ne pouvaient pas passer l'hiver ici, d'ailleurs le froid se faisait déjà sentir. Ce matin-là, il était tellement intense que Margaret refusa de sortir de son lit. Comme leur père était parti de bon matin, c'était à Thomas de régler le problème. Il avait tout essayé, corruption, menaces, fausses promesses. Impossible de la laisser seule et, s'ils manquaient tous les deux l'école, Mlle Hall avertirait son père. Finalement, comme il n'avait pas le choix, il la fit tomber du lit. Margaret pleura en enfilant ses vêtements humides. Ses chaussettes, qui n'avaient pas eu le temps de sécher après la lessive de la veille, lui retombaient sur les chevilles. Elle avala ses biscuits rassis, puis gémit dans la bruine tout le long de la route semée de flaques. En fait, l'école était encore l'endroit le plus indiqué pour eux, comprit Thomas à l'instant où ils entrèrent dans la salle bien chauffée.

La bataille de Gettysburg avait commencé le 1er juillet 1863. Il avait oublié qu'il devait y avoir une interrogation sur les dates marquantes de la guerre de Sécession. Apprendre ses leçons sous la tente était difficile avec aussi peu de lumière. Les nuits étant devenues glaciales, ils se couchaient aussitôt après le souper. Le sommeil semblait la seule chose que leur père attendait avec impatience. Si sa mère avait écrit, sa lettre n'avait pas été rangée dans la blague à tabac. La première, tachée d'eau, avait disparu, et son père n'en avait jamais soufflé mot.

Carol Pfeiffer se retourna et lui demanda d'arrêter de donner des coups de pied dans sa chaise. Il répliqua qu'il n'en donnait pas. Il agitait seulement le pied par nervosité, parce qu'il avait été interrogé. Si, il en donnait, et s'il recommençait elle le dirait à Mlle Hall. Abraham

Lincoln était le seizième président des États-Unis et avait été assassiné le 14 avril 1865. Mlle Hall se leva vivement de son bureau et s'approcha de Margaret, qui s'était remise à pleurer. Dès qu'elle sentit une main sur son épaule, elle sanglota de plus belle. L'interrogation s'interrompit. Tous les yeux étaient fixés sur sa sœur.

« Qu'y a-t-il, ma chérie ? » Mlle Hall se pencha sur elle. « Dis-le-moi. Tu peux me le dire. »

Thomas se figea. Ce matin-là, irrité au plus haut point par ses braillements sous les couvertures, il avait déclaré à Margaret que c'était sa faute si leur mère était partie. Il lui avait parlé de la lettre et avait soutenu que si leur maman ne revenait pas, c'était parce que Margaret était une sale enfant gâtée, toujours en train de pleurnicher. Pourquoi avait-il fait ça ? Pour la blesser. Pour qu'elle se sente aussi triste qu'il se sentait au fond de lui. Mais il s'apercevait de son horrible erreur. Mlle Hall allait prévenir son père, qui le punirait non seulement pour sa cruauté, mais, avec quelque retard, pour avoir lu la lettre.

« J'ai froid ! s'écria Margaret en claquant des dents. Mes chaussettes sont mouillées, et je ne me sens pas bien. »

Mlle Hall mit les chaussures de Margaret sous le poêle et suspendit ses chaussettes miteuses aux crochets à moufles, bien en vue. Thomas avait honte. Mlle Hall sortit du placard une couverture au crochet et en enveloppa Margaret. Gêné, Thomas tapota du pied. Margaret paraissait se calmer. Dorénavant, il prendrait mieux soin d'elle. Alors qu'elle s'était toujours montrée loyale pour les questions importantes, il l'avait blessée de la pire manière qui soit.

« Arrête ! brailla Carol Pfeiffer en se retournant.

— Carol ! » gronda Mlle Hall en s'approchant à la

hâte. Carol hurlait parfois d'une voix stridente, limite que peu d'élèves osaient franchir en classe.

« Il arrête pas de donner des coups de pied dans ma chaise.

— Je bougeais seulement le pied.

— Thomas bougeait seulement le pied, Carol. Alors retourne-toi et travaille.

— Pour qui il se prend à donner des coups de pied dans ma chaise ? Il est tellement pauvre qu'il doit habiter sous une tente.

— Carol !

— Lui et sa sœur. Et ils ont même pas de mère… »

Apparemment, ce fut ainsi que Mlle Hall apprit dans quelles conditions ils vivaient. Thomas et Margaret durent rester après la classe pour répondre à mille questions, pendant que le frère de l'institutrice patientait dans sa voiture pour la raccompagner chez elle. Avaient-ils assez à manger ? Combien de temps s'absentait leur père pour son travail ? Mlle Hall remit enfin à Thomas un petit mot destiné à son père et les libéra, tout honteux.

Le lendemain, Henry Talcott était devant l'école quand la cloche sonna à trois heures. Ce n'était qu'un arrangement provisoire, expliqua-t-il. Le temps pour lui d'économiser afin de payer un nouveau logement. Il faisait de son mieux, mais avec tant de gens en difficulté, celui qui se trouvait en bas de l'échelle s'en sortait encore moins bien que les autres. Que pouvait répondre Mlle Hall ? Elle était l'une des rares, à Belton, à bénéficier d'un salaire fixe, cinquante-deux dollars qui tombaient tous les mois, quelle que soit la pauvreté de ses voisins.

Gladys était postée devant la tente quand ils revinrent. Les bras croisés, elle les attendait.

« Qu'est-ce qui est arrivé ? » s'écria Henry en descendant d'un bond de la camionnette. Il se hâta de la rejoindre.

« Elle a l'air triste », fit remarquer Margaret. Ils la virent secouer la tête et agiter un bras.

« Peut-être que le père Bibeau est mort », dit Thomas. Le vieil homme avait été tellement malade la dernière fois qu'ils avaient soupé là-bas que Henry avait dû l'aider à monter se coucher. Le lendemain, leur père y était retourné pour installer son lit au rez-de-chaussée, dans le salon, où le vieillard passait toute la journée à harceler Gladys. La nuit, la clarine qu'il faisait tinter la réveillait en sursaut.

Les enfants descendirent du véhicule et s'attardèrent dehors en faisant mine de jouer. À l'affût, comme toujours, de nouvelles de leur mère, ils tendirent désespérément l'oreille.

« Tu n'y peux rien », dit Henry.

Gladys fit les cent pas. Sa voix grinçante était trop basse pour leur permettre de bien comprendre. « … lui inculquer un peu de bon sens, fut tout ce que Thomas put saisir.

— Bien sûr que non, répliqua Henry. C'est son terrain. Je n'ai pas voix au chapitre.

— Mais il est incapable de réfléchir correctement ! s'écria soudain Gladys. Enfin, tu le sais !

— N'empêche que le terrain lui appartient. S'il a envie de le vendre à Farley, personne ne peut rien y changer.

— Farley voit bien que mon père n'a pas les idées claires. C'est pour ça qu'il se dépêche, le salaud !

— Entrez sous la tente ! » ordonna Henry à ses enfants.

Les détails furent longs à venir ; finalement, le gamin apprit peu à peu de quoi il retournait, même s'il n'en comprenait pas la raison. Fred Farley avait proposé d'acheter les terres du père Bibeau en lui laissant la maison et un demi-hectare de terrain autour. Des années durant, le vieil homme avait repoussé son offre, mais Farley avait fini par le convaincre que les choses allaient de mal en pis et que sa propriété ne vaudrait bientôt plus un clou. C'était là sa dernière chance de vendre et d'éviter de mourir sans le sou. Il disposerait au moins d'un petit pécule pour ses vieux jours.

La transaction eut lieu une semaine plus tard dans le bureau du notaire de Fred Farley. Henry y emmena Gladys et son père, et aida le vieil homme à monter l'escalier raide. Gladys voulait que Henry soit présent, mais il rétorqua que ce n'était pas sa place. Il s'installa donc dans la salle d'attente jusqu'au moment où ils ressortirent. Le père Bibeau, qui se croyait riche avec un chèque de Farley dans sa poche de poitrine, s'accrocha au bras de son bienfaiteur, à qui il permit de le raccompagner jusqu'à la camionnette. Ils se serrèrent la main, puis Farley s'écarta lorsque Henry aida Gladys à monter. Incapable de dissimuler ses sentiments, elle n'avait presque pas adressé la parole à Farley, et encore moins à son père.

« Henry ! dit Farley au moment où Talcott refermait la portière de Gladys. Où est-ce que vous avez l'intention d'aller ?

— Je ramène Gladys et son père chez eux. »

Farley abaissa son menton pointu en pinçant les lèvres, grimace commune à tous les hommes de sa famille. « Je pensais à l'endroit où vous comptiez vous installer.

— J'sais pas encore. » Henry grimpa dans son véhicule.

Farley s'approcha de la vitre opposée et, par-delà Gladys et son père, lui demanda : « Vous avez trouvé un endroit ?

— Non.

— Écoutez, Phyllis vous fait savoir que les enfants seraient les bienvenus à la maison.

— Dites à Phyllis que nous préférons rester chez nous.

— Vous venez de reconnaître que vous n'aviez pas d'endroit où habiter.

— Pas encore, mais je cherche.

— Je veux bien vous laisser deux, trois semaines, Henry. Ensuite, il faudra libérer les lieux.

— Ne vous inquiétez pas pour ça. » Il lança le moteur.

« Si vous voulez savoir la vérité, Henry, je m'inquiète, justement. Je crains que vous ne me mettiez dans une situation gênante. »

Au cours des dix jours suivants, Henry eut l'occasion d'abattre quatre bêtes. Il commençait à croire que le bout du tunnel était enfin en vue. Au moment où il terminait le dernier boulot, Jim Tomkins vint le trouver et lui demanda s'il pouvait passer chez lui pour tuer l'une de ses deux vaches. Il ne pouvait pas se permettre de les nourrir toutes les deux pendant l'hiver. Henry accepta, bien sûr. En fait, il s'y arrêta le jour même, dans l'après-midi, sur le chemin du retour.

Il avait trouvé une petite maison à louer non loin de chez Gladys, délabrée, inhabitée depuis un an et envahie de frelons le jour où il l'avait visitée. Dans les latrines, le bois était pourri presque partout, mais, après avoir utilisé leur fosse pendant tout l'été, ils n'en seraient pas gênés outre mesure. Le puits était en bon état. Henry pouvait s'installer, promit la veuve qui en était propriétaire, mais elle exigeait un mois de location d'avance, versé le jour de l'emménagement, et Henry devrait remplacer lui-même les vitres cassées.

Deux dollars de plus et il en aurait amassé treize, le montant sur lequel ils s'étaient mis d'accord après marchandage, la propriétaire en réclamant quinze et Henry en proposant dix. Le dernier boulot de la journée lui permettrait de payer le loyer et d'acheter deux ou trois nouvelles vitres. Il ne rencontra pas de difficulté. Tomkins s'excusa lorsqu'il le paya en piécettes : il avait dû puiser dans sa tirelire, voilà à quoi il en était réduit. Les deux hommes s'apitoyèrent un instant. Henry était loin d'être démocrate, mais si Roosevelt croyait pouvoir faire quelque chose, il fallait au moins lui donner une chance. Tomkins dit que le monde était fait pour les riches, qu'il l'avait toujours été et le serait toujours, et Roosevelt n'était qu'un riche de plus qui cherchait à s'enrichir encore.

« Vous l'avez déjà entendu parler, avec son accent rupin ? demanda-t-il en suivant Henry jusqu'à sa camionnette.

— À bientôt, Jim. » Henry monta dans son véhicule, impatient de prendre la route.

Ces derniers temps, même échanger des menus propos l'épuisait. L'heure du souper était passée, et il ne se rappelait plus si Gladys devait apporter à manger ce soir-là. Des journées aussi dures lui embrumaient le cerveau. Il avait peur de s'endormir au volant. Tomkins s'attardait devant sa portière et se plaignait à présent des banques. C'étaient des cannibales, qui dévoraient leurs semblables. Puis, une fois de plus, il se glorifia d'avoir engendré un génie. Son fils aîné étudiait la médecine à Burlington, à l'université d'État. Mais Tomkins ne savait pas combien de temps il pourrait encore lui payer ses études. Si les choses ne s'arrangeaient pas bientôt, son gamin devrait revenir à la maison. « Ce serait vraiment dommage », dit Henry en regardant par-dessus le volant la jolie grange agrémentée de poutres noires. Il avait peine à croire qu'ils étaient tous dans le même bateau et à éprouver de la compassion pour un homme comme Tomkins, né dans cette grande ferme en brique. « Même ma femme doit travailler à présent », avoua Tomkins. Des cours de piano ; peut-être que les enfants de Henry voudraient en prendre. Elle avait étudié à Boston quand elle était jeune fille. Dans un conservatoire, ou quelque chose d'approchant, Tomkins ne savait pas au juste. Henry déclina. Bon, si elle prenait les deux enfants ensemble, il n'aurait qu'une leçon à payer, proposa Tomkins.

« Ils n'ont pas de piano », expliqua Henry. *Ni même de pièce où on pourrait en mettre un*, songea-t-il. Il tira sur le starter puis tourna la clé de contact, mais rien ne se passa. Rien. Même pas un crachotement. « Ça doit venir de la batterie, dit Tomkins en soulevant déjà le capot.

— Impossible, répliqua Henry. Elle est neuve.

— Neuve ? répéta Tomkins en s'esclaffant.

— Bon, en tout cas, je viens de la remplacer. » Elle provenait de la camionnette du défunt mari de Mme Cobb et lui avait coûté trois jours et demi de boulot à creuser un puits.

« Ben, elle est encore plus morte que Cobb et, vu son aspect, au moins aussi vieille que lui », déclara Tomkins.

Ce fut le premier revers. Une batterie toute neuve, la plus grosse part prélevée sur l'argent du loyer. Quant au deuxième, Thomas en fut témoin. Margaret n'avait jamais autant souffert à cause de ses chaussures. Elle avait beaucoup grandi pendant l'été, et rien n'était plus douloureux que de forcer tous les matins des pieds bien plus longs dans des souliers trop petits qui mettaient talons et gros orteils à vif. Durant tout l'été, elle avait marché pieds nus, mais à présent, avec le froid et le chemin à parcourir pour aller à l'école, elle était bien obligée de porter les seuls souliers qu'elle avait. Elle en quémanda de nouveaux. « Un peu de patience », lui répondit son père. Le mois prochain, une fois qu'il aurait économisé de quoi emménager dans la maison, il l'emmènerait en ville et lui en paierait une paire superbe. *Et moi ?* voulait demander Thomas. Il glissait dans les siens du papier, du tissu, du carton, tout ce qu'il pouvait récupérer pour servir de semelle. Comme les talons et les pointes de ses chaussettes étaient usés, il en avait coupé le pied, mais enfilait le reste tous les matins pour avoir au moins l'air de porter des chaussettes.

Personne n'avait plus envie que lui d'habiter une maison. Il était convaincu que, dès leur installation, leur mère reviendrait. C'était la tente, mentionnée dans son petit mot, qui l'en avait empêchée. Maintenant qu'un certain temps s'était écoulé, il était persuadé d'avoir mal compris sa lettre et regrettait de l'avoir lue. Comme souvent dans les propos des adultes, il y avait plusieurs significations et divers degrés de vérité, toutes choses qu'un gosse était incapable de démêler.

Comment Mme Farley découvrit l'existence de ces « chaussures miteuses », Thomas l'ignorait, mais « miteuses » était bel et bien le mot qu'employait Margaret chaque fois qu'elle forçait ses pieds à l'intérieur. Sans doute par Mlle Hall, estima-t-il. Un jour, pendant la récréation, il avait vu les deux femmes s'entretenir en jetant sans cesse des coups d'œil sur Margaret. Il avait déjà vu Mme Farley apporter plusieurs paquets destinés aux enfants Pfeiffer. L'année précédente, quand la moitié de la maison des Flanagan avait brûlé à cause de la foudre, Mme Farley avait traîné des cartons de vêtements et de vaisselle à l'école pour que Mlle Hall les donne à la famille. Quand Thomas s'était étonné qu'elle ne les ait pas remis directement aux Flanagan, sa mère avait expliqué que c'était pour que les gens ne soient pas au courant de sa largesse. Il ne découvrit la signification réelle de ce mot qu'en entrant dans le secondaire. Pourtant, pendant le reste de sa vie, chaque fois qu'il tombait sur « largesse », c'était la rondeur moelleuse – mais menaçante – de Mme Farley qui lui venait tout d'abord à l'esprit.

« Coucou ! Coucou ! » L'appel joyeux leur parvint bien avant qu'ils puissent voir Mme Farley émerger des arbres dénudés. Au début, Thomas fut déconcerté. La grosse sacoche en toile qu'elle portait ressemblait à une valise. Était-elle venue les embarquer ? La semaine précédente, l'un des ouvriers de M. Farley leur avait remis une lettre de son patron, signée devant notaire, exigeant que la propriété soit libérée avant le 26 octobre. Le père de Thomas avait paru amusé par la peine que Farley s'était donnée. Il avait annoncé à l'ouvrier qu'il espérait s'installer chez lui dans quelques jours.

« Regarde ce que je t'ai apporté, Margaret ! » Mme Farley s'assit sur la malle, attira Margaret entre ses genoux grassouillets gansés de bas et sortit de sa sacoche une robe bleu et blanc dont elle avait réalisé elle-même les smocks. Elle la plaqua sous le menton de la fillette. Puis vinrent les chaussures, noires, luisantes, aux boucles argentées. Margaret ne put réprimer un grand sourire. Même Thomas voyait bien que c'étaient de très beaux souliers. La seule fille qui en portait de semblables était Dora Tomkins, et elle avait toujours ce qu'on faisait de mieux. Enfin il y avait une poupée, et Mme Farley dit qu'elle ressemblait beaucoup à Margaret avec ses yeux bleus limpides et ses cheveux clairs bouclés (Thomas dut d'ailleurs le reconnaître). À la fois surexcité et déchiré entre la jalousie et la certitude que leur père serait mécontent, Thomas observait la scène, assis sur son lit de camp. Le simple fait d'avoir de la visite était agréable. Le parfum de Mme Farley emplissait la tente et rendait douloureuse l'absence de sa mère. Le père Bibeau ayant été malade depuis quelques semaines, Gladys n'était pas venue souvent. Son père avait travaillé tard pour essayer de gagner de quoi les installer dans la maison. Vous n'auriez pas dû la laisser entrer ! beuglerait-il dès qu'il verrait les cadeaux. Et, comme toujours, Thomas devrait supporter le plus gros de sa colère, Thomas qui n'avait pas assez montré sa force, son sens des responsabilités. Mais comment pouvait-il ordonner à une dame de prendre ses affaires et de partir ? Le seul moyen serait d'affirmer que son père ne leur permettait pas d'accepter les dons de la part d'étrangers. Bon, de gens, se reprendrait-il, parce que, visiblement, elle n'était pas une étrangère. À présent, elle ôtait le papier qui enveloppait une assiette de petits gâteaux aux noix cendrées.

« Madame Farley…

— Et Thomas ? » Les chaussures toujours à la main, Margaret l'interrompit. « Il n'a pas droit à des cadeaux ?

— Bien sûr que si ! Regarde ce que je t'ai apporté, Thomas. » Mme Farley lui tendit ce qui, dans la pénombre, ressemblait à un bâton marron. « Une flûte !

La même que celle de Jesse-boy. Maintenant, vous pourrez jouer ensemble. »

Mais il ne savait pas en jouer, lui opposa-t-il. Eh bien, Jesse-boy lui montrerait comment s'y prendre, lui dit-elle, deux taches cramoisies sur les joues. D'ailleurs, pourquoi ne pas aller le voir tout de suite ? Jesse-boy espérait qu'ils reviendraient avec elle. Il ne les avait pas vus depuis longtemps. En fait, l'idée de la flûte venait de lui. Thomas répondit qu'ils ne pouvaient pas partir ; son père ne voulait pas qu'ils quittent la tente. Oh ! il n'y verra pas d'inconvénient, assura Mme Farley, la visite sera courte. Jesse-boy les attendait.

Soudain ils se retrouvèrent dans sa voiture. En chemin, Mme Farley leur confia que Jesse-boy avait envie de tout savoir à propos de leur été sous la tente. À son avis, il n'y avait pas de vie plus magique. Son bavardage balaya les faibles protestations de Thomas. Margaret était tellement surexcitée, assise toute droite sur la banquette avant, qu'elle ne l'aidait en rien. Mme Farley l'encouragea à mettre les nouvelles chaussures pour les montrer à Jesse-boy.

Lorsqu'on les emmena dans la chambre de Jesse-boy, Margaret se colla à son frère et exerça une pression sur sa main. La pièce sentait le talc et l'urine. Des illustrations de cow-boys et d'Indiens étaient apposées sur les murs rayés de rouge. Appuyé aux oreillers, le visage humide de Jesse-boy avait un reflet gris. Seule l'ombre légère au-dessus de sa lèvre supérieure trahissait son âge véritable. Son corps frêle semblait encore plus maigre sous les draps, sa voix encore plus faible. Il demanda à Margaret pourquoi elle ne portait pas sa nouvelle robe. Comme elle ne répondit pas aussitôt, il lança à sa mère un regard exaspéré. Mme Farley fit approcher Margaret et lui dit de montrer ses nouvelles chaussures à

Jesse-boy. Margaret leva un pied. Malgré ses efforts, Jesse-boy ne parvint pas à le voir.

« Hop ! » Mme Farley attrapa Margaret et l'installa sur le lit. « Regarde, Jesse-boy ! » Elle leva le pied de Margaret, et son fils sourit de plaisir.

Margaret était assise toute raide à côté de lui. Jesse-boy demanda à Thomas s'il était content de son cadeau. Thomas inclina la tête.

« Alors, on va jouer ensemble », proposa Jesse-boy en attrapant une flûte identique sous son drap. Thomas rétorqua qu'il ne savait pas en jouer, mais Jesse-boy n'en fut pas découragé. Il émit faiblement deux ou trois notes, reprit son souffle, lâcha trois notes de plus, ahana, se remit à jouer. Ce manège se prolongea pendant ce qui parut une éternité à Thomas (et sans doute aussi à Margaret, figée à côté de lui). Enfin, épuisé, il laissa glisser – plus qu'il ne la posa – la flûte de ses lèvres souriantes humides, tremblotantes.

« Oh, là, là ! s'écria Mme Farley en applaudissant, puis, dans sa joie larmoyante, elle porta une main à sa bouche. Oh ! Jesse-boy, c'était vraiment beau ! » Elle referma les bras sur Margaret. « Il n'avait encore jamais pu jouer tout ça d'une traite ! »

Par-delà l'étreinte de Mme Farley, Margaret dévisagea son frère.

Adossé au mur, Thomas avait l'impression d'être refoulé par une énorme force qui détruirait sa sœur tout comme elle avait emporté sa mère.

« Maman ! J'ai envie ! dit Jesse-boy en se comprimant l'entrejambe.

— Oui, oui ! » Mme Farley arracha soudain Margaret au lit et ouvrit la porte.

À ce moment précis, un énorme chambard se manifesta en bas. Coups de poing sur la porte, coups de pied par terre. Puis des voix s'élevèrent. Des hommes braillaient.

« Henry, attendez dehors ! Ne montez pas ou je…

— Vous avez mes enfants. Je me fous de ce que vous ferez, mais je vais les récupérer !

— Papa ! » s'écria Margaret en dégringolant l'escalier. L'étrangeté de la situation lui apparut soudain à la vue de son père. Ce dernier les entraîna dehors en toute hâte.

Mme Farley courut jusqu'à la camionnette et tenta de donner sa nouvelle flûte à Thomas. Son père l'intercepta et la jeta par terre. Elle n'avait pas le droit de venir arracher ses enfants à leur foyer. Non ! lui retourna M. Farley tout aussi haut. C'étaient eux qui n'avaient plus le droit d'occuper sa propriété, voilà tout. Quant à Mme Farley, elle ne cessait de demander pardon ; Thomas ne savait pas à qui, car les deux hommes semblaient en colère contre elle. Tout ce qu'elle voulait, c'était que Jesse-boy ait de la visite, il avait été si solitaire ces derniers temps. Ce n'était vraiment pas la bonne manière de s'y prendre, hurla son mari. Si seulement les enfants pouvaient habiter chez eux un moment. Ne serait-ce qu'une semaine, les pauvres petits, essaya-t-elle de suggérer à Henry lorsque la camionnette se mit en mouvement. Elle s'agrippa à la portière et continua à supplier pendant que le véhicule avançait en cahotant. Ils en retireraient tant d'avantages, une belle maison, une bonne éducation…

« Écoutez, Phyllis, répliqua Henry Talcott en freinant brusquement. C'est pas parce que votre gosse n'est pas normal que ça vous donne des droits sur les deux miens. »

La tête de Mme Farley partit en arrière, comme si on l'avait giflée. Son regard parut se raccrocher à celui de

Thomas. Il éprouva à la fois de la honte et de la pitié pour elle. Son père n'avait pas besoin d'exprimer les choses de cette façon, de faire passer Jesse-boy pour une sorte de monstre. Après tout, elle avait seulement essayé de leur donner ce qui leur manquait, et c'était là plus que la plupart des gens n'étaient prêts à faire pour eux.

« Fichez le camp de ma propriété dès ce soir, Talcott ! Vous entendez ? » hurla M. Farley. Il jeta un caillou sur le toit et, pris de rage, courut après la camionnette, si bien que Thomas fut persuadé qu'il allait les poursuivre tout le long du chemin.

Quand ils arrivèrent à la tente, Henry Talcott enveloppa les souliers neufs et la poupée dans la robe, dont il noua les cordonnets et les manches pour faire un paquet bien serré, pendant que Margaret pleurait. Ils ne devaient plus jamais accepter quoi que ce soit, c'était bien compris ? Parce qu'il y avait toujours un prix à payer. Toujours. Mais comment pouvait-elle aller à l'école ? brailla Margaret. Elle n'avait plus de chaussures du tout maintenant. Les vieilles étaient restées dans la voiture de Mme Farley. Elle n'aurait qu'à porter celles de Thomas, qui mettrait les chaussures habillées de son père. Mais elles seraient trop grandes et ne tiendraient pas aux pieds, protestèrent-ils.

« Eh bien, tant pis ! » La voix furieuse de Henry Talcott rugit dans la nuit, si bien qu'ils battirent en retraite sur leurs lits de camp. « Qu'elles ne tiennent pas, bon Dieu ! Vous n'aurez qu'à continuer à marcher ! Et si elles tombent, nom de nom, vous les remettrez, vous m'entendez ? Vous entendez ce que je vous dis ? Oui ? Oui ou non ? » fulmina-t-il dans l'obscurité.

Ce désespoir était terrifiant. Son père était l'homme le plus fort que Thomas connaissait. S'il ne réussissait pas à venir à bout de l'adversité qui s'acharnait contre eux, qui en serait capable ? Qu'allaient-ils devenir ? Thomas était allongé sans bouger, les bras sur la tête. Le départ de sa mère n'avait rien d'étonnant. Lui aussi, il partirait s'il le pouvait. S'il avait un endroit où aller. Et si Margaret venait avec lui.

Quand ils revinrent de l'école, ils ne trouvèrent que leurs vêtements entassés. La tente avait été démontée et emportée avec tout son contenu. Il avait fait une rude journée, grise et humide sous les bas nuages noirs menaçants, et la neige risquait de tomber si la température baissait encore. L'haleine de Thomas se transforma en vapeur lorsqu'il dit à Margaret de la boucler et de cesser de pleurnicher. Au moins, il avait toujours son couteau.

« Papa ! Papa ! » hurla-t-elle en fourrageant dans le tas comme si elle pouvait trouver son père au fond.

Thomas l'assura que leur père devait avoir tout emporté pour qu'ils puissent s'installer dans la nouvelle maison.

« Non, c'est pas vrai ! Il est parti ! Lui aussi ! gémit-elle, avant de rebrousser chemin en courant vers les bois.

— Margaret ! »

Il lui attrapa le bras, elle le repoussa en lui martelant la poitrine. Il reprit son élan et, cette fois, la saisit par le poignet. Elle se débattit, lui hurla de la lâcher, mais il lui emprisonnait à présent les deux poignets. Le visage déformé par la haine, elle lui donna un coup de pied dans un tibia. La douleur, la stupéfaction que lui causait cette réaction violente, alors qu'il essayait seulement d'aider sa sœur et de la consoler, virèrent à l'indignation et il la gifla. En pleine figure. Fort, le plus fort possible, parce qu'elle le méritait. Parce que tout était plus ou moins arrivé par sa faute. Parce qu'elle était trop jolie, trop faible, et désirait toujours plus qu'ils n'avaient. Parce qu'il était tout aussi impuissant qu'elle. Les larmes de Margaret se mêlaient à présent au sang qui lui coulait du nez. Elle se laissa ramener à l'emplacement de la tente. Il sortit du tas de vêtements une chemise en loques et la lui appliqua sur le nez. Allons, ne cessait-il de répéter, c'était fini. Tout allait bien se passer. Ils n'avaient qu'à attendre ici, et bientôt papa allait les emmener dans la nouvelle maison. Mais il n'a pas assez d'argent pour payer le loyer ! s'écria-t-elle. Bien sûr que si, répliqua-t-il. Les fenêtres sont cassées. Non, il les a sans doute réparées sans nous en parler, pour nous faire la surprise. Et les frelons ? Elle se moucha et le saignement reprit de plus belle. Appuie plus fort sur ton nez, lui recommanda-t-il. Papa a dû presque tous les tuer. À tous les deux, ils réussiraient à se débarrasser des derniers qui restaient. Tu crois ? demanda-t-elle avec un ultime frisson qui sembla enfin la calmer, même si ses frêles épaules continuaient à trembler. Oui, et ils trouveraient des frelons morts tout l'hiver, affirma-t-il.

« J'ai une idée ! On va les mettre dans un bocal. Comme ça, on verra combien il y en avait. Sûrement des milliers », dit-elle en reniflant.

Sûrement. Derrière elle, il observait le ciel dont la couleur fonçait, plomb terne, froid.

Il faisait presque nuit quand ils arrivèrent chez Gladys. « Fichu Farley », jura-t-elle quand Thomas lui raconta ce qui s'était passé. À ces mots, Margaret éclata en sanglots et se montra inconsolable. Gladys la souleva dans ses longs bras robustes et fit les cent pas dans la cuisine bien chaude en lui répétant, comme son frère un peu plus tôt, que tout irait bien, qu'elle se sentirait mieux dès que son père serait là.

« Je veux ma maman ! » s'écria Margaret en se remettant à pleurer. Thomas commençait à trouver les crises de sa sœur agaçantes. Mais il se taisait de peur qu'elle raconte qu'il l'avait frappée. « Je veux ma maman, souffla-t-elle une nouvelle fois.

— Oui, je sais. » Gladys pressa le visage humide de Margaret contre sa joue rugueuse. « Comment a-t-elle pu faire une chose pareille ? Causer un tel tort à de pauvres enfants ! Un tort terrible ! »

Thomas leva sur elle un regard noir. Il était furieux de l'entendre exprimer mot pour mot ce qu'il pensait. Qu'est-ce qui lui donnait le droit de critiquer sa mère, sa jolie maman ? Il se rappela un incident survenu alors qu'ils rentraient de la fête donnée à Noël par T. C. Whitby. Gladys y avait assisté elle aussi. La mère de Thomas avait taquiné son père en disant que le regard morne de Gladys brillait d'excitation dès qu'elle le voyait.

« Ce n'est vraiment pas une chose à dire, surtout devant les enfants, avait grondé son père à voix basse.

— Peut-être, mais c'est vrai. Gladys Bibeau s'imagine que le temps joue en sa faveur ! avait-elle répliqué en riant, grisée par le punch et l'empressement qu'on lui témoignait toujours dans les réceptions. Je parie que, tous les soirs, elle s'endort en rêvant de toi, Henry.

— Un mot de plus, et j'arrête la camionnette ! avait-il grommelé.

— Et ensuite ? Qu'est-ce que tu feras, tu m'obligeras à descendre et à rentrer à pied, comme la dernière fois ?

— Je ne t'ai pas obligée. C'est toi qui as voulu.

— Pourtant, c'est bien ce que tu avais dans l'idée en t'arrêtant.

— Je fais ce qu'on me demande, c'est tout.

— Ah bon ? C'est ce que tu crois ? Alors, pourquoi est-ce que je n'ai que deux…

— Irene, arrête. S'il te plaît, arrête. »

Ensuite, Thomas s'était endormi. Parfois, il se disait que les adultes se disputaient uniquement pour blesser l'autre et non pour défendre leur point de vue, ou parce que la discussion les intéressait. Du moins, c'était toujours l'impression que donnait sa mère. Il lui arrivait de réagir comme une petite fille, comme Margaret. Parfois, même Margaret comprenait mieux que sa mère les sentiments des autres.

Cette dispute était restée aussi mystérieuse qu'au moment où elle s'était produite. Il ne pouvait pas poser de question et, tout ce qu'il savait, c'était que son père était de mauvaise humeur et que Hemmings, le vendeur de tissu du Massachusetts, un peu éméché, avait fait la cour à sa mère pendant la réception. Quelques mois plus tôt, ce même bonhomme s'était présenté chez eux en costume à fines rayures pendant que son père n'était pas là. En revenant de l'école, ils l'avaient trouvé assis à la table de la cuisine, la cravate dénouée et le col déboutonné. T. C. Whitby lui avait donné l'adresse, alors il était passé dire bonjour à Irene. Elle voulait qu'il s'en aille, mais il l'ignora et se mit à parler aux enfants des images qu'il avait empilées sur la table. Il en introduisit dans le stéréoscope pour les montrer à Margaret. Ce type n'avait pas plu du tout à Thomas. Trop insistant, il rendait sa mère nerveuse.

Peu à peu, Thomas n'y pensa plus, jusqu'au jour où ils rentraient chez eux après avoir dîné chez tante Lena. Tout à coup, Margaret demanda ce qui était arrivé à l'homme qui lui avait montré les belles images d'oiseaux dans la cuisine. Thomas tendit l'oreille mais ne saisit pas les mots échangés à l'avant du véhicule. La camionnette s'arrêta alors, sa mère descendit et se mit à marcher. Elle arriva à la maison après eux.

Gladys posa Margaret par terre pour attraper des casseroles sur la grande étagère métallique installée au-dessus de la cuisinière et sortit du réfrigérateur des plats surmontés d'un couvercle. « Du jambon rôti et des pommes sautées », annonça-t-elle en coupant une pomme de terre cuite au four dans le sens de la longueur, puis en cubes. Elle hacha un poivron rouge et un oignon. Le bruit du couteau sur l'égouttoir métallique de l'évier les attira, et ils l'observèrent.

« Regarde ce que tu as fait ! dit Gladys en riant et en essuyant du poignet la goutte qu'elle avait au nez. Tu m'as fait pleurer, Margaret Talcott !

— Non, c'est pas moi. C'est l'oignon ! brailla Margaret, et tous trois sursautèrent en entendant la clarine tinter dans le salon.

— Fermez-la ! beugla le père Bibeau. Fermez-la, bon Dieu, là-dedans ! »

5

LE LENDEMAIN, THOMAS accompagna son père lorsqu'il se rendit chez Farley. Il voyait bien qu'il s'attendait à des difficultés, faisait même tout pour qu'il y en ait. Hochant la tête d'un air sinistre, remuant les lèvres dans une rage muette, il se préparait à livrer une bataille. Thomas était plus surexcité qu'effrayé. Il connaissait la réputation de son père, celle d'un homme auquel il ne fallait pas se frotter, même s'il ne l'avait jamais vu frapper quiconque. Un soir, quand il était jeune, trois types l'attendaient sur le bas-côté. L'un affirma qu'il était armé et exigea l'argent que Henry venait de gagner après une longue journée d'abattage et de dépeçage de cochons. Les deux autres brandissaient des gourdins. Ils ordonnèrent à Henry de descendre de sa camionnette, mais il rétorqua que, s'ils voulaient son argent, ils n'avaient qu'à venir le chercher. Une fois la bagarre terminée, l'un des types sanglotait comme un bébé, son bras cassé pendillant le long de son flanc, tandis que les autres prenaient la fuite.

Le père Bibeau adorait raconter cette histoire, tout en chiquant, un grand sourire aux lèvres. Parfois, il n'y avait que deux types, le plus souvent, cinq ou six. Un jour, Thomas avait demandé si cette histoire était vraie.

Son père s'était mis à rire et avait répondu que ça n'avait aucune importance à présent, puisque les gens la croyaient vraie. Même T. C. Whitby y avait fait allusion la dernière fois que sa mère était venue chercher les livres de compte du magasin. Il avait averti Hemmings que Henry Talcott n'était vraiment pas un type qu'il fallait embêter. « Oh ! monsieur Whitby, de quoi parlez-vous donc ? Clyde veut être ami avec tout le monde, vous le savez bien. » « Des amis comme lui, on n'en a pas besoin », avait lâché Whitby et, comme toujours, sa mère, non pas la mère qu'il connaissait à la maison mais celle qui allait en ville, s'était contentée de rire.

Et ensuite ? Combien de temps s'était-il écoulé entre le moment où l'homme assis à la table de la cuisine avait montré des oiseaux avec un stéréoscope, le départ de sa mère et le moment présent ? Il n'aurait pas su le dire. Le temps n'avait jamais eu beaucoup d'importance. L'autre jour encore, il ramait dans la chaleur de l'été, et aujourd'hui, sous une rafale de flocons, il filait vers une épreuve de force.

La camionnette quitta bruyamment la route pour s'engager sur la longue allée de gravier menant à la ferme laitière de Farley. Lorsqu'ils passèrent devant la maison, Thomas se demanda ce que ferait Jesse-boy en cas de bagarre. Il se mettrait sans doute à pleurer et mouillerait son pantalon. Son père se gara devant la première grange rouge, la plus petite des trois. Sur la pancarte accrochée à la porte métallique bosselée, on pouvait lire : « Ferme laitière – Bureau ».

« Attends ! hurla Thomas lorsque son père descendit d'un bond.

— C'est toi qui vas m'attendre ! » Son père claqua la portière.

Fred Farley sortit du bureau, suivi par un homme renfrogné, chaussé de bottes de paysan qui lui arrivaient aux genoux. Henry Talcott était bien plus grand que M. Farley. Thomas baissa sa vitre mais, avec le vent qui soufflait, il lui était difficile d'entendre la conversation. Au début, ce fut surtout son père qui prit la parole, pendant que, de temps à autre, Fred Farley glissait, de sa voix nasillarde, haut perchée, qu'il était désolé. Mais il avait été prévenu, en bonne et due forme. Bien sûr, il regrettait que les enfants aient été confrontés à cette scène, mais Henry ne les avait-il pas lui-même mis dans cette situation désespérée en ne leur procurant pas un foyer convenable ? La colère de son père s'accrut encore. Il dit quelque chose, montra M. Farley du doigt. L'ouvrier s'avança et M. Farley haussa le ton. Il précisa que les affaires de Henry se trouvaient dans le hangar, derrière la grange. Arnold allait l'aider à les charger dans la camionnette.

« C'est pas la peine, répliqua Henry Talcott en retournant à la camionnette. J'ai amené mon fils. » Il alla se garer derrière la grange. Farley fit beaucoup de cinéma avec différentes clés, trouva enfin la bonne et ouvrit le cadenas. Une forte odeur de bouse de vache s'échappa du hangar. Thomas suivit son père à l'intérieur. De façon étonnante, tout était empilé avec soin. Même les lampes à pétrole avaient été enveloppées dans du papier journal avant d'être déposées dans un cageot à fruits. La tente était bien pliée. Thomas et son père firent de rapides allers-retours entre le hangar et la camionnette. Son père ignora les deux hommes qui les observaient pendant qu'ils rassemblaient à la hâte leurs maigres possessions, tels des travailleurs itinérants. Farley l'avait eu en beauté, songea Thomas. Il assistait bel et bien à une dégringolade. C'était donc à ça que ressemblerait dorénavant leur vie, plus misérable encore que celle des Pfeiffer ? Ils seraient obligés de trimbaler avec eux leurs casseroles noircies par les flammes ? se demandait le gamin, la tête basse, comme son père.

« L'un des montants s'est un peu fêlé », annonça Arnold lors du dernier trajet.

Henry l'ignora et regarda autour de lui. Il ne restait plus qu'un lit de camp et une chaise. « Il manque quelque chose, dit-il à Farley.

— Tout est là. Rien ne manque.

— Ma roue de secours et ma scie de boucher.

— Je ne me rappelle pas avoir vu de roue de secours ni de scie de boucher. Et vous ? demanda Farley à Arnold.

— Non ! » Avec un sourire narquois, Arnold rentra son double menton.

« N'empêche qu'elles étaient là et elles n'y sont plus, dit Henry.

— Vous m'accusez de les avoir volées, Henry ? » Farley eut l'air amusé. « Une vieille roue de secours et une scie ?

— Quelqu'un l'a fait.

— C'est pas moi, et vous le savez très bien. Vous cherchez vraiment les ennuis, hein ? À moins que vous essayiez de me soutirer un peu d'argent, c'est ça ?

— Ouais, exactement, confirma Arnold avec son sourire insultant. Y avait pas de roue de secours ni de scie, parce que sinon je les aurais vues. »

Thomas ne comprenait pas pourquoi son père ne lui faisait pas ravaler son sourire. Un rapide direct du gauche, puis du droit. Bim, boum ! Au lieu de quoi, il tendait la chaise à Thomas et attrapait le lit de camp. Avec humilité. Comme le vaincu qu'il était, usé, déprimé, détournant le regard quand il passait devant

Farley et ce stupide garçon d'écurie puant le fumier qu'il venait de pelleter.

« Non ! Je les ai vues ! Elles étaient bien là ! affirma Thomas. La roue de secours était derrière la tente, et la scie de boucher… elle était là aussi ! Vous mentez, tous les deux. Vous n'êtes que des menteurs. De fichus menteurs ! »

En réalité, il ne se rappelait pas avoir vu quoi que ce soit. Dans la vie d'un gamin, les affaires des adultes étaient de vagues objets relégués dans un domaine à part.

« Thomas ! » La main de son père pesa sur sa nuque. « Monte dans la camionnette !

— Ce sont des menteurs ! Ils… »

Il n'eut pas le temps d'aller au bout de sa plainte indignée car son père l'entraîna de force. Un soulier trop grand se prit dans l'autre, Thomas trébucha et s'affaissa à côté de la camionnette.

« Ne recommence jamais, tu m'entends ? s'écria son père par-dessus le bruit du moteur.

— Mais c'est la vérité ! Ils mentaient ! répliqua-t-il lorsqu'ils se retrouvèrent sur la route. Et tu ne les as pas empêchés. Tu n'as rien fait ! »

La tête de Thomas partit en arrière quand son père grimpa brusquement sur l'accotement non stabilisé.

« Qu'est-ce que je pouvais faire ? Hein ? beugla Henry Talcott en écarquillant les yeux sans trouver de réponse. Vas-y, dis-le-moi ! Dis-le-moi ! Tu ne vois donc pas ? Je ne pouvais rien faire ! Rien ! Rien, bon Dieu ! Rien ! Rien ! Rien ! » gémit-il, tassé sur le volant, le visage enfoui dans ses bras.

Le temps reprit son cours nébuleux, une journée semblait durer une semaine et quatre filaient en un clin d'œil. Leur séjour chez Gladys fut merveilleux. À l'exception du père Bibeau, bien sûr, mais même son humeur massacrante était supportable quand on était assuré d'avoir de bons repas et des vêtements propres, sans parler d'un vrai matelas sur lequel dormir. Le soir, une fois que Gladys avait enfin installé son père dans le salon qui lui servait de chambre, elle jouait au bridge avec Thomas sur la table de la cuisine. Margaret s'affairait à découper des images dans le vieux catalogue *Montgomery Ward* que Gladys lui avait donné. Tous les soirs, Margaret formait différentes familles avec ses douzaines de belles dames, d'hommes élégants et de jolis enfants. Leurs noms changeaient sans cesse, mais elle ne voulait jamais le reconnaître. Elle soutenait que la blonde en robe à pois s'était toujours appelée Norma. Thomas et Gladys la taquinaient en lui disant qu'ils se rappelaient parfaitement avoir entendu Annabelle la veille. « Non, je ne l'ai pas appelée Annabelle ! » assurait-elle et, parfois, quand elle était mal lunée, elle se retrouvait au bord des larmes.

Thomas comprenait que c'était à lui de changer de sujet. Gladys, qui avait vraiment bon cœur, semblait toujours les entourer d'attentions que leur mère n'avait jamais eues. Mais il y avait dans son empressement une férocité qui pouvait se révéler aussi écrasante que réconfortante. C'était une femme forte, qui fonçait tête baissée dans la vie. Elle disait ce qu'elle pensait. Et pensait ce qu'elle disait. Parfois, sa manière de ne pas mâcher ses mots pétrifiait Margaret. Si Thomas était sensible au chagrin de sa sœur, certaines fois cependant il devait avouer qu'il se réjouissait de son malheur. Elle avait toujours été soignée, dorlotée. Maintenant, c'était terminé.

L'efficacité décapante de Gladys était déjà rude pour

Margaret, mais le père Bibeau se montrait délibérément cruel. Gladys était animée des meilleures intentions, tandis que son père paraissait ravi quand il vexait la fillette. Il l'appelait « mademoiselle Petite Bégueule ». « Pousse-toi ! » avertissait-il avant de cracher du jus de chique dans la boîte de conserve posée à son chevet. Un jour, il manqua sa cible et le jet atteignit le napperon de dentelle posé sur le bras du fauteuil. Gladys était allée lui acheter ses médicaments en ville et avait laissé les enfants et le vieillard se surveiller mutuellement. Tout ce dont il avait besoin était à sa portée : eau, carotte de tabac à chiquer, pot de chambre. Sa vue étant trop basse pour lire, sa seule distraction consistait à guetter par la fenêtre le passage d'une voiture ou d'une camionnette, ou, plus rare encore, celui d'un voisin. Gladys avait installé le poste de radio près de son lit, mais les parasites combinés à son ouïe déficiente n'en faisaient pas le compagnon idéal. Pour entendre quelque chose, il devait monter le volume à fond, si bien que personne ne parvenait plus à s'entendre penser dans la maison. La plupart des gens de son âge étaient morts, et les rares survivants n'avaient jamais aimé ce vieux grincheux, en tout cas pas assez pour venir le distraire un peu. Selon Gladys, ses manières désagréables se retournaient contre lui. On lui rendait la monnaie de sa pièce, lui qui n'avait jamais eu un mot gentil, un geste amical envers quiconque. Le seul homme pour lequel il avait éprouvé de l'affection était le jeune Henry Talcott, qui l'avait toujours traité avec respect. Lors de ses fréquents accès de mauvaise humeur, Henry avait toujours fait comme si de rien n'était, à la fois quand, enfant, il venait jouer avec Gladys et, à présent, en tant qu'adulte qui traversait une mauvaise passe et avait besoin d'un refuge.

Le vieil homme ne lui avait toutefois jamais pardonné

d'avoir trahi sa « fille aussi moche qu'une carotte de tabac, mais bien brave », pour quelqu'un comme Irene Jalley. « Un pot de peinture qui tortille du cul », avait-il carrément déclaré à l'époque en promettant à Henry que, s'il épousait Gladys au lieu d'Irene, la ferme et toutes ses terres, jusqu'au dernier petit lopin, seraient à lui. « Tu n'as pas besoin d'éprouver ce genre de chose pour Gladys. D'ailleurs, je serais bougrement surpris si c'était le cas », lui confia-t-il. Pour « ça », on pouvait toujours faire un saut à Albany. Henry répondit qu'il regrettait, mais il s'en sentait incapable. Non, non ! avait tonné le vieux en l'agrippant. Elle fera ce que les femmes font quand ça leur arrive. Le plus important était la loyauté : rejeter Gladys, c'était la même chose que le rejeter, lui. Non seulement il avait traité Henry en fils, l'avait recueilli après le départ de son père, mais, pendant toutes ces années où Gladys était restée célibataire, il avait escompté qu'il l'épouserait. Pour quelle autre raison croyait-il qu'il lui avait laissé « libre accès » à sa fille ? Henry avait l'impression qu'il parlait de l'une de ses vaches en chaleur et, furieux, s'était senti insulté pour Gladys. Il avait rétorqué qu'il devrait avoir honte d'employer ces termes au sujet de sa propre fille. D'un revers de main en pleine figure, le vieux l'avait fait taire. « Tu me le paieras, espèce de crétin, de parfait crétin ! » avait-il beuglé au moment où Henry s'était éloigné à grands pas.

Thomas ne comprendrait qu'une fois adulte d'où venait la plus grosse part de l'aigreur qui existait entre Henry et le père Bibeau. Pour l'instant, une seule chose semblait claire au gamin. L'amer espoir de vengeance qu'entretenait le vieux passait dorénavant par les deux enfants. Dans la cuisine où elle préparait de la pâte avec de la farine et de l'eau, Margaret entendit la cloche la première. Thomas était assis sur les marches de la terrasse et taillait un bâton avec son couteau. Quand ils vivaient sous la tente, laisser tomber des copeaux n'importe où ne posait pas de problème, mais ici, Gladys avait exigé qu'il s'installe dehors pour s'adonner à cette activité. La clarine sonnait sans arrêt. Thomas l'ignora, le vieux bonhomme pouvait bien attendre une minute. Soudain, la porte s'ouvrit et Margaret s'élança dehors en hurlant. Une traînée marron luisante coulait sur sa robe.

« Regarde ce qu'il a fait ! s'écria-t-elle, incrédule, en écartant son corsage humide de sa poitrine. Il m'a craché dessus ! Voilà ce qu'il a fait ! »

Il avait agité sa clarine et ordonné à Margaret de nettoyer le napperon du fauteuil avant que Gladys le voie. Si Thomas n'avait pas été aussi en colère, il aurait bien ri. En effet, le vieux bonhomme ne doutait pas une seconde qu'une petite aussi délicate que sa sœur s'approcherait de ses cochonneries, et même les nettoierait. « C'est dégoûtant ! » lui avait-elle dit avec un mouvement de recul. À ces mots, il lui avait lancé un jet de chique en pleine poitrine. Il l'avait fait exprès, même s'il l'avait nié ensuite devant Gladys, en soutenant que la gamine avait foncé sur lui au moment où il crachait. Pendant que Margaret avait des haut-le-cœur dans la cuisine en retirant sa robe tachée, Thomas s'avança d'un pas décidé dans le salon. La veste de pyjama déboutonnée du père Bibeau dénudait la peau jaune cireuse de sa poitrine osseuse, affaissée. Sa tête trembla lorsqu'il essaya de fixer Thomas de son regard vitreux. Il exigea du gamin qu'il nettoie le fauteuil pour payer sa pension. Thomas se garda bien de répliquer, d'autant que sa sœur avait subi une insulte beaucoup plus grave. Derrière lui, Margaret insistait pour qu'ils s'en aillent. Thomas dit qu'il nettoierait le napperon, mais le père Bibeau devait d'abord demander pardon à Margaret. Pardon, répéta le vieil homme, presque avec empressement. Thomas fut presque obligé de traîner sa sœur dans la pièce. La respiration sifflante, le vieillard se hissa sur un coude. Loin de faire pitié, sa faiblesse, repoussante, accentuait d'une manière terrifiante l'immense effort qu'exigeait de lui sa cruauté. Au lieu de présenter des excuses, il voulut savoir pourquoi ils n'étaient pas avec leur mère, bon Dieu.

Ils le seraient bientôt, répliqua Thomas, ce mensonge ne présentant pas de danger si son père ne révélait pas qu'il avait subtilisé un bref instant la lettre tachée d'eau. Dès que sa mère le pourrait, ajouta-t-il. De tous les moyens qu'un enfant utilise pour se tirer d'affaire, le plus facile est un mensonge que personne n'ose réfuter. « Tu veux dire qu'elle va revenir ? » s'empressa de demander le père Bibeau. Thomas inclina la tête. Alors le vieil homme raconta qu'il avait recueilli Henry Talcott et l'avait élevé avec sa fille, certain de voir un jour Henry le remercier comme il fallait en épousant Gladys. C'était pour ça qu'il lui avait appris un métier et lui avait vendu le terrain sur lequel Henry avait construit sa maison. « Et tu sais comment il m'a remboursé ? En mettant Irene Jalley en cloque, voilà comment. Alors, pour ma part, j'ai déjà donné, merci. Ne t'amuse pas à me réclamer des excuses. C'est à moi qu'il faudrait demander pardon. Et maintenant, fichez-moi le camp ! Tout de suite ! beugla-t-il, un doigt tendu vers eux, pendant qu'ils sortaient de la pièce à reculons. Je ne veux plus vous voir ici ! Fichez-moi le camp ! Sortez tous les deux de chez moi, espèces de petits bâtards… »

Le lendemain matin, ils s'en allaient. La dispute entre Gladys et son père fut aigre et courte. Gladys sortit à grands pas de la pièce et claqua la porte. La clarine ne cessa de tinter. Le vieil homme brailla toute la nuit pour l'appeler, tant et si bien que sa voix s'enroua et que seul un faible grincement témoigna encore de son indignation.

Jusque dans l'allée, Gladys supplia Henry de rester. Il savait bien que son père était imprévisible ; sans doute avait-il déjà oublié ce qu'il avait dit, et pourquoi il l'avait dit. Henry répliqua qu'il regrettait, mais il ne pouvait pas imposer ça aux enfants. Ni à elle, ajouta-t-il. « Tu as la tâche bien assez difficile comme ça, Glad. Tu n'as pas besoin que je te la rende encore plus rude. » Il lui tapota la main.

En un sens, Thomas était triste de s'en aller. Il détestait vraiment le père Bibeau à présent et, même s'il n'avait pas compris tous ses propos, il voyait, à la lueur de colère dans les yeux de son père, combien ils étaient ignobles. N'empêche qu'ils n'avaient nulle part où aller. Avec un sol gelé couvert de neige, il faisait trop froid pour recommencer à vivre sous la tente. Son père ne disposait toujours pas du montant du loyer.

« Tiens. » Gladys tenta de lui donner trois dollars, mais il ne voulut pas les accepter. « Pour l'amour du ciel, Henry, ce n'est qu'un prêt.

— Alors, garde-les. Si j'en ai besoin, je te les demanderai.

— Autant que tu sois au courant, Henry. Hier je suis tombée sur Phyllis Farley. Elle m'a posé toutes sortes de questions sur les gosses. Est-ce que je ne croyais pas qu'ils seraient mieux avec une famille capable de s'en occuper correctement ? Tu vois ça d'ici.

— Bon sang, j'espère que tu lui as rétorqué que je m'occupais correctement de mes enfants !

— Bien sûr ! Mais elle a dit que tu étais un homme

grossier, coléreux. » Malgré sa peine, Gladys ne put dissimuler son amusement. Gêné, Thomas se prit à envier le naturel avec lequel ils badinaient. Son père parlait à Gladys sur un ton qu'il n'avait jamais employé avec leur mère. Tous deux s'amusaient des mêmes choses, alors que son père n'avait pas souvent ouvert la bouche à la maison et que sa mère lui en avait voulu. Était-ce pour cette raison qu'elle était partie ? À cause de Gladys ?

« Et qu'est-ce que tu as répondu ? »

Gladys éclata de rire. « Je lui ai dit : "Et alors ? Il s'en occupe bien quand même."

— Merci pour le compliment détourné. » Henry agita la main et démarra.

Quand ils arrivèrent à Atkinson, ils passèrent devant une pancarte sur laquelle était écrit « À louer », et Thomas gémit.

« Ça veut dire quoi ? lâcha son père.

— Rien. » Il ne voulait pas retourner à l'école de la ville, où tous les gosses se croyaient supérieurs aux petits péquenots.

Margaret était heureuse. « Regarde ! s'écria-t-elle en montrant du doigt le paysage qui défilait derrière la vitre. L'église, c'est là où maman nous emmenait, tu te rappelles ? Et le parc, tu te rappelles, on a fait un pique-nique et on a écouté un orchestre qui jouait dans le kiosque ? »

Il eut toutes les peines du monde à ne pas la pincer. Comment pouvait-elle être heureuse d'être revenue dans la ville où leur mère les avait abandonnés ? Elle était idiote, voilà. En outre, elle ne comprenait pas la moitié de ce qui se passait.

« Attendez-moi ici. J'en ai pour une minute », dit son père d'un air sévère en s'arrêtant devant chez tante

Lena. Le bungalow gris délabré avait des volets violets dont la moitié des lames manquaient.

« Oh ! non ! » Margaret vit leur père monter d'un pas lourd le sentier envahi d'herbes, puis s'arrêter sur la dernière marche du perron pour se gratter la nuque. « N'entre pas ! souffla-t-elle en espérant qu'il ferait demi-tour. S'il te plaît, n'entre pas.

— Ouais, tout est arrivé par ta faute ! » Thomas lui lança un bon coup dans la jambe.

Elle hurla, puis se mit à pleurer et réclama sa mère. Pourquoi est-ce que maman avait fait ça ? Pourquoi était-elle partie en les abandonnant comme ça ? sanglotait-elle dans ses mains.

« À cause de toi ! cracha-t-il. Parce que tu es vilaine, méchante, et elle ne pouvait plus supporter de rester avec toi. D'ailleurs, personne ne peut le supporter, poursuivit-il lorsque la porte s'ouvrit et que tante Lena apparut en serrant les pans de sa robe de chambre et en louchant, de son regard trouble, vers la camionnette. Tu gâches la vie à tout le monde. »

6

« OH ! ALLEZ, ILS SONT GENTILS. Ce sont de braves gosses, Max. Et cette petite Margaret, reconnais-le, elle est bougrement sexy, chéri. Elle tient de sa tante Leenie, pas vrai ? Un mignon petit bout de femme. J'étais exactement comme elle. Tiens, regarde… regarde… » La voix éraillée de tante Lena montait dans l'escalier obscur. Tante Lena buvait depuis qu'ils étaient revenus de l'école. Peut-être avait-elle bu toute la journée. Elle titubait tellement que Thomas avait été obligé de l'aider à préparer le souper. Quelque chose tomba avec un bruit mat.

« Seigneur ! Je pourrais lire le journal, si ce n'est pas trop demander ? grommela oncle Max.

— Regarde. Juste une minute. Regarde cette photo. Tu vois ? C'est moi, au premier plan. Hein que j'étais jolie ? Hein ? Hein, Max ?

— Ouais.

— Tu sais comment on nous appelait, Irene et moi ? »

Une feuille bruissa quand il la tourna.

Il y eut un silence, aussi bref qu'une gifle. « Les bombes sexuelles ! s'écria Lena sans se laisser détourner de sa nostalgie tenace. On avait tellement de petits amis qu'on s'y perdait, on ne savait plus lequel était à qui, on…

— Boucle-la, Lena, d'accord ?

— Mais c'est la vérité. On…

— Va te coucher, allez, vas-y.

— Non ! J'ai envie de parler, et toi, tu…

— Bon, très bien. Je me tire. C'est ça que tu veux ?

— Non ! Non, ne pars pas ! Écoute, Maxie ! S'il te plaît, s'il te plaît, ne pars pas ! »

Comme la veille, la porte se referma derrière oncle Max. Les premiers jours, tout semblait bien se passer, même si oncle Max ne faisait pas beaucoup d'efforts pour mettre les enfants à l'aise. Il n'avait pas la méchanceté du père Bibeau, simplement il se désintéressait de la question. S'il fallait qu'ils soient là, parfait. Mais qu'ils ne restent pas dans ses jambes.

Oncle Max était préoccupé. Son mariage tenait uniquement parce que tante Lena possédait la maison et gagnait l'argent du ménage, même s'il se faisait de plus en plus sporadique. Autrefois considéré comme le meilleur de la petite ville, le salon de coiffure de Lena était aménagé sur la véranda de derrière, fermée par des planches. Tante Lena y avait installé deux fauteuils et utilisait les dernières innovations en matière de permanente et de teinture. Pourtant la vie avait viré à l'aigre pour elle. Max ne s'était pas révélé le mari idolâtre qu'une femme aussi passionnée méritait. Non seulement il ne la trouvait pas le moins du monde amusante, mais, pire, il ne s'intéressait guère à elle physiquement. Il est vrai qu'ils avaient fini par se marier quand elle avait dépassé les trente-cinq ans et que ses chevilles et sa taille s'épaississaient.

Tout le monde savait que cette union était vide de sens, une pure comédie, en fait. Il suffisait de quelques gouttes d'alcool pour que les ennuis de Lena débordent de leur vase. Le dernier pari de Max sur l'avenir était une dame mûre, riche, dont le mari, malade depuis longtemps, semblait ne pas se décider à mourir. Max avait même exprimé son inquiétude, en tant qu'« ami de la famille », au Dr Creel, car payer une infirmière vingt-quatre heures sur vingt-quatre coûtait de plus en plus cher. Pour Thomas, les ragots, comme tant d'autres choses, restaient à la lisière de sa conscience. Gladys avait soigné le vieil homme avant que le père Bibeau tombe lui-même malade. Certaines personnes avaient droit à sa discrétion professionnelle, mais, comme elle l'avait affirmé à Henry, Max Lessing était un faux jeton.

Plus Max s'absentait, plus Lena se laissait aller. Puis elle émergeait à grand-peine de son abîme éthylique et restait d'une parfaite sobriété pendant un mois à un mois et demi. Ses « dames » revenaient se faire coiffer. L'argent ainsi gagné épongeait suffisamment les dettes de jeu de Max pour rendre la vie agréable. Ensuite, elle recommençait à avoir le moral à zéro, à entendre les autres femmes parler de leurs enfants et des mots adorables – un peu fous – que leurs maris leur murmuraient. « Excusez-moi », disait-elle alors en se faufilant dans la salle de bains, où la bouteille en verre marron était cachée au fond du panier à linge. Au cours de l'année précédente, la moitié de ses clientes avaient cessé de venir. Lena mettait cette défection sur le compte des temps difficiles ; partout, la situation était désastreuse.

« Être belle est une terrible malédiction, expliquait-elle à présent à Margaret en lui démêlant les cheveux. On a l'impression que c'est magique, mais peu à peu le charme n'opère plus et, un beau jour, on se regarde dans la glace… » Sa voix s'éteignit, comme c'était souvent le cas.

Thomas commençait à sentir le moment où elle avait besoin d'aller faire un tour dans la salle de bains. Sans risque de se tromper. Le couvercle du panier claquait contre le mur, puis se refermait d'un coup encore plus insouciant. Même Margaret le savait à présent. Au début, les sottises de sa tante lui avaient plu, mais, la nuit précédente, bien après minuit, elle s'était glissée dans le lit de Thomas. Les horribles sanglots provenant de la chambre de tante Lena l'effrayaient. « Elle est soûle, c'est tout », avait-il dit à sa sœur en la repoussant au bord du lit.

Ce matin-là, tante Lena dormait encore quand ils étaient partis à l'école. En fait, Thomas en était soulagé. En général, elle était tellement nerveuse au réveil qu'elle gâchait tout ce qu'elle faisait cuire. La veille, elle avait carbonisé la bouillie d'avoine. Depuis leur retour, elle s'efforçait de se faire pardonner. Tout d'abord, elle avait essayé de recoudre un bouton au poignet de Thomas, mais elle s'était piqué tous les doigts et le sang avait sali la chemise, la plus belle qu'il possédait, celle que Gladys lui avait offerte. Il repoussa son cahier de devoirs et termina lui-même la tâche. À présent, tante Lena voulait coiffer Margaret avec des anglaises. Sa sœur attendait dans le fauteuil pendant que le fer à friser chauffait. Tante Lena sortit de la salle de bains en souriant. Elle se pencha un instant au-dessus de Margaret d'un air perplexe, ne sachant plus au juste ce qu'elle avait l'intention de faire.

« Est-ce que ma mère était belle quand elle était petite ? » questionna Margaret. Elle semblait minuscule sous la cape protectrice jaune, tachée, jetée sur ses épaules.

« Oh ! oui. C'était vraiment une jolie petite fille. Je m'amusais à bien l'habiller. Je lui nouais des rubans dans les cheveux et je l'amenais partout. Elle était ma petite poupée, ma jolie petite… »

Margaret leva les yeux et attendit. Tante Lena s'était arrêtée en plein milieu d'une phrase, la brosse immobile dans les cheveux de Margaret.

« Est-ce qu'elle t'écrit ? » demanda Margaret.

Tante Lena cilla. « Qui ça ?

— Ma mère.

— Oh ! Ouais. Elle m'a envoyé une ou deux lettres. Peut-être même deux ou trois. » Elle attrapa le fer à friser et entortilla une mèche de cheveux autour.

« Tu me les liras ? » Margaret détourna la tête. Sa tante loucha, sembla s'efforcer de se rappeler quelque chose.

Le stylo de Thomas était tombé sans qu'il s'en aperçoive. Il n'arrivait pas à y croire : tante Lena n'avait pas reçu une lettre de sa mère, mais deux ou trois ! Interdit, il ne s'expliquait pas la chose. Aimait-elle sa sœur plus que ses propres enfants ?

Margaret insista. Est-ce que tante Lena leur lirait les lettres ?

« Non, je ne peux pas, ma poupée, je… je les ai jetées. Elles ne disaient pas grand-chose. Rien qui t'aurait intéressée. » Tante Lena déroula la mèche et en roula une autre. « Des histoires de femmes, tu comprends.

— Elle t'a dit quand elle allait revenir ?

— Euh… non, ma chérie. Pas que je me souvienne, en tout cas.

— Pourquoi elle est partie ? Elle te l'a dit ?

— Il y avait toutes sortes de raisons. Je crois… mince alors ! Je ne sais pas, elle n'était pas heureuse… et parfois… bon, ça n'allait pas fort ici, et elle a peut-être pensé qu'elle s'en sortirait mieux ailleurs. Ça arrive, ce genre de chose. Tu comprends ? »

Le visage contracté, apeuré, Margaret secoua la tête. Thomas lança un regard noir à sa tante, qui avait laissé se poursuivre cette conversation, qui n'avait pas eu assez de jugeote pour changer de sujet et éviter ce chagrin à sa petite sœur.

« Bon, avoir des enfants n'était pas vraiment ce qu'elle… c'est-à-dire… »

Il l'interrompit. « Margaret, tu sais très bien pourquoi. Papa te l'a expliqué. Pour économiser…

— Non ! brailla-t-elle. C'est à cause de moi ! Parce que je suis vilaine, parce que je suis méchante, tu me l'as dit !

— Tu as dit ça ? » Tante Lena s'approcha de lui en chancelant. « Espèce de sale gosse ! » Elle l'agrippa par l'épaule et l'arracha à sa chaise. « Comment t'as pu dire une chose pareille ? Tu ne sais donc pas que de telles méchancetés font de la peine ? » Son souffle chaud, alcoolisé, lui arrivait en pleine figure pendant qu'elle le secouait. Elle pleurait, continuait à le réprimander, mais sans pouvoir fixer son regard sur lui, comme si elle avait déjà oublié la raison de sa colère. « Tu n'as pas le droit de faire ça. Pas le moindre droit ! Tu m'entends ? » Haletante, elle lui donna une claque sur un côté de la tête. « Tu m'entends ? Je ne mérite pas ça ! Ce n'est pas juste ! Vraiment pas juste ! »

Il eut beau se débattre de toutes ses forces, il ne parvint pas à se libérer. Sa rage donnait à sa tante la force d'un homme.

« Tante Lena ! Tante Lena ! » hurla Margaret en quittant son fauteuil d'un bond. Au début, Thomas crut que sa tante reculait parce que Margaret s'était interposée entre eux. Mais sa sœur s'était élancée pour une tout autre raison : le fer à friser lui brûlait le cuir chevelu.

Tante Lena se contenta toutefois de brailler encore plus fort. Impuissante, elle observa Thomas pendant qu'il déroulait du fer les cheveux roussis de sa sœur. Il avait déjà senti cette odeur dans une ferme où des vaches étaient tombées malades. Une fois abattues par son père, un tracteur les avait emportées à l'écart du troupeau sain et poussées dans une fosse. Ensuite, les carcasses avaient été arrosées d'essence. De même que celui des vaches, le relent âcre des cheveux brûlés de Margaret le hanterait pendant plusieurs jours, resterait enfoui au fond de lui, comme si, en le respirant, c'était aussi de la souffrance qu'il avait inhalée.

Quinze jours difficiles s'étaient écoulés. Leur père était rasé de frais et sentait la lotion capillaire quand il vint les chercher le dimanche pour les emmener faire une balade à plusieurs kilomètres de la ville. Il n'osait pas aller trop loin sans roue de secours, car deux de ses pneus, en fort mauvais état, avaient été rafistolés tant de fois qu'il en perdait le compte. Pour l'instant, la couche de neige n'était pas encore très épaisse, mais il avait tout de même mis les chaînes, vu l'usure des bandes de roulement. Il avait apporté à chacun des enfants un sucre d'orge et, de la part de Gladys, quelques vieux livres dénichés dans son grenier pour Thomas, et, pour Margaret, une poupée achetée à la kermesse des dames patronnesses, faite avec une chaussette fourrée de chiffons et surmontée de cheveux en laine marron. Margaret jeta un coup d'œil à l'objet terne, pitoyable, et le posa sur un siège. Thomas espérait qu'elle ne dirait rien. Sans aucun doute, elle repensait à la poupée aux yeux bleus que Mme Farley lui avait donnée et que son père, sans pitié, avait empaquetée et renvoyée.

Leur père avait meilleure mine que la dernière fois qu'ils l'avaient vu. S'il ne s'était jamais bien entendu avec tante Lena, il n'avait pas digéré qu'elle ait aidé sa sœur à le quitter. Depuis que, désespéré, il y avait déposé ses enfants, il n'était pas revenu dans cette maison. Ce jour-là, il paraissait presque plus heureux, et l'était sans doute, songea Thomas, sans le souci quotidien de nourrir et d'habiller deux gosses. Pour sa part, il était hébergé chez un cousin et sa femme. Ils avaient une chambre disponible qu'il pouvait occuper jusqu'au retour d'une parente, partie en voyage.

Thomas ne l'écoutait plus. Tout d'abord sa mère et maintenant son père avaient commencé une nouvelle vie loin d'eux. Tels deux oiseaux, ils s'étaient envolés chacun de son côté et les avaient laissés se débrouiller tout seuls. Il était en colère, en voulait à son père, apparemment heureux avec une famille au complet dont ils n'avaient jamais entendu parler, pendant que lui et Margaret étaient bloqués chez tante Lena. Oncle Max était revenu et tante Lena essayait de moins boire. Oncle Max avait engueulé Thomas ce matin-là pour avoir mis trop de confiture sur son toast. Depuis son retour, il était aussi irascible qu'un taureau blessé. « Tâchez de ne pas vous mettre dans ses jambes », leur avait glissé tante Lena. Sa bonne amie, la dame plus âgée, lui avait, semblait-il, demandé de décamper. En fait, il s'intéressait davantage à son compte en banque qu'à elle. Du moins, c'était ce qu'on avait raconté à Lena.

Thomas tentait d'énumérer à son père tous les malheurs qui s'étaient abattus sur eux depuis qu'ils habitaient chez tante Lena. Il était affolé en constatant qu'ils approchaient de la maison et que rien dans son récit ne semblait avoir eu d'effet. « La semaine dernière, elle a même brûlé les cheveux de Margaret !

— Et j'ai encore mal. » Margaret se toucha l'arrière de la tête.

« Comment elle s'est débrouillée ? » La camionnette bruyante tourna le coin de la rue.

« Avec le fer à friser ! brailla Thomas pour couvrir le raffut. Elle avait trop bu, alors elle s'est mise à me frapper et a oublié le fer dans les cheveux de Margaret. »

La camionnette s'arrêta au bord du trottoir. Son père soupira et secoua la tête. « Je vous en prie, encore un peu de patience. J'ai presque gagné de quoi payer un loyer. Tout tourne au ralenti en ce moment. Mais les choses vont s'arranger. De toute façon, elles ne peuvent pas empirer. »

Les deux enfants le dévisagèrent : il semblait être devenu quelqu'un d'autre. Exactement comme leur mère.

Rien ne marchait plus dans la région. Dès le lendemain, il pousserait donc vers le nord, tenterait sa chance dans d'autres coins. Dans des fermes où il n'avait jamais mis les pieds. Quelque part, il devait bien y avoir du travail. Il suffisait de le trouver.

Mais comment pouvait-il aller aussi loin avec des pneus en mauvais état ? demanda Thomas. Son père leur mentait peut-être. Ces derniers temps, il avait l'impression que presque tous les adultes leur mentaient.

« J'ai pas le choix, répondit son père d'un ton si amer que Thomas baissa les yeux et que Margaret se frotta le menton sur son épaule. Tout ce que je veux, c'est qu'on arrive à être tous ensemble.

— Tous ? répéta Margaret avec un grand sourire, comme si c'était là un secret qu'elle ne pouvait partager avec son frère.

— Bon, rentrez dans la maison, maintenant. Je reviendrai dans deux ou trois jours. Allez-y. Allez, rentrez », leur dit-il avec un sourire figé.

La chaîne raclait sur le sol de la terrasse de devant. Thomas poussait Margaret sur la balançoire, qui allait de guingois, quand la voiture passa une nouvelle fois et ralentit. Elle continua son chemin. Margaret voulut savoir qui c'était. Il n'en était pas vraiment sûr. Mme Farley, si ça se trouvait. Alors, elle avait peut-être des cadeaux pour eux, dit Margaret avant de demander à son frère de la laisser descendre. Il poussa encore plus fort. L'une des chaînes de devant étant cassée, l'astuce consistait à s'agripper à l'arrière pour ne pas tomber. On les avait envoyés jouer dehors pendant qu'oncle Max lisait le journal. Tante Lena ne voulait pas qu'on « l'embête ». Avec un chuintement, la pluie froide tombait sur les marches et se transformait aussitôt en neige fondue. Margaret le supplia d'arrêter, elle devait aller aux toilettes. Il continua à pousser. Elle hurla. Il attrapa la chaîne qui pendait et immobilisa soudain la balançoire. Margaret tomba sur les genoux. Elle courut à la porte, mais la trouva fermée à clé. Accroupie, gigotant, elle sonna.

Combien de temps lui faudrait-il pour se rappeler que la sonnette ne marchait pas ? Si elle avait un besoin aussi pressant, pourquoi ne frappait-elle pas à la porte ? Et comment pouvait-il à la fois s'amuser de son supplice et en vouloir à son oncle et sa tante qui ne la laissaient pas entrer ? Était-il donc aussi méchant que tout le monde ? Pauvre gamine ! Ce n'était pas sa faute si elle avait pris le chaton, ni même la faute de Thomas s'il avait dit à sa mère qu'il la détestait le matin où elle était partie. Non, c'était la faute de James. À cause de sa mort. À cause de sa naissance. *Pauvre petit bébé malade*, pensa-t-il en abattant les deux poings sur l'encadrement de la porte à claire-voie pendant que Margaret gémissait. Son pipi fuma en s'écoulant le long de ses jambes et tacha d'un jaune vif le haut replié de ses chaussettes trop lâches.

Oncle Max ouvrit la porte, puis jura en voyant la flaque aux pieds de Margaret. « Pas question que tu entres dans cet état. Lena ! beugla-t-il en se retournant. Lena ! »

Tante Lena arriva en courant. Son regard hésita, affolé, passa de Max aux enfants restés de l'autre côté du seuil. Margaret se recroquevilla de honte contre les bardeaux gauchis. Thomas ne l'avait encore jamais vue comme ça. Elle n'était plus la même, c'était à présent quelqu'un d'autre. Elle devenait ce que les gens voyaient en elle, attendaient d'elle. Comme Carol Pfeiffer, sournoise, mais terrifiée. Abêtie par son désespoir.

« Pourquoi t'as fait ça ? lui demanda tante Lena en revenant avec une serviette tachée par les teintures. Tu crois que j'ai pas assez de problèmes ? C'est pas juste. J'avais vraiment pas besoin de ça, geignit-elle en essuyant les jambes tremblantes de Margaret. Si j'avais eu envie…

— C'est pas sa faute ! lâcha Thomas. Elle a pas pu se retenir. Elle a essayé d'entrer, mais la porte était fermée à clé ! »

Margaret mit son grain de sel. « Ouais ! Et il voulait pas me laisser descendre. Je lui ai dit que j'avais envie de faire pipi, mais il continuait à me pousser, alors j'ai sauté de la balançoire, mais c'était trop tard ! »

Si tante Lena avait l'intention de la gronder, elle avait déjà oublié. Sa tête frémit, ses yeux s'alourdirent d'apitoiement sur elle-même. En bas de la rue, une portière de voiture claqua et des hauts talons cliquetèrent sur le trottoir.

« Lena ! » s'écria Mme Farley. Elle couvait Margaret du regard en se hâtant vers la terrasse.

« Phyllis ? Oh ! Phyllis. Phyllis ! » Tante Lena brandissait ce nom comme un balai pour faire fuir ses ennuis.

« Margaret ! Thomas ! ça fait du bien de vous voir tous les deux. Comment allez-vous ? Est-ce que vous habitez toujours chez les Bibeau ? Vous êtes venus voir votre gentille tante Lena ? Je passais par là et je me disais… » Elle regarda Lena. « … mon Dieu, ça fait combien de temps que Lena Jalley m'a coiffée ? Trop longtemps, hein ? C'est sûrement ce que vous pensez en voyant mes cheveux. » Elle se tapota un côté de la tête. Malgré ses efforts, elle ne parvenait pas à garder les yeux fixés sur tante Lena. Elle adressa un sourire à Margaret, qui le lui rendit.

« Peut-être qu'une coupe ne serait pas superflue. » Tante Lena la contournant en l'évaluant de son regard trouble. « En tout cas, une mise en plis.

— Quand pourriez-vous me prendre ?

— Je vais voir », répondit tante Lena avec un petit reste d'orgueil professionnel avant de se précipiter à l'intérieur. Les seules personnes qu'elle avait coiffées durant toute la semaine avaient été Margaret et la vieille voisine. À en croire Max, qui avait morigéné tante Lena ce matin-là quand elle lui avait demandé de l'argent pour acheter du lait, la vieille dame, à demi aveugle, pouvait à peine se déplacer et n'avait d'autre choix que sa « voisine pocharde » si elle voulait se faire coiffer.

Durant la brève absence de Lena, Mme Farley réussit à faire raconter toute l'histoire à Margaret. Thomas ne pouvait même pas s'en irriter. Voir Mme Farley semblait un grand soulagement. C'était presque un plaisir de parler à quelqu'un de gentil, de normal. Cette conversation hâtive avait aussi stimulé Mme Farley. Les joues brûlantes de surexcitation, elle avait presque le vertige quand tante Lena revint dire qu'elle pouvait avoir un rendez-vous à neuf heures le lendemain matin.

« Oh ! Magnifique ! J'y serai ! Je vous promets de ne pas arriver en retard ! »

Le rendez-vous de Mme Farley poussa tante Lena à des accès d'activité frénétique dans sa petite boutique. Elle ôta les cheveux de la brosse qui sentait le moisi, lava serviettes et blouses, puis, comme il neigeait, dut les faire sécher à l'intérieur, sur le dossier des chaises, la rampe de l'escalier, les radiateurs. Elle balaya les flocons de poussière et les cheveux gris coupés qui traînaient sur le sol et demanda à Thomas de les jeter derrière la maison pour que les oiseaux s'en servent dans leurs nids. Le mauvais temps s'était aggravé et les oiseaux devraient attendre plusieurs mois avant de construire leurs nids, mais cet aspect frivole de sa tante lui rappelait sa mère. Même oncle Max apportait son aide. La perspective de ces gains lui avait insufflé une grande énergie. Pas une seule fois de la journée, il ne se plaignit des enfants. Allongé sur le dos, la tête sous l'évier, il essayait de réparer une fuite qui faisait gicler de l'eau par terre.

À la fin de la journée, assise dans le grand fauteuil de coiffeur, tante Lena l'observait. Comme Thomas le savait fort bien, elle attendait que Max la laisse seule un moment pour se dépêcher de boire une goutte, juste une petite goutte, pas plus, car depuis son retour elle avait essayé de réduire sa consommation, bref, juste de quoi tenir le coup. Voilà le remède de tante Leenie, avait-elle confié un jour. Son médicament.

Le lendemain, les enfants entendirent oncle Max qui s'efforçait de la réveiller. Il répétait son nom, lui rappela un nombre incalculable de fois que Phyllis Farley allait venir. Son rendez-vous était dans une heure. C'était là une chance de remettre son petit commerce à flot. Si elle faisait du bon boulot, Phyllis Farley en parlerait à toutes ses amies, qui viendraient elles aussi.

« Fiche-moi la paix », gémissait-elle chaque fois qu'il entrait dans sa chambre.

Au rez-de-chaussée, Margaret et Thomas avaient fini de prendre leur petit déjeuner – un toast et une pomme, qu'ils partagèrent. Il n'y avait jamais grand-chose dans la cuisine de tante Lena. Ni elle ni sa sœur n'avaient été formées aux arts ménagers, aimait-elle à se vanter. Leur mère avait souhaité les voir pratiquer une activité professionnelle pour être indépendantes. Seulement, avec trois gosses et un mari à nourrir, la pauvre Irene avait été obligée de faire la cuisine, même si ses repas manquaient vraiment d'inspiration.

« Eh ben, fais comme tu veux ! rugit Max à l'étage. Vas-y ! Reste dans ton lit à moisir. Mais moi, pas question ! Cette fois, je m'en vais pour de bon ! » Une porte claqua. Oncle Max entra à grands pas dans la cuisine en rectifiant son nœud de cravate. Margaret battit en retraite dans le grand placard à provisions. Même s'il le regrettait, apprit-il aux enfants, il ne pouvait pas continuer comme ça. À partir de maintenant, elle serait toute seule. Il attrapa une serviette humide, posa un pied sur une chaise, polit un soulier, puis l'autre. Ils feraient bien d'en profiter pour filer eux aussi tant qu'il était temps. Leur tante était un cas désespéré. « Absolument désespéré ! » hurla-t-il. Il jeta la serviette par terre et disparut.

Margaret accourut du garde-manger. Elle remit la serviette à sécher sur le dossier, s'immobilisa pour réfléchir un instant. « Maman ne disait pas que c'était lui, le cas désespéré ? »

À ce moment précis, tante Lena se présenta dans la cuisine, sa robe froissée déboutonnée, tachée par des giclées de teinture. Son rouge à lèvres vif bavait, ses cheveux n'étaient pas encore coiffés. Où était donc Mme Farley ? Est-ce qu'elle patientait depuis longtemps ? Tante Lena s'effondra sur une chaise, se pencha sur la table et posa la tête sur ses bras.

« Tu as besoin de ton médicament ? » s'enquit Margaret. Sans même attendre la réponse, elle courut chercher la bouteille marron trapue.

Tante Lena dévissa le bouchon et se détourna légèrement pour avaler un long trait. « Bon, dit-elle calmement, les yeux fermés, puis elle resta un moment à tenir la bouteille.

— Tu veux que j'aille la remettre en place ? » demanda Margaret.

Tante Lena secoua la tête. Thomas l'observait d'un air dégoûté. Oncle Max avait raison : mieux valait filer. Il se rendrait chez Gladys pour savoir où habitait son père.

Margaret effleura l'épaule de sa tante. « Mme Farley va arriver. Tu veux pas la coiffer ? »

Tante Lena hocha la tête. Elle laissa Margaret reprendre la bouteille, avant de la suivre dans le salon de coiffure.

Mme Farley arriva avec cinq minutes d'avance. Thomas et Margaret la firent entrer. Tout comme Margaret l'avait prédit, elle leur avait apporté des cadeaux. Un puzzle de la statue de la Liberté pour Thomas et un manchon en fourrure blanche, avec un bonnet assorti, pour Margaret. Des pompons vaporeux pendaient au bout de chaque cordon. Margaret tint absolument à garder le bonnet sur la tête. Mme Farley n'en revenait pas de voir à quel point elle était belle avec son « joli visage encadré de fourrure ». Assis sur le sol du salon de coiffure, Thomas s'affairait à former le bas de la statue de la Liberté. Il essayait d'être poli pour ne pas déplaire à sa tante. En fait, il détestait les puzzles.

En remarquant les mains tremblantes de tante Lena, Mme Farley préféra renoncer à une coupe. « Juste une mise en plis. Fred aime bien quand j'ai les cheveux un peu longs, tenta-t-elle d'expliquer. Et Jesse-boy aussi. »

Tante Lena répartit le fixateur rose épais dans la chevelure de Mme Farley, puis enroula chaque mèche humide, bien serrée, avant de la maintenir avec une pince. Elle travaillait avec la régularité que procure une longue expérience. Mme Farley se pencha légèrement en avant pour dire à Thomas qu'il s'en tirait à merveille. Jesse-boy adorait les puzzles. D'ailleurs, il pouvait terminer celui-ci en quelques minutes à peine, presque les yeux fermés ; ses doigts reconnaissaient les formes des pièces. Le professeur de Jesse-boy était estomaqué par son intelligence. Et son imagination créatrice. Il était capable de dessiner n'importe quoi. M. Wentworth affirmait qu'il pourrait même être un artiste célèbre un jour.

« Lena ! » Mme Farley saisit tante Lena par le poignet, se pencha en arrière et leva les yeux vers elle. « Si les enfants représentent une charge trop lourde, j'aimerais vous donner un coup de main.

— Un coup de main ? » Tante Lena cilla, interrompue dans sa rêverie.

« Disons, quand vous… quand vous n'êtes pas dans votre assiette… je pourrais les prendre. Ils resteraient avec moi. Avec nous. » Elle sourit à Margaret, qui portait à présent le manchon à la cheville. « En fait, je peux même les emmener tout de suite. Pour vous permettre de vous reposer un peu. D'avoir du temps pour vous. Ça doit être dur quand on n'est pas habitué au remue-ménage qu'entraîne la présence d'enfants. » Mme Farley se leva du fauteuil et noua un foulard en soie sur sa tête semée de pinces. « Je prendrai grand soin d'eux, vous le savez bien. » Elle ouvrit son sac et tendit à tante Lena un billet de vingt dollars.

Embarrassée, tante Lena le garda à la main. « Je n'ai pas assez de monnaie, Phyllis. Je regrette.

— Non, gardez tout. » Mme Farley lui tapota le bras. « Vous avez besoin de repos, Lena. Pourquoi ne pas me laisser les emmener ? Et puis, quand vous vous sentirez mieux, peut-être, je les ramènerai.

— Non, je ne peux pas faire ça.

— Pourquoi ? Pourquoi ?

— Ben... ben, d'abord, il faut que je demande à Henry. Il sera furieux. S'il vient ici et qu'il ne les trouve pas.

— Mais, Lena, c'est vous qui en avez la responsabilité. C'est vous qui vous en occupez. Vous seule à présent. »

Tante Lena ne semblait pas comprendre. Mme Farley demanda à Thomas et à Margaret d'aller dans la pièce voisine. Elle avait besoin de parler à leur tante un instant. En particulier. Pendant qu'ils patientaient dans la cuisine, ils tendirent l'oreille, mais ne purent surprendre la conversation.

Quand les deux femmes reparurent, tante Lena avait l'air encore plus abasourdie. Des billets dépassaient de sa poche. Mme Farley débordait d'une énergie joyeuse. Voilà, leurs manteaux et leurs chapeaux, pour qu'ils ne prennent pas froid. Des bonnes choses à manger et des vêtements chauds. Mme Farley pinça le menton de

Margaret. Le moindre rhume, et Jesse-boy l'attrapait aussitôt. Leurs affaires ! s'écria Lena en grimpant l'escalier. Mme Farley ouvrit la bouche, sur le point de lui dire que ce n'était pas la peine, puis se ravisa.

« Où est-ce qu'on va ? » demanda Thomas pendant qu'ils se dirigeaient vers la voiture. Malgré son impatience de quitter cette maison, il savait que son père ne serait pas content.

« Ne t'inquiète pas, mon garçon, déclara Mme Farley d'un ton si férocement convaincu qu'il sut aussitôt qu'il avait raison de s'inquiéter au contraire. Dorénavant, tout ira bien. Je te le promets ! »

Même Margaret comprit qu'il venait de se passer quelque chose. Quelque chose de très grave.

7

THOMAS SE RÉVEILLA SANS PEINE à la lumière chatoyante qui filtrait à travers les voilages. Il n'avait jamais dormi dans une pièce aussi bien chauffée, ni dans un lit aussi moelleux. Sur ses bras et ses jambes, le contact des draps était soyeux, et les couvertures, sans un seul trou, sentaient le cèdre. Même se lever était agréable, ses pieds nus s'enfonçaient dans une descente de lit épaisse, faite de chiffons entrelacés. De l'autre côté du couloir, dans la chambre de Margaret, une maison de poupée, presque aussi haute qu'elle, comptait trois étages. Chaque pièce contenait de jolis meubles posés sur des petits tapis d'Orient. Des lampes en cuivre miniatures s'allumaient, et des peintures, dans leurs cadres dorés, étaient accrochées aux murs tendus de papier peint. La table de la salle à manger, en cerisier, était couverte de vaisselle en porcelaine bleue et d'argenterie minuscule. Cette maison de poupée avait appartenu à Mme Farley quand elle était petite. Maintenant que Jesse-boy était trop grand pour s'amuser avec, Margaret pouvait la considérer comme à elle. Tant qu'ils resteraient ici, avait ajouté Mme Farley.

Ils habitaient là depuis trois jours. Non seulement Thomas n'avait jamais froid, mais il n'avait jamais faim.

La plupart du temps, il se sentait au contraire le ventre un peu trop plein. Mme Farley adorait faire des gâteaux et, loin de les réserver aux grandes occasions, en confectionnait tous les jours. Jesse-boy était difficile pour la nourriture. Il aimait surtout les gâteaux et, d'après Mme Farley, lui en préparer était le seul moyen d'éviter qu'il perde du poids. Même maintenant, au petit déjeuner, il mangeait une grosse tranche de gâteau au chocolat nappé de crème au beurre et buvait du lait à l'Ovaltine. Au bout de quelques cuillerées à peine de bouillie d'avoine, Margaret repoussa son bol et réclama du gâteau. Sous la table, Thomas lui décocha un coup dans les chevilles, mais elle refusa de le regarder.

« Tiens, ma chérie », dit Mme Farley en le lui apportant. Elle jeta la bouillie d'avoine dans le seau à couvercle placé sous l'évier. Une fois plein, le seau était vidé dans l'auge à cochons. Il se remplissait toujours vite, le plus souvent avec ce que Jesse-boy ne voulait pas manger. On avait presque l'impression que Mme Farley cuisinait pour les cochons. Même M. Farley ne finissait pas son assiette, contrairement au père de Thomas, qui, lui, avalait tout jusqu'à la dernière miette. Thomas aurait lui aussi préféré du gâteau, pourtant il termina sa bouillie poisseuse en raclant bruyamment sa cuiller au fond de son bol. Margaret tombait dans le piège. La veille, il l'avait avertie qu'ils devaient se montrer prudents. Mme Farley ne voulait pas lui dire quand ils retourneraient chez tante Lena. Lorsqu'il lui demanda si son père était au courant de leur présence chez elle, elle lui répondit de ne pas se faire « autant de bile ». Il regarda fixement Margaret. Elle l'ignora et réclama un autre verre d'Ovaltine.

Il lui donna un nouveau coup de pied, plus fort cette fois.

« Aïe ! » Elle se frotta la cheville.

Mme Farley se détourna du réfrigérateur et demanda ce qui se passait.

« Rien. » Margaret le fusilla du regard.

« Thomas a donné un coup de pied à Margaret, lâcha Jesse-boy tout en léchant ses doigts collants de crème.

— Allons, Thomas, dit Mme Farley en se hâtant vers la table. Pourquoi as-tu fait ça ?

— Parce qu'il est méchant, déclara Jesse-boy. Il embête tout le temps Margaret.

— Mais pourquoi, Thomas ? C'est une petite fille tellement adorable. » Elle se posta derrière Margaret et enroula une mèche de ses cheveux autour d'un doigt.

Les yeux de Margaret se fermèrent. Depuis le départ de sa mère, personne ne l'avait plus touchée. Avec tendresse, en tout cas.

« Je crois que c'est pour ça », fit Jesse-boy de sa voix douce et éraillée à la fois. Peut-être parce qu'ils ne se quittaient presque jamais, mère et fils entonnaient souvent de concert une sorte de mélopée gémissante. L'un parlait et les lèvres de l'autre remuaient. « Thomas est jaloux. Il pense que Margaret accapare toute l'attention.

— Oh, mon Dieu ! C'est ça ? C'est ce que tu penses ? Écoute, Margaret est une fille. Et les filles ont besoin qu'on s'occupe d'elles un peu plus que les garçons. » Elle sourit à son fils.

« Non, il veut du gâteau, répliqua Jesse-boy d'un ton irrité.

— Eh bien, il peut en avoir. Bien entendu. Seigneur, tiens, voilà !

— Non, merci. Je mangerai ma part ce soir. En dessert. »

Margaret ne voulait toujours pas le regarder.

« Tu n'as pas besoin d'être aussi spartiate, Thomas. En fait, c'est très nourrissant, un gâteau, avec les œufs, la crème et le beurre. » Mme Farley paraissait vexée.

L'horloge de parquet massive sonna dans le vestibule donnant sur la rue. Huit heures. « Dépêchez-vous ! » dit Mme Farley. M. Wentworth allait arriver d'une minute à l'autre. Il était tout excité à l'idée d'avoir deux élèves supplémentaires dans sa petite classe, leur annonça-t-elle presque en gloussant lorsqu'elle écarta de la table l'énorme fauteuil roulant de Jesse-boy. « Allons, viens, maintenant, Thomas », ajouta-t-elle en sortant de la cuisine. Margaret l'aida à pousser le fauteuil. Pour quelque raison inimaginable, elle trouvait cette tâche passionnante.

« Pourquoi est-ce qu'on ne va pas dans notre école ? » demanda Thomas une nouvelle fois. La veille, Mme Farley avait changé de sujet lorsqu'il avait posé la question. Il n'avait pas envie de revoir cette vaste école déroutante de la ville, mais il ne voyait pas pourquoi ils ne pouvaient pas retourner dans la petite école de Mlle Hall maintenant qu'ils étaient revenus à Belton.

« Ici, ce sera infiniment mieux, et vous aimerez beaucoup M. Wentworth. » Mme Farley fit glisser la petite porte coulissante du salon transformé en salle de classe. Deux chaises étaient disposées derrière une table étroite, face à un grand bureau en chêne. Les baies vitrées inondaient tellement la pièce de lumière que Thomas ne remarqua pas l'homme d'un certain âge, dans un coin, avant qu'il prenne la parole.

« Bonjour, Jesse-boy. Et je souhaite de tout cœur la bienvenue à nos deux nouveaux élèves, Margaret et Thomas », dit-il en applaudissant avec enthousiasme, tout comme Mme Farley et Jesse-boy. Pour quelqu'un d'aussi frêle et voûté, M. Wentworth avait une voix tonnante.

Les heures se traînaient. Jesse-boy était un élève des plus distraits. Il voulait passer son temps à dessiner, penché sur son carnet, le menton raclant le papier. Il savait à peine lire, et les divisions à plusieurs chiffres avaient tôt fait de l'énerver, si bien qu'il jetait son bloc-notes par terre. M. Wentworth consacrait la moitié de la matinée à l'orthographe, pendant que Jesse-boy griffonnait sur son carnet de croquis. Mme Farley venait les voir de temps à autre pour leur apporter des « gâteries », des petits gâteaux tout chauds à la mélasse, du caramel tiède. Visiblement exaspéré par Jesse-boy, M. Wentworth ne le grondait jamais. Au lieu de quoi, il faisait travailler ses nouveaux élèves avec une ferveur implacable qui les épuisait. Si leur présence était destinée à stimuler le désir d'apprendre chez Jesse-boy, le but n'était pas atteint. M. Wentworth déclamait *Le Corbeau*, d'Edgar Allan Poe. Il faisait les cent pas devant eux, agitait les bras en tonnant : « Le Corbeau dit : "Jamais plus [1]." »

Jesse-boy dormait, la tête posée sur un bras. De la salive dégoulinait sur son papier à dessin. M. Wentworth regagna son bureau sur la pointe des pieds, s'assit, sortit un journal de sa sacoche et murmura qu'ils n'avaient qu'à lire sans bruit pendant que le jeune garçon se reposait. Comme les autres pièces de la maison, celle-ci était très chauffée. Les radiateurs chuintaient pendant que des rayons lumineux chargés de poussière filtraient par les baies vitrées. Quelques minutes plus tard, Margaret s'affaissa, la tête sur les bras. Elle dormait. Thomas lui donna un petit coup de

1. Traduit par Stéphane Mallarmé. *(N.d.T.)*

coude, et elle grogna avec irritation. « Margaret ! » Il lui donna un nouveau coup de coude.

« Laisse-la, Thomas, souffla M. Wentworth. Et toi aussi, tu peux te reposer si tu en as envie. »

Thomas lut un moment, puis griffonna dans son cahier de rédaction, ce que Mlle Hall n'aurait jamais autorisé. À midi, Jesse-boy se réveilla enfin, regarda autour de lui, les joues rouges tant il faisait chaud, et déclara qu'il en avait assez de l'école. Ce fut décisif. La journée de classe prit fin. M. Wentworth déjeuna, puis s'empressa de partir. Margaret courut à l'étage pour jouer avec sa maison de poupée. Thomas s'assit sur la véranda et caressa le colley de M. Farley. Deux nouvelles camionnettes arrivèrent et se dirigèrent vers la grande grange. Un homme descendit de chacune, et ils se mirent à décharger les bidons de lait vides. L'un d'eux était Arnold, l'ouvrier agricole, et il avait encore la tête bandée. En apercevant Thomas, il détourna les yeux. Thomas s'était vengé l'autre jour en racontant à Mme Farley qu'il avait dit un gros mot en leur présence. « Bon Dieu ! » avait hurlé Arnold quand la porte de la grange s'était refermée sur lui en lui ouvrant le crâne. Mme Farley voulait le renvoyer. M. Farley avait tenté d'apaiser sa femme. Ce n'était pas un juron bien grave, surtout au vu des circonstances, mais Mme Farley exigea qu'on semonce vertement Arnold. Ainsi que tous les employés de la ferme. Un gros mot prononcé devant ces chers enfants et ils seraient virés sur-le-champ.

Les camionnettes étaient parties tôt ce matin-là. Peu après, M. Farley était venu prévenir qu'il se rendait au tribunal. Il ne savait pas combien de temps il y resterait, Mme Farley ne devait donc pas l'attendre pour déjeuner. « Surtout ne lâche pas », lui avait glissé Mme Farley à voix basse. « Je sais », avait répondu M. Farley.

Son père n'était toujours pas venu leur rendre visite. Thomas vit une autre camionnette luisante transportant les produits laitiers Farley s'engager sur la route de gravier. La camionnette de son père était sans doute retombée en panne. Il lui serait alors impossible d'aller travailler. Mais, dans ce cas, ils pourraient au moins passer leurs journées ensemble. Pourquoi se trouvaient-ils ici ? Pour rien au monde leur père ne voudrait les voir habiter chez les Farley. Toute cette histoire n'avait aucun sens. À moins – la frayeur l'envahit –, à moins que son père ne soit parti et les ait lui aussi abandonnés. Ou alors… peut-être était-il allé la rejoindre dans le Massachusetts. Peut-être allait-il la ramener. Ou rester là-bas avec elle.

Il se dépêcha d'entrer dans la maison. Mme Farley ne se trouvait pas au rez-de-chaussée. Par la fenêtre de la cuisine, il la vit dehors, en train de ramasser du linge. Elle mettait les pinces dans la poche gonflée de son tablier. Lorsqu'il tourna le coin de la maison au pas de course, elle lui sourit en laissant tomber une serviette dans le panier posé à ses pieds. « Regarde-toi un peu ! dit-elle en mouillant un doigt pour aplatir son épi. Tu es tout ébouriffé, je viens de m'en rendre compte. » Elle lui prit le menton et lui tourna la tête d'un côté, puis de l'autre. « Tu as besoin d'une bonne coupe, Thomas ! »

D'une secousse, il se dégagea. « Je veux voir mon père. Où est-il ? »

Elle ouvrit la bouche et la referma comme elle le faisait chaque fois que Jesse-boy s'exprimait ou quand elle était nerveuse. « Ne me parle pas sur ce ton, mon garçon. Ne t'avise pas de me parler sur ce ton ! » Le panier coincé sur une hanche, elle se dirigea à grands pas vers la maison. Il avait envie de courir derrière elle, de l'attraper par le bras et de l'obliger à lui répondre.

« Mais enfin, madame Farley ! » s'écria-t-il en la regardant s'éloigner. Il arracha une serviette sur la corde à linge et la jeta par terre. Puis il fit de même avec une autre, avec les draps, les chemises, les culottes. Figé, il observait la grande culotte blanche de Mme Farley, serrée dans son poing. Après l'avoir lâchée, il s'élança sur la route.

Il lui fallut un moment, mais Gladys finit par le lui raconter. Son père ne voulait pas que les enfants le sachent ; cela dit, mieux valait que Thomas l'apprenne de sa bouche que par quelqu'un d'autre. La chose s'était produite alors que Margaret et lui se trouvaient encore chez tante Lena. Un pneu de la camionnette avait éclaté, et, de toute façon, il n'y avait pas assez de travail d'abattage pour le faire vivre, si bien qu'il avait essayé de trouver un autre boulot. Personne n'avait besoin de main-d'œuvre mais, en ville, il apprit que la laiterie Farley cherchait un employé. Il mit donc son amour-propre dans sa poche et, le chapeau à la main, alla demander du boulot à Fred Farley. Ce dernier le fit attendre près d'une heure dehors, sous la pluie, puis envoya l'un de ses ouvriers l'avertir qu'il avait embauché quelqu'un d'autre. Ce soir-là, Henry y retourna. Il se glissa par une fenêtre dans la grange qui servait de garage, fouilla et trouva sa scie et sa roue de secours, que les types de Farley avaient prises au moment où ils avaient démonté la tente. Peu après, le shérif l'arrêta. Il sortait alors des bois où il avait caché la roue et la scie, dans l'intention de revenir les chercher le lendemain.

Gladys raconta que le shérif avait fait son possible pour dissuader Farley de porter plainte. Il ne se voyait pas en train de mettre un brave homme en prison à cause d'un pneu presque lisse et d'une scie antique qui ne valaient pas un clou, et encore moins qu'on se donne la peine de les voler. Même le shérif pensait qu'elles appartenaient bien à Henry, mais Farley n'en démordait pas. Talcott s'était introduit par effraction dans sa ferme et l'avait volé. D'après le shérif, Mme Farley se montrait encore plus inflexible. Henry Talcott croyait pouvoir vivre selon ses propres règles, il était donc temps que quelqu'un le fasse marcher droit. Depuis, le père de Thomas était en prison.

Mme Farley adressa à peine la parole à Thomas quand il revint. Il fut envoyé dans sa chambre, où il attendrait le retour de M. Farley. Si Thomas était revenu, c'était uniquement pour Margaret. Il ne pouvait pas la laisser seule ici. D'ailleurs, il n'avait nulle part où aller. Même Gladys estimait qu'il valait mieux rester chez les Farley que chez tante Lena. S'il n'y avait pas eu le père Bibeau, affligé d'une pneumonie, elle aurait pris tout de suite les deux enfants. Pendant la visite de Thomas, le vieillard s'écria qu'il était en train de mourir. Entendre Thomas dans la maison le poussait à réclamer avec une insistance affolée l'attention de sa fille. Il avait peur qu'elle l'abandonne, comme elle avait menacé de le faire quand Henry était parti avec les enfants à cause de lui.

Thomas était assis sur son lit. Des odeurs de cuisine lui parvenaient, des voix s'élevaient, mais personne ne l'appelait à table. Il ouvrit sa porte, puis, sur la pointe des pieds, avança jusqu'au bout du couloir. Margaret et Jesse-boy riaient. Mme Farley dit quelque chose et, à son tour, M. Farley se mit à rire. Les effluves de poulet bien doré et de jus de viande alourdissaient l'air. Thomas retourna sans bruit dans sa chambre et attendit.

Une heure plus tard, M. Farley frappa à sa porte. Thomas ne répondit pas, néanmoins M. Farley entra.

D'après ce que lui avait raconté Gladys Bibeau, il avait cru comprendre que Thomas était au courant pour son père. Il regrettait beaucoup, mais certaines infractions ne pouvaient être tolérées. Quelles que soient les circonstances. Assis au bord du lit, Thomas levait les yeux sur le petit bonhomme maigre. Les muscles jouaient au niveau de ses mâchoires et de ses tempes. Sa voix nasale était dure, ses mots enchaînés sans la moindre pause. Avec ses façons nerveuses, dénuées d'humour, il lui rappelait son père, sauf que son père en serait arrivé tout de suite au fait. Farley expliqua que, dans la mesure où son père en était incapable, tante Lena était responsable d'eux. Et elle souhaitait les voir habiter ici. Thomas et Margaret pouvaient y trouver un foyer tant qu'ils se comportaient bien. Or, la conduite de Thomas ce jour-là était absolument inacceptable. Non content de peiner Mme Farley, il l'avait horriblement effrayée. Elle ne savait plus si elle pouvait avoir confiance en lui. Margaret ne posait aucun problème et resterait sûrement. Quant à lui, ils n'avaient pas pris leur décision. « Alors, à partir de maintenant, considère que tu es ici à l'essai, conclut M. Farley avant d'ouvrir la porte.

— Je m'en fiche. Je n'ai jamais voulu venir ici. » Il avait parlé juste assez fort pour être entendu, mais pas trop pour pouvoir être ignoré si tel était le choix de M. Farley. Son cœur cognait dans sa poitrine.

M. Farley revint sur ses pas après avoir refermé tout doucement la porte, comme si cette discussion ne concernait qu'eux. « Ça ne sera pas facile de te séparer de ton adorable sœur, Thomas, mais il faudra peut-être en passer par là. Ce sera mieux pour tout le monde. »

Thomas lui lança un regard noir.

M. Farley semblait sourire. « C'est ce que tu veux ? C'est ça ? Hein ? C'est ça que tu veux ? »

Thomas s'obligea à baisser les yeux et secoua la tête.

« Alors, ne contrarie pas Mme Farley. » M. Farley se pencha vers lui. Sa voix grinçante évoquait une boîte de vitesses rouillée, non graissée. « Dieu sait qu'elle a bien assez de problèmes sans que des gamins comme toi viennent se mettre dans ses jambes. »

Chameau. Salaud. Son père était en prison pour avoir essayé de récupérer ce qu'on lui avait volé. Mais, cette fois, Thomas se tut.

Parfois, la classe durait une heure et demie. Mais aujourd'hui, Jesse-boy s'était endormi au bout de quelques minutes à peine. M. Wentworth était agacé. Son école privée ne donnait rien de bon. Thomas faisait à présent peu d'efforts, et Margaret voulait seulement jouer. Tous les jours, quand elle grimpait l'escalier en courant, elle découvrait sur son lit une jolie robe pour sa poupée, avec une cape assortie. La pédale de la machine à coudre de Mme Farley martelait toute la soirée. Jesse-boy adorait habiller les poupées avec Margaret.

En entendant des voix tard la veille au soir, Thomas s'était levé de son lit. Le spectacle qu'il avait surpris à la porte de Jesse-boy l'avait écœuré. La poupée brandie par Jesse-boy embrassait celle de Margaret. « Je t'aime, disait Jesse-boy avec des trémolos dans sa voix de fausset. Et maintenant, je veux t'épouser. » Il secouait la poupée en parlant. « Tu veux bien te marier avec moi ? » Déboutonné, le haut de son pyjama en flanelle grise laissait voir le creux osseux de sa poitrine.

« Oh ! je ne sais pas », répondit Margaret. Thomas n'avait jamais rien eu contre la voix haut perchée qu'elle prenait pour faire semblant quand elle jouait avec lui, mais à présent cette voix lui donnait la chair de poule. Margaret tourna la tête de sa poupée d'un côté, puis de l'autre. « Comment je peux être sûre que tu n'es pas le méchant roi ?

— Parce que. » La sueur ruisselait sur le visage cireux de Jesse-boy. « Le méchant roi n'a pas de cœur. Écoute. » Il lui attira la tête contre sa poitrine. « Tu entends ? C'est mon cœur qui bat. Voilà comment tu peux en être sûre. » Les yeux fermés, il approcha son visage des cheveux de Margaret. Il lui frotta le dos.

Avec plus de frayeur que de répulsion, Thomas recula dans l'ombre. Elle n'était qu'une petite fille, et Jesse-boy… il ne savait pas ce qu'il était, un homme ou un enfant, avec cette ombre de moustache au-dessus de sa lèvre supérieure.

Margaret s'écarta de lui. « Marybelle est fatiguée », dit-elle. Sa voix de comédie était fluette et forcée. La poupée tenue à bout de bras lui servait de bouclier. « Elle doit aller se coucher maintenant. Bonne nuit, bonne nuit ! » s'écria-t-elle en se précipitant dans sa chambre.

M. Wentworth lut son journal pendant dix minutes, puis se leva et secoua doucement Jesse-boy par le bras. « Réveille-toi. Veux-tu te réveiller, s'il te plaît ? »

Thomas voyait bien qu'il faisait semblant de dormir.

« Laissez-moi tranquille, grogna Jesse-boy.

— Non. Nous n'avons pas fait grand-chose hier, nous devons donc être assidus aujourd'hui. » M. Wentworth attendait, au-dessus de lui. « Je t'ai demandé de te réveiller. S'il te plaît.

— Je ne peux pas. Je ne me sens pas bien. Je suis malade », gémit Jesse-boy.

On appela Mme Farley. En général, M. Wentworth

s'inclinait avec une feinte inquiétude devant l'insolence de Jesse-boy, mais à présent, même Thomas percevait la honte du vieux professeur. Une journée chômée et payée n'était pas à dédaigner en ces temps avilissants ; toutefois, comment pouvait-il se laisser départir de son autorité face à des enfants normaux, à des élèves plus prometteurs ?

Jesse-boy était malade, confirma Mme Farley après avoir pressé une joue contre son front. Dans le dos de sa mère, il fit une grimace, et Margaret se mit à rire sous cape. Eh bien, la classe continuerait sans Jesse-boy, déclara M. Wentworth. La maladie d'un autre élève ne devait pas interrompre le travail de Thomas et de Margaret. Comme un trait de vinaigre caille du babeurre, la douceur se figea sur le visage de Mme Farley. Jesse-boy était l'élève payant, et M. Wentworth ferait bien de ne pas l'oublier. Il devait non seulement être prêt à s'adapter aux circonstances dictées par l'état de son fils, mais encore le faire avec empressement. C'était à elle de décider s'il y avait classe ou non. Le visage cramoisi, miné par la peur, M. Wentworth tenta de s'expliquer. S'il avait songé à poursuivre les leçons avec « les deux autres », ce n'était pas pour exclure Jesse-boy, mais pour l'inciter au contraire à se rétablir et à revenir en classe le plus tôt possible.

« Monsieur Wentworth, puisque vous êtes professeur, je m'étonne que vous connaissiez aussi peu les enfants. Ne pas être capable de participer aux activités des autres est très pénible pour un petit malade et ne fait que prolonger la période de convalescence. L'école recommencera dès que Jesse-boy se sentira mieux. »

Et voilà. M. Wentworth avait été éconduit. Thomas et Margaret se retrouvaient livrés à eux-mêmes, libres de faire ce qu'ils voulaient. Ou, pour Thomas, de ne rien faire du tout.

Margaret avait un nouveau petit chat, orange, blanc et noir. Il dormait toujours sur ses genoux, la tête sur ses pattes repliées. N'ayant rien d'autre pour s'occuper, Thomas passait presque tout son temps dehors, à tailler des bâtons ou à errer dans les granges. La veille, Otis, l'un des ouvriers, avait roulé une cigarette de plus pour la lui offrir. Au début, il avait refusé, craignant les ennuis. Mais bien sûr il n'en aurait pas. Personne ne le saurait. Et si on l'apprenait, ici, personne ne s'en souciait. Sans école, sans parents, il pouvait faire ce qui lui plaisait. Il inhala profondément et s'étrangla. Il ne parvenait pas à s'arrêter de tousser. Des larmes ruisselaient sur ses joues.

Otis le gronda avant de lui expliquer comment s'y prendre. « Tu aurais dû me dire que c'était la première fois. Bon, tire un tout petit peu au début, garde la fumée en toi, puis relâche-la doucement. Voilà, t'as pigé. Tiens. C'est pour plus tard. » Thomas aimait bien sentir la cigarette et les allumettes dans sa poche de chemise. L'odeur du tabac lui rappelait son père. Mais il n'avait aucune envie de fumer. Jamais plus.

Tous les matins, Jesse-boy se réveillait en haletant et en gémissant à cause d'horribles élancements dans la poitrine. Le plus souvent, vers dix heures, les symptômes s'apaisaient un peu et lui permettaient de « jouer ». Les poupées avaient disparu de sa chambre. La veille, M. Farley y était monté à l'improviste et avait été choqué par la voix de fausset stridente avec laquelle son fils exigeait d'être emmené « au bal de la reine ». Ce soir-là, personne ne prit la parole pendant le repas. Mme Farley avait les mains tremblantes et ses lèvres pâles frémissaient. Elle ne toucha presque pas à sa nourriture. Maussade, Jesse-boy fit le difficile. Encouragé par sa mère à manger au moins ce qu'il préférait, à savoir la purée de pommes de terre, il essaya et s'étouffa. L'obscurité troublée par le vent pesait sur les fenêtres telle une horde de cauchemars s'efforçant d'entrer. Le regard de Margaret passait sans cesse de Jesse-boy à son frère.

« Là, là ! » dit Mme Farley en frottant la nuque de son fils. Qu'il recrache, il se sentirait mieux. Elle regrettait de l'avoir incité à manger les pommes de terre. Aimerait-il du gâteau à la compote de pommes ? Ou de la crème renversée ? Il restait de la crème. Jesse-boy voulait monter dans sa chambre. Son père le souleva du fauteuil roulant et le porta jusqu'à son lit. Sa mère accourut derrière eux.

« Je veux rentrer à la maison. S'il te plaît, Thomas », murmura Margaret. Maintenant qu'elle restait souvent à l'intérieur, son visage était devenu d'une pâleur maladive. Elle commençait à ressembler à Jesse-boy par le teint et la nervosité.

« Je sais, mais on ne peut pas », souffla-t-il. Elle ignorait que leur père était en prison. Gladys avait fait promettre à Thomas de ne pas le lui révéler. À l'étage, un énorme vacarme se produisit. Jesse-boy braillait d'indignation. Mme Farley sanglotait. Et M. Farley hurla : « Tu vas faire ce que je te dis, bon sang ! C'est comme ça et pas autrement ! » Le frère et la sœur se regardèrent avec des yeux écarquillés ; la vie devenait de plus en plus étrange.

La serviette pendouillant de son col, M. Farley revint à grands pas dans la cuisine. Il s'assit et se remit à manger avec lenteur et détermination. Le regard fixe, il cillait à chaque bouchée avalée avec peine. Non mais, c'était lui qui commandait dans cette maison, et le repas devait être mangé. Finalement, il repoussa son assiette. Sa colère s'amenuisait, virait à la tristesse, comme s'il savait à quel point tout était désespéré. Oui, quoi qu'il puisse dire ou faire, la situation était parfaitement désespérée. Il jeta un coup d'œil à leurs assiettes vides. « Vous avez terminé ?

— Oui », murmura Margaret, et Thomas inclina la tête. Il avait en effet englouti sa part et fini celle de Margaret. Ces dernières semaines, il n'arrivait jamais à se sentir rassasié. Il avait toujours faim.

M. Farley regarda Thomas. « Monte… jouer avec lui », ordonna-t-il d'un ton aigre.

Impatiente de se soustraire à la morosité de Farley, Margaret se leva aussitôt elle aussi. M. Farley lui dit qu'elle pouvait aller dans sa chambre. Il voulait que ce soit Thomas qui s'occupe de son fils, ajouta-t-il en hochant la tête avec raideur. À ce geste, Margaret fila à toute allure dans l'escalier.

« S'il te plaît, joue à des jeux de garçon », lança M. Farley d'une voix affligée, si bien que Thomas sentit une boule dure se dissoudre dans sa poitrine.

Il se retourna. « Cette roue appartenait à mon père. Celle qu'il a prise. Et la scie était aussi à lui.

— Il s'est introduit chez moi par effraction, répliqua M. Farley d'un air sombre.

— Pour récupérer son bien. » Thomas avait du mal à déglutir.

« Tu crois vraiment que je vais rester assis à ma propre table pour écouter tes impertinences ?

— Non, monsieur ! C'est juste que je ne comprends pas comment on a pu arrêter mon père pour…

— Ce que tu ne comprends pas, c'est que ton père est un voleur.

— Non ! Il…

— Tais-toi ! Si tu ne te tais pas, si tu n'y arrives pas, tu peux prendre la porte. Vas-y ! » Il tendit un doigt. Le visage déformé par la souffrance, il semblait s'efforcer de ne pas pleurer.

À l'étage, Jesse-boy était roulé en boule, le dos tourné à Thomas. Il sanglotait toujours. Il détestait son père, sa mère, M. Wentworth, Thomas, le Dr Creel, le monde entier, ce fichu monde de merde. Thomas continua à disposer les jetons du jeu de dames. Comme de la fumée, le chagrin de Jesse-boy emplissait la maison. Tous se terraient pour y échapper.

« Tu veux les rouges ou les noirs ?

— Je veux que tu fiches le camp d'ici ! » Ce hurlement arqua le corps étriqué de Jesse-boy. « Voilà ce que je veux !

— Je n'y suis pour rien. Moi non plus, je n'ai pas envie d'être là. » Le regard de Thomas passa du malheureux gamin aux illustrations de cow-boys. Non seulement les fenêtres étaient pourvues de rideaux, mais leur motif représentait des calumets de la paix entrecroisés. Thomas se demanda si Jesse-boy l'avait remarqué. Il soupira. « Il va bien falloir qu'on joue à quelque chose. Ton père y tient.

— Je le déteste, mon père ! Je le déteste à un point inimaginable !

— Ouais, bon, ça t'empêche pas de jouer aux dames ou à un autre jeu. » Thomas agrippa le bord du damier, s'attendant à le voir s'envoler. Les mots de M. Farley l'avaient glacé. Personne ne disait jamais du mal de Henry Talcott. C'était un brave homme, respecté et admiré.

« Si je joue avec toi, tu me rendras un service ? grommela Jesse-boy en se redressant contre ses oreillers.

— D'accord. » Thomas replaça le damier entre eux.

« Les noirs ! » Jesse-boy avança son pion alors qu'ils n'avaient même pas décidé qui devait commencer. « Tu feras ce que je te demanderai ?

— Ça dépend. Quoi ?

— Tu sais où sont rangées les armes. Tu peux m'apporter un fusil ? »

Thomas bougea son pion. « Pourquoi ?

— À ton avis ?

— Je ne sais pas. Pour jouer aux cow-boys ? » Il fit un signe de tête vers les illustrations découpées dans le *Saturday Evening Post*, que M. Farley avait encadrées. Sur certaines, on voyait le texte imprimé au verso.

« Non ! » répliqua Jesse-boy d'un ton railleur. Il avança un pion.

Thomas haussa les épaules et franchit deux cases d'un coup. « Comment t'as fait pour ne pas voir ça ? » Il avait peine à dissimuler son sourire. « À ton tour.

— Je vais tuer quelqu'un. Voilà pourquoi, murmura Jesse-boy, un doigt sur son pion.

— Qui ? Tu vas tuer qui ? demanda distraitement Thomas, les yeux courant sur tout le damier.

— Quelqu'un. » Une nouvelle fois, Jesse-boy joua mal.

« Qui ? » Thomas s'empara du pion noir.

« Mon père. » Il avait réussi à accaparer toute l'attention de Thomas. En lui jetant un regard en coin, il se hissa sur un bras tremblant, et de l'autre, raide, visa avec un fusil imaginaire. « Je n'ai qu'à rester ici et, dès que la porte s'ouvrira, pfff, pfff, pfff ! siffla-t-il entre ses dents avec un mouvement de recul à chaque balle tirée.

— Et si c'est ta mère qui entre ?

— Je reconnais le pas de mon père, la façon dont ses chaussures résonnent dans l'escalier.

— Pourquoi tu veux tuer ton père ?

— Parce que c'est un vrai salaud, voilà pourquoi. » Jesse-boy poussa un pion qui menaçait celui de Thomas. « Et puis je n'ai pas le choix.

— Mais tu iras en prison. Et on te pendra. C'est ce qu'on a fait à Red Tully.

— Qui est-ce ?

— Il a tué son frère et sa sœur, et on l'a pendu. Il n'était qu'un gosse, on l'a quand même pendu. Ça ne les a pas empêchés !

— Il avait quel âge ? »

Thomas cilla en réfléchissant. « Quinze ans. Ouais, c'est l'âge qu'il avait. Quinze ans. Il venait de les avoir.

— Red Tully. Comment ça se fait que j'ai jamais entendu parler de lui ?

— C'est mon père qui m'a raconté son histoire. Il m'a dit qu'il n'avait jamais rien fait de mal, bon, en tout cas, rien d'aussi grave. Et puis un jour, il a piqué une colère contre son petit frère. Sa sœur était là, alors il les a tués tous les deux, ça n'a pas traîné. Le plus triste, c'est qu'il n'en avait pas l'intention, mais ensuite, c'était trop tard.

— Trop tard pour quoi ?

— Pour changer d'avis. Pour les ressusciter.

— Mais il était peut-être bien content. D'être enfin débarrassé d'eux.

— Non, parce qu'il s'est retrouvé tout seul, poursuivit Thomas en faisant glisser son pion sur une case, puis une autre, sans que Jesse-boy le remarque. Il n'avait plus de famille. Plus personne. D'après mon père, il était tellement heureux de mourir qu'il a remercié tous ceux qui allaient le pendre. » Thomas avança de nouveau un pion, mais Jesse-boy ne regardait même pas le damier.

« Pourquoi est-ce qu'on l'appelait Red ?

— À cause de ses cheveux roux, je suppose. À toi de

jouer. Ou alors parce qu'il devenait rouge de colère. Mon père me répète tout le temps : “Quand tu commences à voir rouge, pense à Red Tully.” »

Jesse-boy se pencha vers lui. « Tu veux que je te montre quelque chose ? Quelque chose que je ne montre à personne ?

— Bien sûr. »

Jesse-boy lui demanda d'attraper le coffret placé sous son lit. Thomas s'agenouilla et extirpa le coffret en bois pourvu d'une serrure. Les pions s'éparpillèrent lorsque Jesse-boy souleva une hanche pour sortir une clé de sa poche. « Pas mal, hein ? » Un par un, il passa les dessins à Thomas. On y voyait des dames nues, le visage sommairement esquissé, sans grande habileté ni souci du détail, l'ensemble étant dépourvu de traits humains distinctifs. Les seins ressemblaient à des ballons, avec des mamelons rouge vif au milieu.

« C'est quoi, ça ? » À l'instant même où il montrait l'enchevêtrement de coups de crayon entre les jambes, il comprit de quoi il s'agissait.

« C'est par là que les filles se font baiser », expliqua Jesse-boy.

Thomas ne pipa mot, mais il était désorienté. Il avait observé des chiens et des bovins en action, pourtant il ne se rappelait rien de semblable.

« T'as encore jamais vu de fille à poil, hein ? » Les yeux rouges de Jesse-boy avaient une lueur paillarde.

« Si, une fois. Sur une photo. Dans un magazine. » En fait, la femme portait des sous-vêtements affriolants.

« Il était à ton père, ce magazine ? » Jesse-boy se pencha vers lui. « Il était à lui, pas vrai ?

— Non ! Au père Bibeau. Je l'ai trouvé dans sa grange.

— T'as déjà vu Margaret toute nue ?

— Non ! » Bien entendu, ce n'était pas vrai.

Jesse-boy eut un sourire d'incrédulité teintée de jubilation. « Si, tu l'as vue ! C'est juste que tu veux pas le dire. » Il ouvrit sa veste de pyjama. « Est-ce qu'elle a déjà… » Il effleura l'un de ses mamelons. « … des trucs, à cet endroit ?

— Non ! » Thomas avait toujours le dessin à la main.

« Et là, elle a des poils ? Elle a des…

— Ferme-la ! »

À cet instant précis, trois légers coups furent frappés à la porte. « Jesse-boy, mon chéri, c'est moi ! » La voix de Mme Farley était inquiète.

« Attends ! N'entre pas tout de suite ! On n'a pas fini de jouer ! » Jesse-boy fourra les dessins dans le coffret, puis tourna la clé. « Remets-le en place ! » dit-il entre ses dents.

Lorsque Thomas se pencha pour pousser le coffret sous le lit, la cigarette tomba de sa poche. Il la ramassa, mais Jesse-boy la lui arracha.

« Tu fumes ? demanda-t-il avec respect en la glissant sous sa taie d'oreiller.

— Ouais. De temps en temps.

— Donne-moi une allumette. »

Thomas fit semblant de ne pas en avoir. Jesse-boy lui dit qu'il y en avait dans la boîte en fer-blanc posée au-dessus de la cuisinière. Mme Farley frappa de nouveau à la porte et demanda s'ils avaient fini. Oui, soupira Jesse-boy.

« Oh ! vous jouez aux dames ! » s'exclama-t-elle, rayonnante, en entrant avec son plateau. Elle apportait deux grands verres de lait chocolaté et deux parts de gâteau à la compote de pommes, nappé de crème au beurre. « Qui a gagné ? s'enquit-elle, ravi que son fils ait enfin un camarade de jeu.

— Thomas. Mais il a triché », répondit Jesse-boy. Avec sa fourchette, il coupa une bouchée de gâteau.

« Thomas ne triche sûrement pas, Jess. Il ne connaît sans doute pas les mêmes règles que toi. » Elle jeta un coup d'œil à Thomas, puis fixa un regard aimant sur son fils. « Jesse-boy et moi jouions déjà aux dames alors qu'il n'était qu'un bambin.

— Je n'ai pas très faim », dit Thomas en se dirigeant vers la porte. Ce gâteau et ce verre de lait le tentaient beaucoup, mais il éprouvait une envie encore plus forte de filer, d'échapper à la chaleur suffocante de cette pièce où étaient tissés les fils d'une toile invisible, à cette mère étrange, dont les lèvres remuaient en parfaite synchronie avec celles de son fils.

« N'oublie pas d'aller me chercher ce que je t'ai demandé, d'accord ? » semblèrent prononcer ensemble mère et fils avec la voix de Jesse-boy.

Thomas acquiesça et ouvrit la porte.

« Que veux-tu qu'il aille te chercher ? » demanda Mme Farley avec un frisson ravi. Leurs voix suivirent Thomas dans le couloir.

« Un livre.

— Quel livre ?

— Je ne suis tout de même pas obligé de tout te raconter !

— Non, mon chéri, c'est seulement que je me…

— Là, tu vois ! Qu'est-ce que je disais ? Je n'ai pas le droit d'avoir le moindre secret. Je ne peux pas avoir d'amis, je ne peux jamais rien faire tout seul !

— Mais non ! Ce n'est pas vrai, mon chéri…

— Tu m'espionnes ! Tu ne pourrais pas me laisser en paix ? Pourquoi est-ce que tu t'es sentie obligée de monter et de gâcher notre partie de dames ? Tu gâches toujours tout ! Toujours !

— Jesse-boy ! Excuse-moi. Je regrette vraiment ! »

Mme Farley se précipita dans la chambre de Thomas et lui ordonna de retourner jouer avec son fils. À peine la porte fermée, Jesse-boy réclama l'allumette. Thomas la lui donna et fit mine de repartir. Non ! brailla Jesse-boy. Il fallait d'abord qu'il lui montre comment on fumait. Thomas prétendit que Margaret l'attendait pour lui souhaiter une bonne nuit. Ce n'était pas bien difficile, tout ce qu'il avait à faire, c'était allumer la cigarette.

« S'il te plaît ! supplia Jesse-boy. Il faut que tu restes. Imagine que je laisse tomber l'allumette, que je n'arrive pas à la récupérer et que toute la maison brûle ! »

Thomas s'empressa de revenir sur ses pas. « La première chose à faire est de tasser le tabac. Regarde. Comme ça. » Il tapota un bout de la cigarette sur la table de chevet de la même manière qu'Otis l'avait fait sur une marche.

« Pourquoi ? » interrogea Jesse-boy en pouffant d'excitation.

Thomas répondit qu'il n'en savait rien ; on le faisait, point final. Mais pour quelle raison ? insista Jesse-boy. Pour lui donner meilleur goût ? Il n'y avait aucune raison, il fallait le faire, voilà tout, répliqua Thomas en haussant les épaules d'un air avisé. Jesse-boy se mit la cigarette à la bouche. Thomas frotta l'allumette sur la grille du parquet, puis appliqua la flamme à la cigarette. « Fais comme ça », indiqua-t-il en arrondissant les lèvres et en aspirant de l'air.

Jesse-boy essaya, ouvrit trop largement la bouche. La cigarette tomba et tacha le drap avec les cendres du papier consumé.

« Comme ça. » Thomas fit une démonstration avec la cigarette non allumée. « Comme si tu buvais de l'air. »

Jesse-boy lui arracha la cigarette et la porta à ses

lèvres. Thomas frotta une autre allumette, mais ne réussit pas à allumer la cigarette, devenue trop molle. Jesse-boy la lança à Thomas et lui ordonna de l'allumer.

« T'as bavé dessus ! » s'écria Thomas une fois l'extrémité humide entre ses lèvres. Il frotta une nouvelle allumette. La cigarette lâcha une flamme rouge et s'alluma. Thomas s'étrangla avec la fumée. Ses yeux pleuraient et son nez coulait. « Tiens. J'ai aspiré trop profondément. Aspire juste un peu. » Il la passa à Jesse-boy.

Jesse-boy inhala, puis le regarda, les joues gonflées.

« Souffle ! lui dit Thomas, et Jesse-boy s'exécuta. C'est très bien. Tu n'as même pas toussé. » Thomas était assis au bord du lit.

Jesse-boy sourit. Il tira une nouvelle bouffée et relâcha la fumée avec facilité. Content de lui, il aspira une troisième fois, plus profondément. Il s'étrangla alors, la poitrine serrée par des spasmes violents. La cigarette toujours à la main, il se pencha, haletant. « J'arrive pas à respirer ! » finit-il par balbutier.

La porte s'ouvrit et la fumée bleue qui flottait au-dessus de leurs têtes oscilla.

« Que se passe-t-il ? Jesse-boy ! » hurla Mme Farley en courant vers lui. Elle se mit à lui taper dans le dos. « Respire ! Respire ! s'écria-t-elle, mais il était gagné par l'inertie. Fred ! Fred ! Fred ! » appela-t-elle, les bras autour de son fils pantelant.

Ce fut à ce moment-là que Thomas remarqua le rond noir fumant qui s'élargissait sur le lit. Il attrapa le verre de chocolat froid et le versa sur la couverture. M. Farley accourut. Presque prêt à se coucher, il était torse nu et ne portait qu'un caleçon et une seule chaussette. Il souleva Jesse-boy et le berça dans ses bras tel un bébé, tout en braillant le nom de son fils. Dans les épaisses chaussettes de laine verte que Mme Farley lui avait tricotées, les jambes de Jesse-boy pendaient, inutiles, comme si elles appartenaient à une marionnette. « Là, là ! » dit M. Farley d'une voix apaisante pendant que son épouse courait dans toute la pièce en suppliant Dieu d'épargner la vie de son fils et de prendre la sienne à la place. Sinon, menaçait-elle, elle se tuerait elle-même. Voilà ce qu'elle ferait. Elle serait bien obligée ! Sans Jesse-boy, elle n'aurait plus la moindre raison de vivre. Son existence était finie.

D'un œil prudent, Thomas cherchait le moyen de parvenir à la porte. Il croisa le regard de Margaret. Réveillée par le chahut, elle observait la scène du couloir, petite, encore plus pâle dans sa chemise de nuit blanche à rubans, taillée d'après l'un des nombreux patrons de Mme Farley.

« Il va bien, s'écria M. Farley. Il va bien ! »

Jesse-boy s'efforça de relever la tête. Il regarda autour de lui, puis gémit et referma les yeux.

« Il va bien ! Il n'a rien ! » affirma M. Farley.

Mme Farley vit un signal dans ces paroles et se précipita sur Thomas, qu'elle plaqua contre le mur. Elle le secoua tellement fort que sa tête heurta la cloison. « Pourquoi as-tu fait ça ? Pourquoi est-ce que tu lui as fait ça ? Méchant ! Espèce d'horrible garnement ! » Il avait le visage aspergé de postillons. Dans le couloir, Margaret sanglotait et cria à Mme Farley de le lâcher, de laisser son frère tranquille.

« Je t'avais bien dit que ça ne marcherait pas, maugréa M. Farley lorsqu'il installa Jesse-boy dans son fauteuil roulant. Ces gosses-là ne viennent pas de notre monde. »

Les cours reprirent le lundi suivant. La respiration de Jesse-boy était redevenue normale, il ne haletait plus que dans des moments d'excitation. M. Wentworth se montra attentionné à l'extrême avec lui. Quand Mme Farley passa la tête pour le saluer, il insista pour qu'elle entre et entende Jesse-boy réciter un extrait de la Déclaration d'indépendance. L'incident de la cigarette avait terrifié Margaret. Elle supplia Thomas d'être sage pour ne pas se faire renvoyer. Renvoyer ? Où ça ? Elle l'ignorait, mais, à travers la grille du parquet, elle avait entendu les Farley en discuter. Ce garçon n'était qu'un bon à rien. Exactement comme son père et sa mère. Un incident de plus et il devrait partir, avait dit M. Farley à sa femme. Les garçons font ce genre de bêtises, avait-elle glissé pour calmer son mari. Jesse-boy est en train d'apprendre à être un garçon comme les autres, voilà tout. Il a presque seize ans ! s'était alors écrié M. Farley. Il est temps qu'il apprenne à être un homme.

Le jour où Gladys vint les voir, le vent faisait rage. Elle s'était mise sur son trente et un, bon, disons qu'elle avait enfilé ses plus beaux habits, une robe d'un bleu marine passé, avec les coutures éclaircies par l'usure, luisantes, tout comme le bas du dos. Ses mocassins noirs éculés ressemblaient à des souliers d'homme, très larges pour contenir ses grands pieds. Elle avait des affaires à régler en ville, expliqua-t-elle à Mme Farley à travers la porte à claire-voie, mais d'abord elle souhaitait dire bonjour aux enfants. Ils déjeunaient avec M. Wentworth dans la cuisine, où on leur servait des restes, côtes de porc dans une sauce au lait. Dans la mesure où c'était là le repas principal du vieux professeur, lorsque Mme Farley avertit Gladys que les enfants devaient retourner tout de suite en classe, il leur accorda un quart d'heure supplémentaire. Il fit glisser la dernière côte dans son assiette et écarta sa cravate en se servant de la sauce. « Prenez votre temps », leur dit-il quand ils s'éloignèrent.

Ils restèrent debout dans la salle à manger qui sentait le renfermé. « J'ai pensé que ça pourrait te faire plaisir. » Gladys tendit à Margaret un sac en tissu fripé. Il contenait des poupées en papier et un peigne rouge qui avait perdu quelques dents et qu'elle avait trouvé un jour au cinéma. « J'étais assise dessus pendant toute la séance. » Elle se mit à rire. Malgré ses efforts, Margaret ne parvint pas à feindre une grande reconnaissance. À présent, elle était habituée à de plus beaux cadeaux. Gladys avait apporté à Thomas un livre tout déchiré sur les serpents. La couverture en était arrachée. Il la remercia et s'empressa de le feuilleter avec attention pour compenser la réaction d'enfant gâtée de sa sœur.

« C'est bien de savoir leurs noms. Pour reconnaître ceux qui sont venimeux, fit Gladys en ajoutant avec une certaine timidité que ce livre lui avait appartenu quand elle était petite.

— Tu aimais les serpents ? » lui demanda Thomas, surpris. Ils terrorisaient sa mère.

« Je ne les aimais pas tant que ça, mais je voulais apprendre des choses sur eux. »

À ce moment précis, Mme Farley fit irruption dans la pièce. Il était temps de reprendre la classe. Le peu d'énergie qu'avait Jesse-boy allait bientôt faiblir. Elle conduisit Margaret vers la porte.

« Attendez. » Margaret se retourna vers Gladys. « Est-ce que mon père est revenu ?

— Revenu ? répéta Gladys.

— De son travail dans le nord, précisa Margaret.

— Non, répondit Gladys en regardant Mme Farley.

Pas encore. Mais, dès son retour, il viendra vous voir. Ça, c'est sûr.

— Mais quand ? Ça fait tellement longtemps !

— Regardez-moi un peu cette enfant. » Mme Farley attira Margaret à elle. « Elle s'est vraiment épanouie, hein ? Jesse-boy est très heureux de l'avoir ici. On les croirait frère et sœur tant ils sont proches. Et bien sûr, Thomas est très… très gentil.

— Et honnête, en plus. Comme son père. Il ne prendrait jamais ce qui ne lui appartient pas, renchérit Gladys. Vous le savez, n'est-ce pas, Phyllis ? Vous aussi bien que Fred.

— Gladys ! Vous me surprenez. Vraiment ! Une telle réflexion devant les enfants ! Allons, il est l'heure de retourner au travail. » Les joues empourprées, Mme Farley les raccompagna au bout du couloir.

Gladys dut s'attarder un peu car, même avec la porte refermée sur la salle de classe suffocante, on entendait les deux femmes, non pas leurs mots mais leurs voix coupantes, furieuses. *Des poules qui se prennent le bec*, songea Thomas.

8

THOMAS ÉTAIT MALADE DEPUIS UNE SEMAINE. Son état s'aggravait tous les jours. Ce soir-là, il avait tellement de fièvre qu'il ne parvenait presque plus à ouvrir les yeux. Sans faire vraiment la différence entre les rêves et la réalité, il oscillait sans cesse de veille à sommeil. La nuit glissait vers le jour, puis l'obscurité revenait. Indistinctes, dépourvues de timbre, les voix allaient et venaient. Entraient-elles et sortaient-elles de la chambre obscure ou émergeaient-elles de son délire, il n'aurait su le dire. Il n'éprouvait pas le besoin de manger. Elle essaya d'introduire entre ses lèvres desséchées du bouillon qui coula sur sa joue et tacha l'oreiller. En entendant sa mère gémir, il repoussa la cuiller et s'efforça de la voir. Mais c'était sa propre voix. Il était incapable de lever la tête.

« Tu vois ? Il se réveille. » Mme Farley tordit une serviette trempée au-dessus de la cuvette posée sur la table de chevet, puis la posa sur le front brûlant de Thomas.

Une main rugueuse lui effleura la joue. « Encore plus chaud que tout à l'heure, dit M. Farley. La fièvre monte.

— La maladie doit suivre son cours, voilà tout.

— Son état empire.

— Descends casser un peu de glace. Ça, au moins, il l'avale.

— On devrait appeler le médecin. Tu sais bien qu'il faudrait le faire.

— Tu veux bien arrêter avec ça ? S'il te plaît, Fred, s'il te plaît ! »

Pieds nus, en pyjama rouge écossais, M. Farley se hâta de descendre l'escalier et se dirigea vers la glacière. Margaret s'avança sur la pointe des pieds en rasant le mur. Par deux fois, on l'avait renvoyée. Les bras refermés sur son corps, dissimulée par l'obscurité, elle observait. Mme Farley plongea une nouvelle fois la serviette dans la cuvette, puis l'essora.

En entendant toutes ces allées et venues devant sa porte, Jesse-boy demanda d'une voix aiguë, affolée : « Qu'est-ce qu'il y a ? Quelqu'un finira par me dire ce qui se passe ? » Il y eut un silence. « Maman ! Maman ! » hurla-t-il en cognant contre le mur.

Mme Farley se précipita dans le couloir. « Retourne te coucher, Margaret ! » lâcha-t-elle tout en courant consoler son fils.

Margaret fila au chevet de Thomas. Quand elle prononça son nom, il lutta pour ouvrir les yeux. Ils se révulsaient, puis se refermaient. Son agitation faisait monter et descendre rapidement sa poitrine sous les couvertures empilées. Il claquait des dents.

« Éloigne-toi de lui ! s'écria Mme Farley en revenant dans la pièce. Tu vas l'attraper ! » Elle essaya de pousser Margaret vers la porte, mais la fillette recula dans un coin et refusa d'être délogée. M. Farley revint. Il donna à son épouse le bol contenant les morceaux de glace. Elle lui demanda de ramener Margaret dans son lit. La petite fille dit qu'elle voulait rester. M. Farley regarda sa femme.

« Vous allez appeler le Dr Creel ? voulut savoir Margaret, les yeux fixés sur son frère parcouru de frissons.

— Il va très bien s'en sortir, Margaret. » Mme Farley poussa un glaçon entre les dents de Thomas, comme si ce geste confirmait ses paroles.

« Vous avez intérêt à pas vous tromper. Il est affreusement malade. Je ne l'ai encore jamais vu aussi malade, souffla Margaret. Regardez ! Il tremble. Comme James. Avant de mourir. Il est mort très vite. Maman a attendu trop longtemps. Elle aurait dû appeler le docteur !

— Tu veux bien la ramener dans sa chambre ? demanda Mme Farley à son mari d'une voix sifflante.

— Elle a raison. À quoi ça sert d'attendre ? protesta M. Farley.

— Il a pris froid, c'est tout. Ouvre ce placard et passe-moi la couverture qui se trouve là-haut. » Mme Farley poussa encore un peu de glace dans la bouche de Thomas. M. Farley attrapa une lourde couverture en laine posée sur l'étagère. « Couvre-le ! » lui ordonna sa femme. Si sa voix était forte, déterminée, son visage ne l'était pas.

« Non. » M. Farley serra la couverture sur sa poitrine. « Pas avec cette fièvre, Phyllis. Il aurait encore plus chaud. »

Elle releva la tête d'un mouvement brusque. « Tu n'y connais rien ! Regarde-le ! Si le coup de froid s'aggrave, il va avoir une crise. Je le sais. Ce n'est pas la première fois que je vois ça. » Elle posa sur son mari un regard dur, muet, menaçant. Margaret s'avança tout doucement. M. Farley serrait toujours la couverture contre lui. Sur les questions de santé comme dans les domaines de la discipline et de l'éducation, il s'en remettait toujours à sa femme. En général, il n'avait donc pas voix au chapitre pour tout ce qui touchait à Jesse-boy. Thomas gémit. Ses joues étaient brûlantes.

« S'il vous plaît, appelez le Dr Creel, supplia Margaret.

— Oui. Son état empire. » M. Farley se pencha afin d'examiner de près le gamin, la couverture contre la poitrine. « Sa respiration est trop… trop forcée. Je vais l'appeler.

— Non ! Ne fais pas ça ! Ne t'y risque pas ! prévint Mme Farley entre ses dents.

— Mais…

— Non ! Pas tant qu'elle travaillera pour lui. Je ne veux pas la voir ici.

— Phyllis, ce gosse est malade. Il faut s'occuper de lui. Le Dr Creel viendra seul si je le lui demande.

— Non !

— Je vais le lui demander. Je vais lui dire : "N'amenez pas Gladys Bibeau", implora-t-il.

— Je suis plus que compétente et je vais m'occuper de ça à ma façon. Toute seule, Fred.

— Pour l'amour du ciel, Phyllis, ça ne va pas du tout. Renvoie le gamin, si tu veux, mais ne fais pas ça », adjura-t-il d'une voix basse, affolée, pendant que Margaret se faufilait hors de la pièce.

Une fois au rez-de-chaussée, elle composa plusieurs fois le numéro de la téléphoniste, sans succès. Enfin, la voix ensommeillée de Mme Pierce se fit entendre au bout du fil. Margaret lui demanda de faire venir tout de suite le Dr Creel chez les Farley. Son frère était affreusement malade.

« Qui ? Phyllis ? Phyllis a un frère ? dit Mme Pierce. Pas que je sache.

— Non ! *Mon* frère ! Thomas ! brailla Margaret. Il

est là-haut et il va mourir. Il va mourir exactement comme le petit James.

— Alors raccroche ! Raccroche pour libérer la ligne ! » ordonna Mme Pierce, la notion du devoir reprenant aussitôt le dessus.

Le Dr Creel vint seul, même s'il mit un certain temps à arriver. La nuit, il n'y voyait presque plus. En fait, le vieux Bibeau avait du sang dans les urines, et le médecin n'avait pas voulu empêcher Gladys de soigner son père. Il donna ses instructions à Mme Farley : il fallait remplir la baignoire d'eau froide. Le médecin et M. Farley transportèrent Thomas au rez-de-chaussée et le plongèrent peu à peu dans le bain. M. Farley le tenait par les épaules pour l'empêcher de glisser pendant que le Dr Creel lui appliquait sur le front et le cou un gant de toilette qu'il trempait dans l'alcool camphré.

Toutes les lumières étaient allumées dans la grande ferme. À l'étage, dans sa chambre, Jesse-boy fit un tel chambard que Mme Farley insista pour que Margaret aille lui tenir compagnie.

« Mais je veux rester avec Thomas.

— Il est entre de bonnes mains », affirma Mme Farley en lui nettoyant le visage et les mains avec du borax au-dessus de l'évier de la cuisine. Elle appliqua un peu plus de camphre sur le morceau de flanelle épinglé au maillot de Margaret. Avec la grippe dans la maison, ils gardèrent tous sur eux ces bouts d'étoffe camphrée pendant plusieurs jours.

« Je veux le voir. »

Mme Farley agrippa la fillette par les épaules. « Non. Tu vas faire exactement ce qu'on te dit. » Elle jeta un coup d'œil vers l'escalier. Son fils l'appelait en hurlant. « Tout ça est trop difficile à supporter pour lui. Il ne faut pas qu'il s'agite. Tu comprends ? Oui ? Alors ? Tu comprends ? insista-t-elle jusqu'au moment où Margaret inclina la tête, les yeux pleins de larmes. Bon, très bien. » Mme Farley emmena Margaret jusqu'à la porte de Jesse-boy, fermée depuis plusieurs jours pour éviter émoi et contagion. Elle posa la main sur le loquet puis, se tournant vers Margaret, s'agenouilla et lui prit le visage entre ses mains. « Je regrette, Margaret. Je regrette de te parler sur ce ton. C'est seulement que Jesse-boy… qu'il… bon, qu'il t'aime tant. Et il a besoin de toi, ma chérie. Il a grand besoin de toi. Tu es la seule personne au monde qui le rende heureux. » Son sourire trembla.

« Non ! gémit Margaret lorsque Mme Farley la souleva et la porta jusqu'au lit moelleux de Jesse-boy.

— Fais-lui une place, mon chéri. Margaret a peur. Elle ne veut pas rester toute seule. Toi aussi, tu es bouleversé, alors vous vous sentirez mieux ensemble, murmura-t-elle en remontant les couvertures jusqu'à leur menton. Dormez bien, souffla-t-elle avant de refermer la porte.

— Là, donne-moi la main. » Jesse-boy tâtonna vers Margaret.

Elle écarta sa main d'une tape.

« Ne sois pas aussi terrifiée.

— Je ne suis pas terrifiée.

— Qu'est-ce que tu es, alors ? » Il se tourna sur le côté et arqua son corps près du sien.

« Rien.

— Rien ? » Il rit sous cape. « Il faut bien que tu sois quelque chose. Et moi, tu sais ce que je suis ? » Comme elle ne répondait pas, il se rapprocha encore d'elle. « Je suis heureux. » Il lui toucha la joue. « Je suis très heureux. Je t'aime, murmura-t-il d'une si petite voix qu'on avait l'impression qu'il posait une question.

— Tais-toi ! » Elle se poussa au bord du lit, le plus loin qu'il lui était possible sans tomber.

« Tes cheveux sont tellement doux », murmura-t-il, puis, soudain, il l'attira à lui.

Les yeux de Margaret s'écarquillèrent quand il lui plaqua une main sur la bouche. Le dos tourné, il lui était difficile de se débattre. Elle ne comprenait pas sa voix pâteuse, mais elle était terrorisée. Et furieuse. Folle furieuse, dirait-elle plus tard. Du coude, elle lui pilonna le ventre. Il gémit, elle lui mordit un doigt, puis sauta du lit et courut dans sa chambre. Même avec la porte fermée, elle entendait ses braillements.

Quand Thomas s'en sentit la force, il descendit prendre ses repas. La classe avait repris sans lui, il devait donc rattraper les leçons dispensées par M. Wentworth. Margaret les lui répétait tous les après-midi. Elle était devenue très silencieuse. Et encore plus pâle. Il y avait en elle une tristesse que Thomas ne pouvait ni percer ni effacer par des taquineries. À présent, elle semblait presque en colère contre lui. Assise au bord de son lit, elle affirma qu'elle savait bien qu'il faisait semblant d'être malade pour échapper à la classe.

« Non, c'est pas vrai !

— Si. Tu es exactement comme Jesse-boy, un faiblard, un pleurnichard.

— Tais-toi ! répliqua-t-il, puis il se mit aussitôt à rire, de crainte de la voir éclater en sanglots.

— Si, tu l'es. T'es une poule mouillée. Tu veux juste rester ici toute la journée.

— C'est faux. Mme Farley dit que je ne suis pas encore assez résistant.

— Je déteste cet endroit. J'ai vraiment horreur d'être

ici. » Son visage se contracta tant elle luttait pour retenir ses larmes.

« Ah bon ? Comment ça se fait ? Tu as sans arrêt de nouvelles robes et des habits pour tes poupées. C'est plutôt bien, non ? Et tu as aussi un petit chat juste pour toi. Ça ne me paraît pas si mal. »

Elle le dévisagea, les mâchoires crispées dans son obstination à ne pas pleurer.

« D'ailleurs, c'est temporaire, poursuivit-il. Tu le sais. Dès que papa aura trouvé un logement, nous partirons d'ici et nous retournerons dans notre ancienne école. Et alors, maman reviendra, elle aussi, tellement elle sera contente de nous voir bien installés. On sera heureux comme tout. » Sa voix s'éteignit.

« Papa est en prison. Jesse-boy dit qu'on doit rester ici jusqu'à ce qu'il sorte. Dans dix ans, d'après lui.

— Ne l'écoute pas. » Thomas se redressa. « C'est un menteur. Un fichu menteur, voilà ce qu'il est.

— Mais papa est bel et bien en prison. Tante Lena est venue hier et je l'ai entendue parler avec Mme Farley. Elle chialait comme un veau et se cognait à tous les meubles, tu la connais. Elle a dit qu'il fallait avertir le juge que papa était un mauvais père. Mme Farley lui a répondu qu'elle s'en était aperçue et qu'elle lui ferait signe au moment voulu. Tante Lena s'est remise à pleurer en racontant qu'elle était fauchée et se retrouvait toute seule maintenant que Maxie était reparti sur les routes. Alors Mme Farley lui a donné cinq dollars. Tante Lena a dit qu'elle ne pouvait pas accepter la charité. Mme Farley a expliqué que c'était pas de la charité. "Considérez plutôt qu'il s'agit du remboursement d'une dette", du fait qu'elle nous avait, nous, "les chers enfants", comme elle nous a appelés. Tante Lena a sorti ses ciseaux. "Non, je ne veux pas être payée à rien faire. C'est avec mon travail que je gagne ma vie." Elle a buté contre le divan en essayant d'attraper les cheveux de Mme Farley. Mais Mme Farley ne voulait pas qu'on lui coupe les cheveux. Elle est allée chercher Otis pour qu'il ramène tante Lena en ville.

— Comment tu t'es débrouillée pour entendre tout ça ? » Thomas triturait la ganse en satin de la couverture.

« J'étais dans le placard.

— Qu'est-ce que tu fabriquais là-dedans ? » Il eut un rire gêné. Le placard à coulisse, en cèdre, ménagé sous l'escalier, renfermait les beaux manteaux en laine.

« Je me cachais. De Jesse-boy. » Ses yeux d'un bleu limpide exprimaient la frayeur. « Et d'elle aussi.

— Pourquoi ? »

Margaret haussa les épaules. « Elle m'oblige à m'asseoir avec lui dans le fauteuil roulant.

— Ah ouais ? C'est pas très malin. » Il attrapa le pantin qui oscillait sur ses bâtons. Mme Farley le lui avait apporté l'autre jour. Pour qu'il n'ait plus l'impression d'être malade et faible, avait-elle expliqué.

« Elle trouve ça drôle, marmonna Margaret en observant le petit bonhomme en train de monter et de descendre entre les bâtons.

— Ça doit être rigolo de se balader quand c'est lui qui fait tourner les roues.

— Pour sûr que c'est pas ça ! C'est pas ça la raison !

— Ne dis pas "pour sûr" ! Maman répète tout le temps que ce sont les paysans ignorants qui parlent comme ça. Tu ne veux tout de même pas que les gens te prennent pour une ignorante ? » Tout en parlant, il actionnait les bâtons avec une telle rapidité que le bonhomme n'était plus qu'une masse mouvante confuse.

Margaret attrapa le jouet et le lança à travers la pièce.

« T'as intérêt à ce qu'il ne soit pas cassé, bon sang ! » Thomas roula au bord du lit et se leva péniblement. Le pantin avait frappé le miroir rond avant d'atterrir sur la coiffeuse. Avec soin, Thomas chercha des craquelures. Il n'en trouva pas mais tenait à plonger sa sœur dans l'embarras.

« Il m'oblige à regarder des images. »

Pris de vertige, vacillant sur ses jambes après être resté aussi longtemps couché, Thomas se retourna. « Qui t'oblige à les regarder ?

— Jesse-boy.

— Quel genre d'images ?

— Des images pas comme il faut. » Elle baissa les yeux. « Et il dit aussi des vilaines choses.

— Quoi ? Quelles vilaines choses ? »

Elle secoua la tête sans oser la relever. « Je ne veux plus rester ici. Je veux m'en aller.

— On ne peut pas. On n'a pas d'endroit où aller.

— Et chez maman ? On pourrait aller là-bas. Quand on lui expliquerait, elle nous permettrait de rester avec elle. Tu le sais bien. Elle nous gardera, Tom ! J'en suis sûre ! »

Il y réfléchit un instant. « Mais comment aller là-bas ? C'est loin, le Massachusetts.

— On ira au dépôt. Pour prendre l'autocar.

— Il faudra acheter des billets. Ça coûte de l'argent.

— Je sais où elle range son portefeuille. Dans le placard à coulisse.

— Non ! On ne peut pas faire ça. Ce serait du vol !

— Je m'en fiche. Je vais aller habiter chez maman. Reste ici si tu veux, moi je pars. » Elle sortit de la chambre en courant. Il se remit au lit.

« Margaret ! Margaret ! appela Jesse-boy quelque

part. Descends. Maman veut te présenter à quelqu'un. Le pasteur Tillotson. Mme Tillotson et lui voudraient te dire bonjour. »

M. Farley vint le premier. Il ouvrit la porte de Thomas et demanda où était Margaret. Thomas répondit qu'il n'en savait rien. Mme Farley monta à son tour, ouvrit les portes du couloir et appela Margaret d'une voix douce, puis fit irruption dans la chambre de Thomas en exigeant de savoir où elle était. Il l'ignorait. Elle ouvrit le placard, repoussa les quelques vêtements qui s'y trouvaient. Avec un grognement elle se baissa, une main posée sur un genou, et regarda sous le lit.

« C'est vraiment gênant, souffla-t-elle en portant ses mains grassouillettes à ses joues empourprées. Ils sont venus voir Margaret.

— Comment ça se fait ? Nous sommes catholiques. Enfin, plus ou moins.

— Demain matin, elle doit commencer l'instruction religieuse. Ils sont donc passés lui dire bonjour avant.

— Mais nous n'allons pas à l'église. »

Elle ouvrit la bouche, fit mine de dire quelque chose, au lieu de quoi elle sortit précipitamment de la pièce. En face, la grande porte du placard à linge s'ouvrit en craquant. « Margaret ! » s'écria Mme Farley.

Il risqua un œil dans le couloir. Les anglaises de sa sœur étaient en désordre, ébouriffées. Des plumes d'oie collaient au dos de sa robe vert foncé. Mme Farley entraîna la fillette vers l'escalier. Thomas s'habilla à la hâte et descendit.

« Tiens, Thomas ! Ça fait plaisir de voir que tu es enfin sorti de ton lit », dit M. Farley.

Mme Farley cilla quand il entra dans le salon. Elle le présenta aux Tillotson comme si elle espérait sa venue, mais l'agacement lui crispait la bouche. Ses yeux se plissaient chaque fois qu'elle regardait de son côté. Jesse-boy était bien habillé, en chemise et cravate. Sur ses pieds pendillants, les chaussures dépourvues de toute éraflure étaient luisantes de cirage. Il riait, tout heureux. Les adultes buvaient du thé. On avait servi à Jesse-boy et à Margaret du cidre chaud dans des tasses en verre pourvues d'une anse. Une assiette de petits gâteaux et de morceaux de caramel, nature ou au lait et aux noisettes, était posée sur une table d'angle. Thomas prit un morceau de caramel, et les yeux de Mme Farley fondirent sur lui.

Grande, Mme Tillotson avait des traits vigoureux. Même assise, elle dépassait son mari, un homme frêle, aux cheveux de plus en plus clairsemés, aux lèvres pleines et rouges, à la voix forte de prédicateur. Jusqu'ici, il n'avait pas dit grand-chose. À intervalles réguliers, le silence se faisait. Soudain, tout le monde se mit à parler en même temps, Mme Farley du spectacle de Noël, Mme Tillotson du souper de jambon aux haricots, le pasteur d'Alice Pfeiffer. On l'avait envoyée au sanatorium de Burlington. Tuberculose. C'était très grave. Oui, lâcha Mme Farley, les yeux dans le vague. Elle pensait en avoir plus ou moins entendu parler.

« Roddy se retrouve tout seul avec les six petits », expliqua le pasteur en arrondissant les lèvres pour boire une gorgée de thé. Mme Tillotson tripotait le bouton de son sac en tapisserie, à la couleur défraîchie. M. et Mme Farley regardaient droit devant eux. M. Farley avait le visage rouge et bouffi, comme s'il venait d'avaler de travers. « Il en bave, affirma le pasteur avant de marquer une pause pour laisser ses paroles faire leur effet. Même avec l'aide sociale, il n'y a jamais assez à manger quand il faut nourrir toutes ces bouches.

— Il pourrait peut-être essayer de travailler !

répliqua M. Farley avec humeur. Ça améliorerait sans doute la situation, vous ne croyez pas ?

— Oui, s'il y avait du travail, à plus forte raison pour quelqu'un comme ce pauvre Roddy, qui est très lent et doit s'occuper des six petits. »

Personne ne dit plus rien. Seul le fauteuil roulant grinça quand Jesse-boy le rapprocha de la table pour prendre deux gâteaux. Il en offrit un à Margaret.

Elle eut une expression revêche. « J'en veux pas.

— Un peu de caramel, ma chérie ? » Mme Farley tendit la main pour attraper l'assiette de friandises. « Margaret aime bien les douceurs, confia-t-elle à Mme Tillotson.

— Non merci », répondit Margaret d'un ton maussade. Elle ôta une plume de sa manche.

« Oh ! ma chérie. J'espère que tu n'es pas malade. » Mme Farley se leva pour lui tâter le front. « Tu vois, Thomas, c'est pour ça que tu ne dois pas descendre. Nous ne pouvons pas prendre le risque que tout le monde attrape tes microbes. Il est malade depuis quinze jours, expliqua-t-elle à Mme Tillotson en haussant les sourcils, avant de se rasseoir en soupirant.

— Qu'est-ce qu'il a ?

— La grippe, répondit Mme Farley, et Mme Tillotson se renfonça dans son fauteuil.

— Mais je vais mieux, maintenant, soutint Thomas pendant que Margaret le regardait. Je me sens bien.

— C'est un beau geste de votre part d'avoir pris ces enfants, intervint le pasteur.

— Comment résister ? » Mme Farley sourit à Margaret. « Surtout Margaret. Une petite tellement adorable. Et pas timide pour un sou. Elle parle à tout le monde, elle se dirige droit sur vous et vous dit sans détour ce qu'elle pense. »

Le pasteur jeta un regard gêné à Margaret, semblant redouter qu'elle lui sorte ses quatre vérités. D'ailleurs, songea Thomas, elle avait un air assez mauvais pour en être capable. La conversation revint sur le spectacle de Noël. Mme Tillotson se faisait du souci : l'un des rois mages avait poussé tout d'un coup pendant l'été, il avait pris près de trente centimètres. La robe de l'an passé lui arriverait à peine aux genoux. Mme Farley déclara qu'elle serait ravie de lui en coudre une nouvelle.

« En fait, j'espérais que vous le proposeriez, soupira Mme Tillotson, soulagée. En ce moment, il paraît difficile d'imposer aux gens des frais supplémentaires quand ils ont si peu pour vivre.

— Mais je vous en prie. Ce sera un vrai plaisir pour moi. » Rayonnante, Mme Farley resservit du thé à ses invités en inclinant sa théière bleu et blanc de fabrication anglaise.

« Vous êtes tellement bonne couturière. » Mme Tillotson regarda son mari. « Phyllis coud tous ses vêtements. Tous les ans, à la kermesse, c'est elle qui remporte le prix de couture.

— Allons donc, pas tous les ans. » Mme Farley rougit.

« Presque », glissa M. Farley d'un air radieux.

Jesse-boy s'ennuyait. Il fit avancer et reculer son fauteuil, qui vint buter sur la chaise de Margaret. Les jambes croisées, un pied en train de se balancer, elle le fusilla du regard. Jesse-boy recommença son manège. Cette fois, Margaret repoussa le fauteuil roulant, qui alla heurter le piano.

« Margaret ! » gronda Mme Farley avec une expression outrée.

Thomas se mit à rire. Jesse-boy gloussa d'un air

menaçant. Il se sentait gêné et furieux. Le regard fixe de Margaret le défiait de recommencer.

« Je crois que nous ennuyons les enfants avec notre conversation, dit Mme Tillotson à son mari.

— Oh ! pas du tout, protesta Mme Farley. C'est une excellente discipline pour eux d'assister à une conversation entre adultes.

— Nous ne devrions toutefois pas trop la prolonger. » Après un coup d'œil à son mari, Mme Tillotson posa les mains sur les bras de son fauteuil.

« Une dernière chose, Fred, ajouta le pasteur. S'il pouvait y avoir une possibilité de travail chez vous, des tâches dont Roddy pourrait s'acquitter. En fait, c'était la raison de ma visite. À temps partiel. Quelques heures par-ci par-là, ce serait d'un grand secours. »

Le regard de Fred Farley s'était éteint.

« Même nettoyer les étables. Roddy n'est pas trop regardant, voyez-vous. Il veut bien faire n'importe quoi, dites-lui seulement où il doit travailler, il s'y mettra et ne lèvera pas la tête avant d'avoir fini.

— Je regrette, monsieur le pasteur. Je n'embauche personne en ce moment. Et sûrement pas Roddy Pfeiffer.

— Mais si vous pouviez faire une exception. Certains hommes, par désespoir, en sont réduits à voler. Si vous parveniez à voir la situation avec les yeux du cœur… »

M. Farley l'interrompit.

« Les yeux du cœur ! Et ces deux-là, qu'en faites-vous ?

— Allons, Fred ! glissa Mme Farley pour l'alerter.

— Oui, bien sûr, admit le pasteur d'un ton embarrassé.

— Je ne suis pas responsable des ennuis des autres. Ce type-là les cherchait vraiment, si vous voulez mon avis. »

Le regard de Thomas passait d'un homme à l'autre. Les femmes gardaient les yeux fixés sur leurs genoux.

« Je comprends, fit le pasteur d'un air presque honteux, tête baissée.

— Non, je ne crois pas que vous compreniez, répliqua M. Farley. Parce que moi, monsieur, je travaille dur, et depuis toujours. Je n'ai jamais rien demandé à personne, et j'ai encore moins empiété sur les terres d'un autre ou volé qui que ce soit. Je ne compte pas sur la charité, ça non, je n'ai jamais compté là-dessus. Alors n'attendez pas de moi que je fasse la charité aux autres. » Sur ces mots, M. Farley se leva et sortit du salon.

« Oh, là, là ! s'exclama Mme Tillotson. Le voir aussi bouleversé me fait regretter notre démarche !

— Il est un peu chatouilleux sur ce point », reconnut Mme Farley. Elle haussa les sourcils vers les enfants Talcott. « On le critique tant. On croirait presque que c'est lui qui a pénétré par effraction dans sa propre grange.

— Je n'aurais jamais abordé ce sujet, assura le pasteur. Dites-le bien à Fred. Dites-lui que je pensais seulement à Roddy.

— Bon, de toute façon, nous nous en sortons », poursuivit Mme Farley avec affabilité. D'un air distrait, elle caressa la nuque de Jesse-boy. « N'est-ce pas, mon chéri ?

— Oui, maman », répondit son fils tout aussi affablement en faisant une grimace à Margaret. Il agita la tête, paraissant prêt à heurter une nouvelle fois sa chaise.

« Et pourtant, les choses ne semblent pas très

faciles. » Le pasteur regarda Mme Farley comme si l'intensité de son regard pouvait neutraliser la présence des enfants. « Vu les circonstances. »

9

ASSIS SUR UNE SOUCHE, Thomas regardait le grand gaillard fendre du bois de chauffage, puis empiler les bûches derrière la maison. L'autre jour, lorsqu'il avait surpris Otis en train de bavarder avec Thomas pendant sa pause cigarette, M. Farley l'avait engueulé. Depuis, Otis travaillait deux fois plus. Juché sur le tracteur vrombissant, il apporta un autre chargement dans la charrette, puis descendit et le déposa par terre.

« Je n'avais jamais vu autant de bois ! Combien d'arbres ça représente ? lui demanda Thomas.

— Ça ? C'est juste une petite partie. Le printemps dernier, on en a coupé trente-huit en tout. Demain, j'en abattrai d'autres. » Il leva les yeux vers le ciel lourd, de plus en plus bas. « À condition qu'il ne neige pas.

— D'où vient tout ce bois ?

— Du bas de Post Road. Au bord de la mare. » D'un coup de pied, il envoya une bûche égarée rejoindre le tas. « Des érables, pour la plupart. Mais aussi quelques frênes et quelques bouleaux.

— C'est là que j'habitais. Vous devez avoir vu ma maison. À mi-hauteur de la colline, toute blanche. Avec une porte verte et un toit en tôle. Et une grange. Pas aussi grande que celles-ci », fit-il avec un geste de la main. Il s'agissait de leur ancienne maison, avant la tente, avant qu'ils s'installent en ville, c'était à l'époque de leur ancienne vie, avant que leur mère s'évanouisse dans la nature. Thomas suivait Otis dans ses allées et venues pendant qu'il traînait les bûches pour mieux les empiler. « N'empêche, on avait deux vaches, deux cochons et une chèvre. Et un poulailler un peu plus loin, derrière la maison. Margaret et moi, on jouait dans la petite remise, derrière le poulailler. On en avait fait notre cabane. » Thomas se mit à rire et se boucha le nez. « Ça puait ! Mais on y gardait tout notre bazar.

— Votre bazar ? grogna Otis en redressant une bûche noueuse.

— Des trucs secrets. Par exemple, nos épées, qu'on avait fabriquées. Des peaux de serpent, du citron pour préparer des potions magiques. Et des cordes. On cherchait toujours des cordes.

— Pourquoi ?

— Au cas où on aurait besoin d'attacher un prisonnier, un truc comme ça.

— Vous avez déjà attaché quelqu'un ?

— Non. Bon, Margaret, c'est tout. Juste pour m'entraîner. C'était facile. Elle a de la force, mais elle est assez menue.

— Vous fabriquiez vos cannes à pêche ?

— Ouais.

— En tordant des épingles à chapeau pour en faire des hameçons ?

— Ouais ! Sauf que c'étaient les épingles de ma mère, alors il fallait les cacher. Comment vous le savez ?

— J'en ai trouvé.

— Ah bon ? Où ça ?

— Dans la remise, derrière le poulailler. » Le visage assombri, le grand gaillard referma le hayon de la charrette. Il glissa la longue béquille métallique dans le bec-de-cane, et Thomas sentit le bruit sourd résonner dans sa poitrine. « C'est là que j'habite. Avec ma femme. Dans ton ancienne maison. Farley soustrait de ma paye le montant du loyer.

— Oh !

— J'voulais pas te faire de la peine. » Otis alluma une cigarette. « T'en veux une ?

— Non, merci. » Il suivit Otis jusqu'au tracteur.

« Alors, prends-la pour plus tard.

— Non. L'autre fois, Jesse-boy me l'a fauchée. Ça l'a rendu malade, il a eu une crise et ça a bardé.

— Tu ne leur as pas dit que c'était moi qui te l'avais donnée, au moins ? » Otis avait l'air affolé.

« Non ! J'ai dit que je l'avais trouvée. Sur la route.

— C'est bien. » Il monta sur le tracteur. « Tu veux faire un tour ?

— Et comment ! » Thomas se jucha au bord du siège, à côté de lui. Otis avança sur le large sentier creusé d'ornières qu'empruntaient les vaches et prit le raccourci menant à la route secondaire. Soudain, il arrêta le véhicule ; Thomas ferait peut-être mieux d'aller d'abord demander la permission à Mme Farley.

« Elle s'en fiche, brailla Thomas pour se faire entendre malgré le bruit du moteur.

— Tu es sûr ?

— Ouais. D'ailleurs, elle est en train de coudre. Et quand elle coud, elle ne veut pas être dérangée. » Ils passèrent devant le cimetière des Farley, amas de minces stèles funéraires noircies, clôturé par du fil de fer. Thomas en laissa pendre sa mâchoire, se mit à rire, et ses dents s'entrechoquèrent à cause des secousses du tracteur. Vint ensuite un bosquet de bouleaux, leurs feuilles lançant des reflets argentés à leur passage. Une ferme se trouvait un peu plus loin. Les volets avaient été cloués sur les fenêtres. Devant la maison, un chariot auquel manquaient les roues s'enfonçait dans de la douce-amère qui s'enroulait par-dessus.

« C'est là qu'habitent les Creedon. Billy était avec moi à l'école ! Ouais, on était dans la même classe ! En cours moyen première année. Je ne savais pas qu'ils habitaient aussi près, c'est-à-dire, aussi près des Farley. Je pourrais peut-être passer le voir un de ces jours.

— Les Creedon sont partis ! beugla Otis. Ils sont allés à Burlington, dans la famille du mari ou de la femme, je ne sais pas. La maison appartient à la banque maintenant. Comme tout le reste. Elle sera sûrement à Farley un jour, s'il la veut. »

Ils effectuèrent le reste du chemin en silence. À la lisière d'une clairière où les souches d'arbres fraîchement coupés émaillaient le sol gelé, les bûches s'empilaient en tas d'environ un mètre vingt de long. Ce côté de la mare avait toujours été très boisé. Thomas leva les yeux vers la colline. Un mince panache de fumée s'élevait de la large cheminée centrale.

Otis coupa le moteur. « C'est ta maison, là-haut. » Il descendit d'un bond, imité par Thomas, puis jeta une première bûche dans la charrette.

« Maintenant, elle est à vous. » Thomas attrapa l'extrémité d'une bûche plus petite et essaya de la hisser dans la charrette. Elle en heurta le bord et retomba sur la cheville d'Otis.

« Bon sang de bonsoir ! brailla le grand gaillard en sautillant sur un pied.

— Excusez-moi ! »

Otis ferma les yeux et prit une profonde inspiration. « C'est pas grave, grogna-t-il avant de claudiquer vers le tas de bois. Je suppose que ça me pendait au nez, hein, vu que j'occupe ta maison. » Il lança deux bûches dans la charrette.

« J'l'ai pas fait exprès ! Vous croyez que je l'ai fait exprès ? Non, je le jure devant Dieu ! Vous n'y êtes pour rien si nous avons perdu notre maison. Hein, c'est pas vrai ? » Sa voix grimpa dangereusement dans l'aigu, se fêla. Il s'essuya le nez du dos de la main.

« Si, c'est vrai. Bien sûr que si. » Otis s'affaira pendant quelques minutes, puis souffla un peu. « Peut-être qu'un jour les choses s'arrangeront et que ton père réussira à la racheter.

— Il est en prison, vous êtes sans doute au courant. » Otis inclina la tête. « Pour avoir volé M. Farley. »

Otis s'immobilisa avec une brassée de tronçons courts. « J'm'en vais te dire une chose, mais tu la garderas pour toi. Tu me le promets ?

— Je vous le promets.

— Je t'explique ça pour que tu te sentes mieux. À propos de ton père. » Les bûches retombèrent dans la charrette avec fracas. Otis s'épousseta les manches pour en ôter poussière, sciure et feuilles. « Mais je ne le répéterai jamais – même au tribunal. J'peux pas, tu comprends ? » Il attendit la confirmation de Thomas avant de poursuivre. « Tu te rappelles la fois où votre tente a été démontée et qu'on a tout emporté ? Ben, la roue de secours, c'était bien celle de ton père. Et la scie de boucher aussi.

— Je sais.

— Ce que tu ignores, c'est que c'était pas par erreur. Farley savait très bien ce qu'il faisait. Un homme comme Henry Talcott, tu penses. N'importe qui serait revenu chercher son bien. Il en avait besoin pour entretenir sa famille. Alors Farley attendait qu'il se pointe. Tous les soirs, je devais me poster devant la grange. "Si tu vois quoi que ce soit, tu tires sans sommation", qu'il m'avait dit. Bien sûr, j'l'ai pas fait. Ça, j'l'aurais jamais fait. Surtout pas sur lui.

— Vous irez le dire au shérif ?

— Non ! J't'ai prévenu. Je t'en parle juste pour que tu te fasses pas des idées fausses sur ton père.

— Pourtant le shérif pourrait…

— Il est déjà au courant, bien entendu. Tout le monde est au courant.

— Mais alors…

— Le problème, c'est qu'il est entré dans la grange par effraction. Là, il s'est mis dans son tort. Ce qui n'est pas juste, c'est qu'il avait une bonne raison de le faire. »

Thomas ramassa une bûche et se précipita vers l'avant du tracteur. En entendant le bruit, Otis fonça sur lui. « Qu'est-ce que tu fabriques, bon Dieu ? » s'écria-t-il avant d'attraper la bûche. Thomas retourna en chercher une autre. Cette fois, son bras recula plus haut, et elle retomba sur le capot, lancée de toutes ses forces, des forces nourries par son indignation, son chagrin. Et ses larmes. Otis saisit la bûche et la jeta par terre. « Ça suffit ! Ça suffit ! hurla-t-il alors que Thomas s'avançait pour la récupérer. Ça n'arrangera rien. » Il tendit le bras pour écarter Thomas. « Tu vas réussir à me faire virer, voilà tout. »

Thomas s'enfuit dans les bois et, aussitôt la lisière franchie, lâcha un sanglot, gémissement parcouru de frissons, puis se moucha dans un pan de chemise. Il était en train d'uriner dans un fourré de plantes aux vrilles dépourvues de leurs feuilles quand Otis arriva derrière lui.

« Je pensais bien que tu étais en train de faire ça », lui dit-il en déboutonnant son pantalon et en se mettant à faire de même à côté du gamin. Le ruisselet jaune dégagea une légère odeur musquée et siffla sur le sol gelé. « J'étais en classe avec ta mère. Jusqu'à la fin du primaire, en tout cas. Après, j'ai quitté l'école. Si tu la vois, dis-lui qu'Otis Johnson lui passe le bonjour. C'était la plus jolie fille de l'école. Et même de la ville, je l'ai toujours dit. Où est-ce qu'elle est maintenant ? demanda-t-il en retournant au tracteur cabossé.

— Dans le Massachusetts. Elle travaille. Dans une filature.

— Ben, bravo. Alors, tu vois bien ! Elle va se débrouiller pour vous sortir de là, et tu oublieras tout ce gâchis. Ah çà ! Irene, c'était une vraie dame. Pas comme sa sœur. Cette Lena ! Oh, là, là ! »

Thomas se mit à rire. « Je regrette pour le tracteur ! Ces bosses ! s'écria-t-il pendant qu'ils avançaient sur la route cahoteuse.

— T'en fais pas. Y a un bougre d'arbre qu'est tombé là où il fallait pas, voilà tout. » Otis partit d'un grand éclat de rire.

10

DEHORS, LA NEIGE S'ÉTAIT MISE À TOMBER faiblement. Installé au salon, Thomas noircissait son bloc avec des divisions à plusieurs chiffres, préalable à son retour en classe. M. Wentworth affirmait qu'il avait pris du retard pendant sa maladie. Thomas avait l'impression qu'il lui donnait ce travail supplémentaire à la demande de Mme Farley, pour l'occuper sans relâche. La porte s'ouvrit tout à coup et Margaret fit irruption dans la pièce.

« Je t'ai cherché partout ! » Comme d'habitude, on aurait dit qu'elle allait à l'église ou à une réception avec sa robe rose et ses rubans dans les cheveux.

« Je suis là », marmonna-t-il. Il barra un chiffre et inscrivit un 1. C'était le dernier exercice.

« Je déteste Jesse-boy ! Nom de Dieu, ce que je peux le détester !

— Ne jure pas.

— Regarde ! Regarde un peu ce qu'il m'a donné ! » Elle posa une feuille de papier sur son bloc. « Il a dit que c'était moi. Quand je serai grande. » Elle se mit à pleurer.

Le dessin représentait une femme avec une grosse

poitrine tombante et une toison gribouillée entre les jambes.

« Bonjour ! s'exclama M. Wentworth lorsque la porte d'entrée s'ouvrit. Je sens des odeurs bien appétissantes aujourd'hui. »

Thomas froissa le dessin en une boule qu'il fourra dans sa poche.

« Je l'ai menacé de prévenir sa mère s'il n'arrêtait pas. Et alors, il m'a dit qu'elle nous enverrait au foyer.

— Au foyer ?

— Le foyer de l'Assistance. L'orphelinat ! Parce que personne d'autre ne voudra de nous, d'après lui. »

Thomas se leva d'un bond. « Il est encore là-haut ? s'enquit-il une fois arrivé devant la porte.

— Il est dans la cuisine. En train de manger du gâteau », ajouta-t-elle d'un air écœuré, alors qu'elle en avait pourtant mangé le matin.

Dans le long couloir, le rire strident de Mme Farley résonnait encore davantage. Elle dit quelque chose qui fit exploser M. Wentworth d'hilarité. Thomas demanda à sa sœur de l'attendre, il n'en avait pas pour longtemps. Sur la pointe des pieds, il rasa le mur et grimpa l'escalier. Les deux adultes se trouvaient juste au-dessous de lui. Lorsqu'une marche craqua, Mme Farley releva brusquement la tête. « Thomas ! Qu'est-ce que tu fais à espionner comme ça dans l'escalier ? Je t'ai répété plus d'une fois qu'il ne fallait pas être aussi sournois.

— Je ne voulais pas vous déranger en faisant du bruit. Je dois aller chercher mon livre. Je redescends tout de suite.

— Ne fais pas attendre M. Wentworth.

— Non. » Il courut dans le corridor, puis se rendit dans la cuisine en empruntant l'escalier de service.

« Wentworth est arrivé. » Sans lever les yeux, Jesse-boy se versa du lait.

Thomas déplia la boule de papier. « Espèce de salaud ! Tu es vraiment un salaud pour donner ce truc dégoûtant à ma sœur. Elle n'est encore qu'une petite fille !

— Qu'est-ce que tu racontes ? » Jesse-boy se mit à rire et écarta le papier. « Elle trouve ça drôle. Toi aussi. » Il coupa un morceau de gâteau avec sa fourchette. « Tu n'as pas trouvé ça drôle, peut-être ?

— Non. » Dans sa poche, sa main se referma sur son couteau.

« Si. Tu as ri, tu ne te rappelles pas ? Exactement comme Margaret. » Il enfourna sa bouchée, et ses joues creuses s'enflèrent.

« C'est pas vrai ! C'est pas vrai, et tu le sais parfaitement, espèce de sale menteur, de bon à rien ! T'as pas honte de parler à ma sœur comme ça ?

— N'empêche, ça la fait rire. Elle vient dans ma chambre tard le soir, quand tout le monde dort, elle se glisse dans mon lit et murmure : “Jesse-boy, fais-moi un vilain, vilain dessin, s'il te plaît, s'il te plaît, s'il te plaît. Je t'embrasserai si tu m'en fais un.” » Ses yeux s'écarquillèrent soudain en voyant le couteau que Thomas tenait à la main. « Maman ! Maman ! » brailla-t-il. Quand Thomas se rua en avant, il se cacha le visage.

« C'est encore une petite fille ! » éructa Thomas, haletant, lorsque le bout du couteau toujours replié frappa Jesse-boy à la tête. Puis il martela de ses deux poings le visage sanguinolent. « C'est ce qu'elle est, c'est ce qu'elle est, et toi…

— Thomas ! Qu'est-ce que tu fais ? s'écria Mme Farley avant d'appeler au secours. Il frappe Jesse-boy ! Il le bat ! » Elle repoussa Thomas contre le fourneau. Le couteau tomba lorsque Thomas se raccrocha au dessus rougeoyant de la cuisinière, puis il courut à l'évier pour passer sa main brûlée sous l'eau fraîche.

« Il m'a poignardé ! Avec un couteau ! » beugla Jesse-boy. Il saignait du nez. Sa lèvre était fendue. « Il va me tuer, maman ! Renvoie-le ! Fais-le partir ! Je ne veux plus le voir ici ! »

Mme Farley regarda fixement le dessin taché de sang, posé sur la table, et frissonna. « Fiche-moi le camp d'ici ! Va-t'en ! hurla-t-elle en poussant Thomas sur le seuil, puis jusqu'au fond de la buanderie. Retourne vivre dans les bois ! Avec les bêtes, horrible sale bête toi-même ! »

Il dégringola les marches en trébuchant, se retrouva au milieu de la cour, en train de souffler sur sa paume couverte de cloques.

« Fred ! appela Mme Farley sur le seuil. Fred ! »

La vive douleur qu'éprouvait Thomas lui chavirait l'estomac. Il chancela un instant, ferma les yeux pour se préparer au prochain élancement, puis entra en titubant dans l'étable et s'effondra dans une stalle. Juste un peu plus loin, on trayait les dernières vaches. Même leurs mugissements lui faisaient mal à la main.

« Fred ! Fred ! J'ai besoin de toi ! Viens ici tout de suite ! » criait encore Mme Farley quand son mari sortit du bureau et courut vers la maison.

Tremblant, Thomas resta accroupi dans l'étable. Il lui semblait qu'il était là depuis des heures. Dans peu de temps il ne parviendrait plus à supporter le froid, mais il ne pouvait pas laisser Margaret. Si seulement il réussissait à se réchauffer, il serait capable de réfléchir, de prendre une décision. Otis allait peut-être venir bientôt.

Otis l'aiderait, lui dirait quoi faire, où aller, l'accueillerait même peut-être chez lui avec sa sœur. Tout au bout du bâtiment se trouvait un petit poêle ventru. Thomas avait gardé une allumette dans sa poche de chemise. Il se leva, examina toutes les stalles de l'étable. Pas le moindre bout de bois, mais du foin en abondance. Après en avoir déposé une brassée dans le poêle, il frotta l'allumette. Le foin s'embrasa en crépitant, comme de l'amadou. Thomas en ramassa davantage et le fourra dans le poêle. Puis il en ajouta encore. Et encore. Le feu fumait un peu, mais la chaleur faisait du bien. Thomas se blottit devant, le front sur les genoux.

« Thomas ! Thomas ! » appela Margaret à voix basse.

Il leva lentement la tête au-dessus de la planche qui délimitait la stalle et se leva. Margaret se hâtait vers lui, toute seule, sa veste à la main. Elle avait enfilé son nouveau manteau bleu marine en laine et le bonnet rouge et blanc que Mme Farley venait de lui tricoter.

« Il y a de la fumée là-dedans. » Elle toussa. « Tiens. » Elle lui tendit la veste. Il la passa en frissonnant, mais ses doigts endoloris ne purent la boutonner. « J'ai l'argent, annonça sa sœur en le faisant à sa place. Huit dollars. C'est tout ce qu'elle avait. On peut acheter deux billets avec huit dollars ?

— Je ne sais pas. » Sa voix se brisa. Il ne parvenait pas à cesser de trembler. Tout à l'heure, il avait eu trop froid pour pleurer. À présent, il était au bord des larmes. De la fumée sortait par l'arrière du poêle, à l'endroit où il aurait dû y avoir un tuyau.

« Ils sont tous là-haut avec Jesse-boy. Viens, allons-y. » Le tirant par la manche, elle le fit sortir de l'étable. « Viens, Thomas ! Dépêche-toi ! Il faut qu'on s'en aille ! Il faut qu'on file en courant ! Le plus vite possible ! Allez, viens ! » Elle s'élança sur la route, devant lui.

Il la rattrapa. « Il y a huit kilomètres !

— Oui, et alors ? On l'a déjà fait. Avec les mûres, on a fait tout le chemin, tu te rappelles ?

— Ouais, et tu n'arrêtais pas de te plaindre.

— J'étais petite à ce moment-là. »

Il s'arrêta et la toisa du regard. « Tu ferais mieux de retourner là-bas. Il commence à neiger, et ce n'est pas après toi qu'ils en ont.

— Non ! Je déteste cet endroit. En plus, Mme Farley est en train d'appeler le shérif. Elle veut te faire arrêter. Elle dit que tu as essayé de tuer Jesse-boy.

— C'est pas vrai !

— Alors, comment ça se fait qu'elle a trouvé ton couteau ?

— Parce qu'il est tombé par terre. »

Ils se remirent en route. Leur pas était vif à présent, comme s'ils suivaient les traces de vapeur que laissait leur haleine.

« Tu as cassé le nez à Jesse-boy. »

Thomas s'immobilisa soudain. « Ah bon ?

— Et il a un œil au beurre noir, lança-t-elle par-dessus son épaule. Quel fils de pute !

— Margaret ! » Il la rejoignit, mais, avant qu'il ait eu le temps de la gronder, le vrombissement d'un véhicule les précipita dans le fossé. Ils s'allongèrent à plat ventre. Un vieux camion chargé de foin dont les meules montaient bien plus haut que le toit de la cabine passa dans un bruit de ferraille. Thomas s'attendait à voir ensuite la voiture du shérif. Il expliqua qu'il serait plus sûr de gagner la ville en restant au bord du ruisseau, ce qu'ils avaient fait une fois avec leur mère, par un jour étouffant de juillet, deux ans plus tôt. La chaleur de la route traversait alors les semelles de leurs souliers. En longeant le ruisseau, ils restaient la plupart du temps à l'ombre et, lorsqu'ils avaient trop chaud, leur mère les laissait se déchausser et patauger dans l'eau clapotante en marchant sur les galets frais. Ce chemin était plus court, et ils ne seraient pas obligés de quitter la route pour se cacher.

« Comment sais-tu qu'il a le nez cassé ? » demanda Thomas lorsqu'ils atteignirent le ruisseau. Il tombait de la neige fondue. Les feuilles mortes craquaient sous les pas. Ici, on entendait nettement le grésil, qui crissait à travers les branches.

« C'est Mme Farley qui l'a dit. Il arrivait à le bouger.

— Ma main me fait un mal de chien. » Les jointures étaient meurtries, entaillées, et la paume à vif.

« Tiens. » Elle ramassa de la neige et la lui appliqua sur la main.

« Ça fait du bien. » Il parvint presque à refermer le poing. Aucune sirène ne retentissait, seule la neige tombait. Mme Farley n'appellerait pas le shérif parce que, dans ce cas, il verrait le dessin cochon de Jesse-boy.

« Tu lui as aussi cassé une dent. »

Un sourire aux lèvres, il ramassa une autre poignée de neige. « Y a un putain d'arbre qu'est tombé là où il fallait pas, voilà tout, articula-t-il tout bas.

— Quel arbre ?

— Rien, c'est juste une manière de parler. » Il hâta le pas. De temps à autre, Margaret lâchait un soupir ou un gémissement, mais elle avançait. Le trajet était plus long que dans son souvenir. À certains endroits, le ruisseau était si large qu'on avait posé des planches pour le traverser. Au printemps, l'eau dévalerait le lit rocheux à présent couvert de neige.

« On aurait dû rester sur la route », protesta Margaret,

avant d'ajouter qu'elle avait très faim. Elle était sur le point de prendre son petit déjeuner quand Jesse-boy lui avait montré le dessin.

Ils n'allaient pas tarder à arriver, ne cessait d'assurer Thomas. Dans pas longtemps. Plus qu'un ou deux kilomètres. Il repliait les orteils pour les réchauffer. Au moins, il portait de lourdes chaussures en cuir. Les fins souliers à bride de Margaret étaient trempés. Elle geignait en clopinant, de plus en plus à la traîne.

« Je suis arrivé en haut ! affirma-t-il en avançant péniblement. Tu m'entends ? » Chaque réponse était plus faible que la précédente. « Nous sommes en ville ! » s'écria-t-il soudain en rebroussant chemin pour la rejoindre. Un peu plus loin, le ruisseau s'enfonçait sous la route. Il y avait deux maisons, de part et d'autre. « Regarde ! Main Street ! » dit-il pour l'encourager. Elle essaya de courir, en vain.

Quand ils sortirent des bois, il suggéra de ne pas s'aventurer dans la rue principale, au cas où Farley y passerait. Margaret répliqua qu'elle pouvait à peine marcher, encore moins faire un détour.

« Ça ira peut-être même plus vite, suggéra-t-il.

— Pas forcément ! rétorqua-t-elle. Moi, je vais là-bas. » Elle montra une maison rouge et expliqua qu'elle allait demander si elle pouvait entrer pour se réchauffer un peu. Les gens auraient peut-être mauvaise conscience et lui donneraient à manger.

« Non ! protesta-t-il pendant qu'elle boitillait vers l'allée en brique. On ne peut pas se le permettre. On doit arriver à la gare routière avant qu'ils nous trouvent. »

Une nouvelle fois, il attisa sa peur des Farley pour l'obliger à continuer.

« Ça m'est égal. Il faut que je me réchauffe. Je n'arrive même plus à marcher tellement j'ai froid,

Thomas. Tu ne peux pas savoir à quel point j'ai froid. » Elle éclata en sanglots. Plantée à mi-chemin de cette maison inconnue, elle s'enveloppait de ses bras, tremblante, secouée de hoquets.

Clip, clop. Clip, clop. Un bruit de sabots leur parvint, suivi par le cliquetis de roues cerclées de fer, au fur et à mesure que l'antique chariot approchait. « Voilà Merton ! » s'écria Thomas. Il prit sa sœur par la main pour la ramener au bord de la route. « Ohé ! Ohé ! appela-t-il en agitant les bras et en rattrapant le vieux marchand d'œufs hébété, la tête enfoncée dans son pardessus usé, ses yeux aux paupières lourdes rivés sur son cheval pourvu d'œillères. Je suis Thomas Talcott ! Vous nous achetiez des œufs. Vous vous rappelez ? Mme Talcott ? Irenie ! C'est comme ça que vous l'appeliez !

— Ho ! » Le chariot s'arrêta et le cheval secoua sa tête marron en lâchant de grosses traînées blanches humides dans l'air. « Dépêchez-vous ! » leur dit Merton pendant que le garçon aidait sa sœur à grimper.

Thomas demanda s'il pouvait les emmener à la gare routière, puis donna un coup de coude à Margaret en lui faisant signe de glisser ses pieds sous la couverture mangée aux mites qui couvrait les jambes du vieil homme. Sa sœur secoua la tête.

« Où est-ce que vous allez ? » Le marchand d'œufs agita les rênes, et le cheval repartit.

« Nulle part », répondit Thomas, embarrassé.

Merton réfléchit et, au bout d'une minute, demanda : « Alors, comment ça se fait que vous voulez aller à la gare routière ?

— C'est juste un point de repère. En fait, on va au drugstore. Chez Leamings, ajouta Thomas au cas où quelqu'un interrogerait le vieil homme.

— Bon, d'accord. Chez Leamings. T'aurais dû le dire plus tôt. J'ai toujours vécu ici. Toute ma vie, ce qui doit faire dix fois la tienne. Y a pas un endroit que j'connais pas. Pas un seul. »

Le cheval ralentit en abordant la pente menant au bourg. Le drugstore de Leamings se trouvait à un pâté de maisons de la gare routière. Après avoir aidé Margaret à descendre, Thomas agita la main vers le chariot qui s'éloignait. Les lettres dorées inscrites sur la vitrine du drugstore étaient voilées de buée à cause de la chaleur qui régnait à l'intérieur. Margaret supplia son frère d'entrer pour boire un chocolat et manger un gâteau au comptoir, mais il refusa. Pour ce qu'ils en savaient, il y avait peut-être un seul autocar pour Collerton. Et s'il était en ce moment même en train d'embarquer des passagers pendant qu'ils lambinaient devant un chocolat ? S'il partait sans eux ? Que feraient-ils alors ? Où iraient-ils ? Ils seraient obligés de passer la nuit quelque part en attendant le car du lendemain. Margaret ne voulait sûrement pas retourner chez tante Lena ? Ils ne seraient pas arrivés chez elle depuis cinq minutes qu'elle appellerait les Farley en espérant toucher un autre billet de vingt dollars. À titre de récompense pour leur capture, expliqua-t-il à sa sœur frissonnante. Oui, leur capture ! Parce que, dorénavant, ils étaient des hors-la-loi. Traqués.

« Nous sommes en cavale, déclara-t-il, le souffle court, tandis que sa sœur avançait à grand-peine, vaincue, épuisée, tête basse. Et, quand on est en cavale, on ne peut pas prendre de risque. Pas le moindre risque !

— Toi, tu es peut-être en cavale, mais pas moi », répliqua-t-elle avec humeur au moment où il allait ouvrir la porte de la gare routière.

Il recula d'un pas. « Qu'est-ce que ça veut dire ?

— Ça veut dire que moi, j'ai pas frappé Jesse-boy. C'est toi qui l'as frappé.

— Bon, très bien. Tu veux retourner là-bas ? » Ils s'écartèrent pour laisser sortir un homme coiffé d'une casquette rouge de chasseur et chargé d'une valise usée fermée par une corde. Une vieille femme boitillait à sa suite. « Tu veux retourner chez les Farley ? » Thomas agrippa le bras de sa sœur et exerça une pression qui réveilla la douleur de sa main. « C'est ça que tu veux ? »

Elle leva les yeux vers lui. « Je veux manger quelque chose, c'est tout ce que je veux. »

Ils durent patienter seulement une demi-heure avant l'arrivée du car. Un arrêt de vingt minutes était prévu à White River Junction, sur le chemin de Collerton. Ni l'un ni l'autre des enfants n'était jamais monté dans un autocar. Margaret exigea de s'asseoir près de la vitre, mais elle n'en profita pas car elle s'endormit aussitôt. Thomas chercha des yeux des visages familiers et fut soulagé de ne pas en voir. L'autocar était presque plein. Il démarra en rugissant et en secouant ses passagers installés sur des sièges durs. Juste derrière les enfants, deux dames se querellaient à voix basse. L'objet de la dispute semblait être des clous de girofle pilés que leur mère aurait ou n'aurait pas ajouté à sa tarte aux pommes.

« Toi, tu en mets, mais ça ne veut pas dire qu'elle en mettait.

— C'est elle qui m'a appris à faire la tarte aux pommes.

— Bonté divine, j'étais là, moi aussi. Tu te comportes toujours comme si tu étais sa seule fille.

— Tu te fichais pas mal de la cuisine. J'étais la seule à être toujours plantée devant les fourneaux. » Il y eut un silence. « Ne commence pas à pleurer. Ne t'avise pas de pleurer, sinon je change de place.

— Pourquoi est-ce que tu fais ça ? Pourquoi est-ce que tu me donnes toujours mauvaise conscience ?

— Pauline ! lança la dame qui cuisinait d'un ton menaçant.

— Je n'y peux rien. » Pauline se mit à pleurer. « Tu gâches toujours tout. Tu l'as toujours fait. Toute ma vie. » Un sanglot pitoyable se fit entendre.

« Excuse-moi. » La dame qui cuisinait tendit la main par-dessus le siège pour tapoter la tête de Thomas. « Excuse-moi, jeune homme, il faut que nous échangions nos places.

— Mary ! » s'écria Pauline.

Debout dans l'allée, la grande femme en manteau gris fer ignora sa sœur et, agrippant une sacoche en cuir, attendait de s'installer sur le siège de Thomas. Le petit chapeau vert juché sur sa tête lui cachait le front. De sa longue plume fatiguée il ne restait que le tuyau.

« C'est ma sœur. Elle dort. » Thomas leva les yeux d'un air implorant.

« Oui. Eh bien, je ne ferai pas de bruit.

— Mary, s'il te plaît, arrête, supplia Pauline.

— Elle s'appelle Margaret », dit Thomas à la femme impatiente.

L'autocar fit une embardée dans un virage et la dame agrippa le siège à deux mains. Thomas se leva, puis se pencha vers Margaret et lui secoua l'épaule. Ses yeux s'ouvrirent, écarquillés, affolés, comme si elle ne savait plus vraiment où elle se trouvait. Il l'avertit qu'il devait changer de place et s'installerait juste derrière.

« Pourquoi ?

— Parce que. La dame l'a demandé. »

Quand il s'assit, Pauline ne lui accorda pas un regard.

La main droite devant le visage, elle fixait le paysage derrière la vitre. Margaret et Mary s'étaient lancées dans une conversation animée. Le car devenait bruyant car les gens élevaient la voix pour se faire entendre par-dessus le rugissement du moteur. La voisine de Thomas dardait des regards furieux vers les rires faciles qui fusaient devant elle.

« Tiens ! » La grande femme sortit de sa sacoche un sandwich au pain de mie dont on avait ôté la croûte et le donna à Margaret. La fillette en mangea une bouchée, puis, avec un grand sourire, en tendit la moitié à son frère par-dessus le siège.

Pauline se pencha en avant. « C'est mon sandwich ! protesta-t-elle avant qu'il puisse mordre dedans.

— La petite a très faim, expliqua la grande femme.

— Mais le sandwich au poulet est le mien.

— La petite n'aime pas le porc.

— Moi non plus. Tu le sais bien.

— Je suis désolé. Tenez. » Thomas lui présenta le sandwich beurré au poulet. « Il est à vous. »

Sans regarder Thomas, elle lui arracha le sandwich des mains, puis se tourna vers la fenêtre et se mit à grignoter en silence. Du papier bruissa sur le siège de devant, et la grande femme tendit à Thomas la moitié de son sandwich au porc. Il la remercia et s'efforça de le manger lentement. La viande avait beau être sèche et dure, il le dévora avant que sa voisine ait terminé le sien.

Le ventre un peu moins vide, il ferma les yeux et s'endormit. La voix de Margaret le réveilla. Elle racontait à la grande femme qu'ils allaient voir leur mère. La voir ? répéta la grande femme, surprise. Bon, habiter chez elle, rectifia Margaret avant d'expliquer qu'ils avaient quitté leur père pour vivre chez tante Lena, puis chez les Farley. La grande femme connaissait bien les

Farley. Phyllis et elle avaient fréquenté le même club de bridge. Mais c'était avant la naissance de leur fils.

La dame plus petite enfonça le visage entre les deux sièges de devant pour réclamer sa pomme. Sa sœur lui demanda de patienter car on approchait de White River Junction. La petite dame insista : elle voulait sa pomme tout de suite. Sa sœur l'ignora et estima que Phyllis avait fait un infirme de cet enfant souffreteux à force de se tracasser à son sujet et de le dorloter. « Bien que ça ne me regarde pas, naturellement.

— C'est un fait », lâcha la petite dame entre ses dents.

Ils s'arrêtèrent devant un bâtiment en brique. Quelques personnes se pressaient dehors sur des bancs, des valises à leurs pieds. Le grésil s'était transformé en flocons drus. Le chauffeur du car annonça que les toilettes se trouvaient dans le hangar, derrière la gare routière. Margaret et Thomas durent attendre leur tour. Devant eux, il y avait deux hommes et une femme enceinte qui trépignait en gémissant avec anxiété. De là, ils apercevaient la route. Le car fut soudain pris dans le pinceau des phares d'une voiture qui arrivait.

« C'est pas vrai ! s'écria l'un des hommes dans la file lorsque le véhicule à l'étoile dorée peinte sur la portière s'arrêta avec un hurlement de freins. Ne me dites pas qu'il est revenu ! »

Un type trapu coiffé d'un haut chapeau de shérif, chaussé de bottes noires et armé d'un gros revolver passé à sa ceinture, se précipita dans la gare routière. Un instant plus tard, il ressortit et monta dans l'autocar.

« Il cherche de la gnôle, poursuivit l'homme en secouant la tête. Et toutes les fichues bouteilles qu'il trouvera, il se les gardera ! »

Thomas attrapa Margaret par la main en faisant un

signe de tête vers les bois, mais elle se dégagea. « C'est nous qu'il cherche, lui souffla-t-il à l'oreille.

— Non.

— Et si j'ai raison ? »

Dans la queue, les gens s'intéressaient trop à la mission du shérif pour remarquer la disparition des enfants. Tous deux s'élancèrent droit sur les bois et ne cessèrent pas leur course avant d'arriver à un chêne tombé depuis si longtemps qu'un grand érable grêle poussait sur ses racines renversées.

« Chut ! Écoute ! » se disaient-ils mutuellement dans le silence. La neige s'était soudain arrêtée de tomber. Ils entendaient couler l'eau d'un ruisseau proche. Les vociférations de corbeaux qui se chamaillaient s'élevèrent, puis retombèrent. Au loin, une portière claqua. Ils rebroussèrent chemin vers la gare routière. Margaret se plaignit d'avoir les pieds engourdis par le froid. Thomas lui recommanda de parler plus bas. La lumière jouait à travers les arbres enneigés. « Et puis, je ne veux plus être assise à côté de cette dame, prévint la fillette.

— Tu avais pourtant l'air de l'aimer assez pour lui raconter ta vie, souffla-t-il.

— C'est elle qui me posait des questions ! s'écria-t-elle d'un ton soulagé, comme si elle avait attendu ce reproche.

— Papa te l'a déjà répété cent fois : c'est pas parce que les gens sont curieux qu'il faut leur confier ce qui ne les regarde pas.

— En tout cas, grâce à moi, on a mangé un sandwich, oui ou non ?

— Attendez ! Attendez ! » Thomas s'élança de la rangée d'arbres en agitant la main vers l'autocar qui s'éloignait.

Sa main le faisait souffrir. Ils marchaient depuis longtemps. Margaret était sûre qu'ils avaient parcouru au moins trente kilomètres. Thomas préféra ne pas discuter. Il avait trop froid, il était trop fatigué pour affronter une crise. Au premier désaccord, Margaret se mettrait à pleurer. Ils avaient encore ralenti le pas et s'arrêtaient toutes les cinq ou dix minutes pour permettre à la fillette de se réchauffer les pieds. Quant à ceux de Thomas, ils étaient presque gelés quand une voiture s'arrêta.

Le conducteur, très maigre, avait les dents écartées et un grand nez crochu. Fort mal coupés, ses cheveux broussailleux formaient des touffes inégales à l'arrière de sa tête. Dès que la portière s'ouvrit, les enfants perçurent l'odeur d'alcool. L'homme conduisait avec une bouteille calée entre les cuisses. De temps à autre, il buvait un coup, s'essuyait la bouche, puis se remettait à parler. La seule chose qu'il leur avait demandée, c'était où ils allaient. « Collerton, dans le Massachusetts ? Bon, ça devrait pas être trop difficile à trouver », avait-il estimé d'un ton plutôt amène avant de reprendre son monologue. Il conduisait d'une façon fantasque. De brusques élans le poussaient à s'engager soudain sur d'étroits chemins inégaux pour regagner ensuite des routes plus larges. Il avait parcouru le monde entier, tout d'abord quand il était petit, avec ses parents missionnaires, puis lorsqu'il s'était engagé dans l'armée. Ses deux frères occupaient des postes importants à Washington, mais c'étaient des types vraiment mesquins, sans cœur. Ce pays allait à vau-l'eau, sous nos propres yeux : hommes sans travail, familles en haillons, et que faisait le gouvernement ? Rien, rien de rien. Quant à lui, il avait sa petite idée. Il savait exactement comment en finir avec les privations et les souffrances. Puisque ses frères ne voulaient rien entendre, il s'était carrément présenté à la Maison-Blanche. Il avait demandé audience au président Roosevelt. C'était son devoir de citoyen américain de lui expliquer comment mettre un terme à la misère. Sauf que, pour sa peine, on l'avait jeté en prison. Laissé moisir trente jours et trente nuits dans une cellule qu'il partageait avec de vulgaires malfaiteurs, des voleurs et des assassins. « Maintenant, je ne crains plus rien », affirma-t-il. Il attrapa sous son siège un long couteau qu'il agita sous leurs yeux.

Thomas eut un mouvement de recul. Sa main se referma sur la poignée de la portière. La route de montagne sinueuse était sombre, éclairée de temps à autre par les phares des véhicules qui filaient en sens inverse. Pelotonnée, Margaret dormait à l'arrière. Qu'ils ne s'inquiètent pas, ils étaient en bonnes mains, dit l'homme. Il replaça le couteau sous son siège.

« Mon père est en prison », confia Thomas dans une tentative de rapprochement, de communion, prêt à n'importe quoi pour qu'ils aient la vie sauve, mais l'homme ne souffla mot. À cause de la fatigue, Thomas avait les yeux brûlants, pourtant il se força à les garder bien ouverts.

« Dieu tout-puissant ! Regardez-moi un peu ça, si c'est pas un signe ! » s'exclama le conducteur en donnant un coup de frein brutal. Au milieu de la route, les yeux d'un cerf douze cors luisaient tels deux rubis. Tassé sur son volant, l'homme siffla doucement entre ses dents. La créature majestueuse ne bougea pas. « On pourrait manger sa viande pendant tout l'hiver. Et fabriquer des tuniques et des souliers avec sa peau. » Il tendit la main vers le couteau. « Qu'est-ce que t'en dis ? murmura-t-il, figé, sans quitter le cerf du regard.

— Non, répliqua Thomas.

— Alors, file, corniaud ! » L'avertisseur retentit, strident, et d'un bond le grand cerf disparut dans la nuit noire.

« Thomas ? » Margaret se redressa soudain. « Qu'est-ce qui se passe ?

— Rien, petite sœur. Rien du tout », répondit l'homme. Il démarra.

Margaret ne s'allongea pas et demanda s'ils étaient encore loin de Collerton. L'homme grommela quelque chose. Ce petit somme avait revigoré la fillette. Elle expliqua qu'ils allaient vivre avec leur mère, qui travaillait dans une grande filature. Elle ajouta qu'elle était tout excitée, parce qu'elle n'avait pas vu sa mère depuis l'hiver dernier.

Le rythme de sa voix dans l'obscurité alourdissait encore les paupières de Thomas pendant qu'ils filaient dans les virages, s'enfonçaient dans les vallées et laissaient derrière eux des montagnes de plus en plus petites.

« Thomas ! » murmura Margaret.

Il se réveilla, désorienté, transi de faim et de peur. Ils étaient arrêtés au bord de la route. L'homme était parti. « Où est-il passé ?

— Il est allé aux toilettes.

— Où ça ? » Il ne voyait rien au-dehors ; des branches se pressaient contre sa vitre.

« J'en sais rien. Il a dit de pas regarder. »

Thomas scruta à travers le pare-brise. « Il fait tellement sombre. Je ne vois rien du tout.

— Non, n'essaie pas de voir ! » Elle lui agrippa l'épaule pour tenter de le ramener en arrière. « C'est lui que le shérif cherchait. C'est pour ça qu'il est monté dans le car !

— Comment tu le sais ?

— Je lui ai parlé du shérif, j'ai expliqué que c'était pour ça qu'on s'était retrouvés sur la route. Alors il m'a dit que non, c'était après lui qu'il en avait. On le poursuit toujours. Partout où il va.

— Pourquoi ? Qu'est-ce qu'il a fait ?

— Je ne sais pas. Je ne lui ai pas posé la question. J'avais bien trop peur.

— N'empêche que tu lui as tout raconté sur nous, pas vrai ?

— Non ! Je n'ai pas parlé de Jesse-boy. J'ai laissé cette histoire de côté. Thomas ! » souffla-t-elle.

La portière s'ouvrit. L'homme grimpa dans la voiture et regagna la route. « Tiens ! » Il tendit vers la banquette arrière un biscuit rassis à la levure chimique, en sortit un autre de sa poche, le donna à Thomas, puis en prit un pour lui.

« Merci », dirent les deux enfants à voix basse.

À l'est, le ciel s'éclairait. Une lumière rosâtre nimbait les montagnes derrière eux. Thomas ne cessait de regarder le conducteur et finit par faire remarquer : « Votre main saigne. »

L'homme suça une jointure, puis une autre. « J'ai dû me couper sur la vitre. »

Personne ne prononça un mot pendant quelques minutes.

« Moi aussi, j'ai la main à vif », reprit ensuite Thomas en repliant les doigts vers sa poitrine et en suppliant Dieu de les aider. *Viens à notre secours, s'il te plaît, mon Dieu.*

« On est bientôt arrivés ? » La voix de Margaret n'était qu'un grincement fluet.

« Vous pourriez continuer avec moi, proposa l'homme. J'ai deux frères au Mexique. Ce sont des gros bonnets là-bas. Ils ont des chevaux sauvages. Des mustangs. Plusieurs centaines. Il y en a tellement que vous pourriez chacun en avoir deux ou trois juste pour vous.

— Merci, il vaudrait mieux pas, répondit Thomas avec un pitoyable hochement de tête.

— Comme vous voulez. Mais vous ne retrouverez jamais une occasion pareille. Pas de danger, un truc comme ça ne se présente que tous les trente-six du mois.

— Regarde ! » Margaret tendit la main par-dessus le siège. « Le panneau. T'as vu ? Y a écrit Collerton.

— C'est peut-être pas plus mal, poursuivit l'homme sans s'inquiéter du panneau, qu'ils dépassèrent. On ne m'accueille plus à bras ouverts là-bas. La dernière fois que j'y suis allé, on m'a fichu en taule. Je suis resté un mois entier sans rien à boire ni à manger, sous un soleil brûlant. Dans une cellule au sol en terre battue, avec de vulgaires malfaiteurs, des voleurs et des assassins. Nous sommes tous des banditos ! s'écria-t-il avec un brusque éclat de rire.

— Tournez ici ! » indiqua Thomas, et le conducteur donna un coup de volant. Il s'engagea dans une rue large, dépourvue d'arbres, bordée de maisons si rapprochées qu'elles se touchaient presque. Ils n'avaient pas fait beaucoup de chemin quand ils arrivèrent devant une énorme usine en brique. Un type coiffé d'une casquette de laine à oreillettes en ouvrit les hautes grilles métalliques. Un gros sifflet pendait à son cou. L'air mal à l'aise, le conducteur le lorgna.

« Nous cherchons Common Street. Le 34, Common Street, précisa Thomas en mentionnant l'adresse figurant sur la lettre de sa mère, qu'il n'avait pas oubliée.

— Il m'observe », répliqua le conducteur en accélérant.

Sur le trottoir, des hommes se hâtaient vers leur travail. Certains portaient des gamelles, d'autres de simples seaux avec un torchon par-dessus. Une camionnette de laitier s'arrêta. Le livreur descendit d'un bond et emplit son casier métallique avec des bouteilles conservées dans des caisses pleines de glace, à l'arrière de son véhicule. Il les déposa devant la porte des deux maisons les plus proches.

« Arrêtez-vous ici ! demanda Thomas.

— Je ne peux pas. Ils me tomberaient dessus. » La voix du conducteur se brisa.

« Alors, laissez-nous descendre en vitesse. Nous ne dirons rien !

— C'est promis ?

— Oui, je vous le promets ! On vous le promet tous les deux ! Tous les deux ! » ne cessait de répéter Thomas jusqu'au moment où la voiture finit par s'arrêter au bord du trottoir. Les portières avant et arrière s'ouvrirent aussitôt, et les enfants sautèrent à terre, puis s'élancèrent vers la camionnette du laitier, tandis que le conducteur fou s'éloignait à toute vitesse.

Common Street se trouvait à quelques pâtés de maisons, leur apprit le laitier. Il leur indiqua le chemin, puis leur demanda qui ils cherchaient.

« Irene Talcott », répondit Thomas sans pouvoir réprimer un sourire en sentant le souffle qui prononçait ce nom agiter l'air. Le laitier secoua la tête. Il connaissait l'adresse, mais pas la personne. Au 34, Common Street, on louait des chambres meublées. Les gens arrivaient et repartaient ; il y avait tout le temps des nouveaux visages. Thomas suivit ses indications et se hâta de tourner au coin de la rue.

« Attends ! s'écria Margaret derrière lui. Tu marches trop vite. Ralentis ! »

Il en était incapable, alors il lui agrippa la main et l'entraîna au pas de course.

11

LE 34, COMMON STREET était un bâtiment à deux étages, en mauvais état, avec des rideaux de couleurs différentes à chaque fenêtre. Lorsque les enfants grimpèrent les marches, un chien noir efflanqué surgit de sous le perron en aboyant. Margaret tressaillit et se colla à son frère, qui tendait la main vers le heurtoir en cuivre.

« D'habitude, tu n'as pas peur des chiens », lui dit-il en notant l'avis apposé sur la porte.

MENDICITÉ INTERDITE
ON NE DONNE PAS À MANGER
ON N'EMBAUCHE PERSONNE

« Chez nous, non. Mais celui-là, je ne le connais pas.

— Lui non plus, il ne te connaît pas. » Il avait déjà frappé trois fois. Juste au moment où il allait soulever de nouveau le heurtoir, la porte s'ouvrit.

« File ! File ! Fiche-moi le camp, espèce de stupide cabot ! s'écria la femme avant de scruter les enfants de ses yeux bouffis. Vous savez l'heure qu'il est ?

— Non, madame.

— Six heures du matin ! Y a des gens qui dorment encore !

— Oh ! Excusez-moi. »

Elle agita la main d'un air écœuré. « Qu'est-ce qui se passe ? Qu'est-ce que vous voulez ? » Elle avait des cheveux orangés et de minces sourcils maquillés de la même couleur criarde que ses cheveux. Sa robe de chambre noire était constellée de poils de chat.

« Est-ce que Mme Talcott est là ?

— Tiens, tiens, c'est donc une Mme Talcott ? » Ses drôles de sourcils s'arquèrent. Elle semblait amusée.

« Oui. Son prénom, c'est Irene.

— Et vous, qui êtes-vous ?

— Thomas. Son fils. Et voici Margaret. Ma sœur. On est venus voir notre mère. » Il avait un grand sourire aux lèvres.

La dame gloussa, se mordit la langue et secoua la tête. « Pas possible ! Quoique, j'peux pas dire que ça me surprenne vraiment. » Elle se baissa pour pincer la joue de Margaret. « Mais je connais quelqu'un qui n'en reviendra pas », ajouta-t-elle avec malice, ravie.

Tout en la dévisageant, Margaret se frotta la joue.

La dame les fit entrer. Ils la suivirent dans un couloir humide et, en passant devant un salon, aperçurent deux femmes enveloppées d'un châle, recroquevillées devant un poêle à charbon, leur chapeau sur les genoux. En chemin, Thomas et Margaret examinaient chaque pièce dans l'espoir de découvrir leur mère. Leur guide les emmena à la cuisine. Une jeune fille à la peau sombre et aux cheveux rassemblés en un chignon hâtif remuait des céréales dans une marmite posée sur le feu. Elle jeta un coup d'œil par-dessus son épaule et voulut savoir si les enfants allaient manger. La dame leur demanda s'ils avaient envie de porridge.

« Bien sûr », opina Thomas. Tous deux s'assirent à la longue table en bois, et, maussade, la fille de cuisine les servit. Peu consistant, le porridge n'avait aucun goût, mais au moins il était chaud et faisait du bien en descendant.

La femme s'installa en face d'eux. « Ce sont les enfants d'Irene, Millie ! lança-t-elle à la fille de cuisine, qui s'empressa de se retourner. Elle ne m'a jamais dit qu'elle avait de si beaux enfants. Et à toi, elle t'en a parlé, Millie ?

— Non ! » La fille de cuisine étouffa un rire.

Ils avaient presque fini de manger quand on leur demanda où était leur père.

« En…, commença Margaret.

— À Belton », s'empressa de répondre Thomas.

Belton, répéta la dame. Où est-ce que ça se trouvait ? Dans le Vermont, expliqua-t-il. Pourquoi leur mère était-elle ici et leur père là-bas ? s'enquit la dame en se penchant vers eux. Elle était venue travailler. Dans une grande usine qui fabriquait des vêtements, ajouta-t-il. La dame sourit et inclina la tête, donnant l'impression de ne pas croire ce mensonge. Savaient-ils qui possédait cette grande usine ?

« Non », avoua Thomas.

Margaret fit tinter sa cuiller en raclant la dernière miette de céréale au fond de son bol.

« Louis Dexter. M. Louis Dexter », annonça la dame en jetant un regard entendu à la fille de cuisine, qui s'était approchée de la table et, les bras croisés, les toisait en tendant l'oreille.

« C'est lui le patron ?

— Oh ! ça, pour être le patron, il est le patron. » Les deux femmes échangèrent un sourire narquois.

Margaret se pencha pour murmurer à l'oreille de son frère : « J'ai envie d'aller aux toilettes. »

La dame la réprimanda : « Pas de messes basses, espèce de petite impolie.

— Elle a envie d'aller aux toilettes. » Thomas la regarda droit dans les yeux. « C'est tout ce qu'elle a dit.

— Va lui montrer, Millie. »

L'air renfrogné, la fille de cuisine emmena à la hâte Margaret.

« Alors, qu'est-ce que vous êtes venus faire ici, tous les deux ? Vous allez habiter avec votre mère ? Ou bien vous êtes juste venus la voir ? » Le regard en coin calculateur refit son apparition.

« Est-ce que ma mère est là ?

— Non. Et ton père, il va venir ?

— Alors, elle est à son travail ? »

Elle se couvrit la bouche avant d'émettre un petit gloussement affecté. « Ça dépend de ce que tu appelles travail.

— Qu'est-ce que ça veut dire ? »

L'air ensommeillé, un grand type efflanqué entra dans la cuisine en traînant les pieds. Des bretelles pendaient le long de son pantalon marron trop lâche. « 'Jour, mam'selle Noyes, marmonna-t-il, puis il s'assit, la tête dans les mains.

— Servez-vous tout seul, Seamus. Vous voyez donc pas que Millie n'est pas là ? répliqua-t-elle avec irritation avant de se pencher vers le petit garçon. Ta mère est partie. Elle n'habite plus ici. »

Thomas et Margaret grimpèrent la colline jusqu'à mi-hauteur. Il s'arrêta pour vérifier l'adresse. 12, Kressey Court, avait écrit la dame sur un bout de papier. Six maisons s'alignaient dans une rue en forme de fer à cheval. Le nº 12 était la plus petite.

« On y est », constata-t-il. Il n'y avait pas de trottoir et la rue était pavée. Haletants, ils levaient les yeux sur le cottage bleu pâle. La porte était grise, tout comme les étroits volets des fenêtres à carreaux losangés. Une grille métallique noire clôturait la maison. Margaret se précipita dessus, ne parvint pas à l'ouvrir. Il lui demanda de reculer pour lui permettre d'atteindre le loquet. Mais le portillon était fermé à clé. Thomas prit son élan et sauta par-dessus la grille en s'éraflant sa main déjà à vif sur les pointes en fer forgé.

« Et moi ? » Malgré ses efforts, Margaret, trop petite, ne réussit pas à passer une jambe de l'autre côté de la clôture.

« Monte sur le barreau du bas. Mets les bras autour de mon cou. Bon, grimpe en posant le pied entre les pointes. Très bien, l'autre, maintenant. » Thomas recula, les bras tendus, pendant qu'elle s'efforçait de garder l'équilibre. Jusqu'ici, ils s'en étaient bien tirés. Le dernier obstacle serait sans doute surmonté sans difficulté. Margaret se mit à rire, s'élança et retomba dans ses bras.

Il appuya sur la sonnette. Du seuil, ils entendirent le son strident.

« Ne fais pas ça ! s'écria Margaret avant qu'il ait le temps de sonner une deuxième fois. Maman déteste le bruit. Elle sera furieuse.

— Je sais bien. » Il lui décocha un regard noir. « J'allais seulement frapper. »

Ils fixèrent tous deux la porte.

« Eh ben, vas-y, frappe ! dit Margaret d'un ton impatient.

— Ne commence pas à me donner des ordres. J'attends. » Il oscilla sur ses talons. « Nous allons devoir patienter.

— Pourquoi ?

— Pour laisser à maman le temps d'arriver. Il ne faut

pas bousculer les gens. » Les mains dans le dos, il scrutait la porte.

Margaret l'imita, jusqu'au moment où elle n'y tint plus et sonna en maintenant le doigt sur le bouton.

« Louis, j'étais dans…, commença la douce voix familière pendant que la porte s'ouvrait.

— Maman ! » hurla Margaret en fonçant vers la jeune femme élancée. Elle jeta les bras autour de sa mère et enfouit son visage dans les plis de sa chemise de nuit. Son geste était tellement instinctif que Thomas, gêné, détourna le regard.

Au début, les seuls mots qu'Irene Talcott réussit à proférer furent leurs noms. Margaret. Thomas. Elle les répétait avec une stupéfaction embarrassée. « Comment avez-vous fait pour venir jusqu'ici ? » Elle s'empressa de refermer la porte derrière eux, comme si elle craignait l'arrivée d'autres personnes.

En autocar. Et puis en voiture, expliqua Margaret en s'accrochant à la main de sa mère. « Avec un fou, ajouta-t-elle en rendant ce périple encore plus bizarre. Il avait un couteau, et il a sûrement dû tuer quelqu'un pour nous rapporter des biscuits.

— Je ne comprends pas. » Irene regarda son fils.

« Ben, on était bien obligés ! » affirma Margaret avant de noyer sa mère sous un déluge de détails. Irene ne cessait de ciller en regardant ce minuscule derviche tourneur débraillé qui avait atterri dans son petit salon garni de deux fauteuils crapauds roses. Margaret enchaîna sur leur vie chez les Farley, l'horrible chaleur des pièces qui desséchait tellement l'air que certains jours, elle ne parvenait presque pas à avaler sa salive, l'impossibilité d'aller dans une vraie école, et Jesse-boy qui…

Thomas l'interrompit. « Margaret ! Tu parles tout le

temps. Je n'ai encore rien pu dire à maman. » Irene le regarda. Toutes deux le regardèrent.

« Alors, vas-y. Dis quelque chose, lui lança Margaret, exaspérée. Ne reste pas planté là comme ça. »

Irene parut soudain gênée en se rendant compte que sa chemise de nuit était transparente. « Un instant », fit-elle avant de se hâter vers la pièce voisine. Elle revint en nouant la ceinture d'un déshabillé en satin blanc, fit asseoir les enfants, chacun dans un fauteuil, puis leur demanda comment ils étaient venus, et pourquoi.

« Pour te voir », répondit Thomas en se hérissant.

Margaret semblait peinée. L'attention qu'elle cherchait à attirer depuis si longtemps se focalisait à présent sur son frère, et elle se sentait rejetée dans l'ombre. Thomas prit la parole d'une manière hésitante, prudente. Il percevait l'embarras de sa mère. Pourtant, malgré leur déception, malgré les bouffées de soulagement puis de crainte qu'ils sentaient monter en eux, les deux enfants étaient incapables de lâcher leur mère des yeux.

Dans la beauté d'un être aimé, on trouve consolation et réconfort, et on peut espérer – non, croire, voire être certain – que la possession d'un ornement aussi raffiné pourra vous rassasier. Enfin, ils avaient devant eux l'objet de leurs aspirations les plus ardentes. Soulagés, ils dévisageaient leur mère. Elle était encore plus belle qu'avant. Ses cheveux bruns dénoués lui encadraient délicatement le visage. Ses yeux enfoncés brillaient d'une manière incroyable, plus bleus que le ciel le plus pur, ses pommettes étaient hautes, son long nez impérieux, parfait, sa peau laiteuse sous la rougeur née de ses émotions, sa grande bouche charnue, et ses lèvres s'écartaient sans peine pour esquisser la promesse d'un sourire. Bien sûr, il risquait de s'effacer avant même de naître, laissant l'observateur insatiable sur sa faim. Tous deux le sentaient et ne se rendaient pas compte qu'ils retenaient leur souffle, souriaient d'un air béat, se penchaient en avant dans leur fauteuil, tendus de désir, voyant dans sa façon de se tordre les mains, dans sa stupéfaction muette, la preuve indéniable de son amour maternel.

Quand Thomas termina son récit, après avoir tout déballé d'une façon aussi confuse, désordonnée, dépourvue de lien logique que Margaret l'avait fait, Irene prit enfin la parole. « C'est donc votre père qui vous a envoyés ? » Avec un soupir, elle ferma les yeux.

« Non », répondit Thomas. Il recommença à évoquer leurs malheurs dans les différents endroits où ils avaient vécu. Alors, comme leur père était en prison, ils n'avaient nulle part où aller sinon ici. Chez leur mère.

« C'est lui le responsable. » Installée sur la causeuse fragile, elle s'exprimait d'un ton calme, la voix assourdie de tristesse. Ils l'avaient déjà vue dans cet état. La mort du petit James lui avait arraché le cœur et la vie. Jour après jour, des semaines durant, elle était restée assise ainsi, figée, le regard fixe, glacée de douleur, ne paraissant ni les voir ni les entendre, eux, ses enfants vivants, les seuls qu'elle avait encore.

« Mais ça va aller, maman. » Margaret s'empressa de lui prendre la main pour la consoler, comme elle l'avait fait après la mort du petit James. « Parce que, maintenant, on est là. On peut rester avec toi. »

Irene leva les yeux. Son regard ignora sa fille, passa par-dessus sa tête, traversa la pièce pour se fixer sur le mur ou la porte et, derrière, sur la rue, le ciel. Thomas refusa de le suivre. Au lieu de quoi, il observa sa mère en espérant que la force de son propre regard pourrait pénétrer quelque chose en elle, pourrait lui faire trouver une place dans son cœur.

« Non, c'est impossible. Vous ne pouvez pas rester ici. »

Margaret se mit à pleurer. Irene lui effleura l'épaule, et ce geste traduisait moins le désir de la consoler que la résignation.

Thomas insista. « Pourquoi ? Pourquoi on ne peut pas rester ? »

Elle finit par le regarder. Sa jolie bouche s'entrouvrit et, dans un frémissement, se referma un instant. « Vous devez avoir faim, reprit-elle d'une voix tremblante. Je vais vous préparer quelque chose à manger. »

Ils étaient chez elle depuis deux jours. Leur mère semblait plus heureuse et riait même comme avant lorsque Margaret disait ou faisait quelque chose de drôle. « Oh ! Tu me rappelles tante Lena quand nous étions petites. » Alors qu'ils jouaient au mariage, installés à la table du salon, Margaret avait fait tomber ses cartes.

« C'est vrai ? lança Margaret d'un air déçu.

— Oui. Elle était toujours tellement impatiente. Et maladroite pour certaines choses.

— Je ne suis pas maladroite. » Margaret posa ses cartes.

Sous la table, Thomas lui donna un petit coup de genou.

« D'une manière adorable, tenta d'expliquer Irene. Voilà ce que j'avais à l'esprit, Margaret. Je t'assure. Tu n'es pas maladroite quand tu fais quelque chose, mais… bon, tu l'es parfois dans ta manière de te comporter, c'est tout ce que je voulais dire. »

Margaret repoussa sa chaise. « Je n'ai plus envie de jouer, annonça-t-elle.

— C'est la façon dont les gens te voient, expliqua

Irene pendant que sa fille s'empressait de grimper l'étroit escalier. C'est charmant, poursuivit-elle en regardant Thomas. Je n'avais aucune mauvaise intention. Je ne voulais surtout pas la vexer. » Elle termina son thé à la hâte. Les pas de Margaret résonnaient au-dessus de leur tête. Thomas était content. Il avait sa mère pour lui seul.

Ce matin-là, elle les avait abandonnés une heure, le temps d'aller faire des courses. Ils devaient être sages et ne pas ouvrir si l'on sonnait. Elle avait rapporté de chez le boucher du bœuf, avec lequel elle avait préparé le ragoût qu'ils venaient de manger, et de la mélasse pour le pain d'épice qui était en train de refroidir sur le bord de la fenêtre. Debout, sa tasse et sa sous-tasse à la main, elle annonça : « J'ai envoyé une lettre à tante Lena, aujourd'hui. » Elle se dirigea vers la minuscule cuisine.

« Ah bon ? » Thomas la suivit jusqu'au seuil. La cuisine n'était guère plus qu'un garde-manger pourvu d'un évier et d'un fourneau. La glacière se trouvait dans la remise, derrière la maison. L'unique chambre, que sa mère occupait, donnait dans le salon exigu. Les deux dernières nuits, Margaret et lui avaient dormi à l'étage, dans le lit en fer d'une pièce fortement mansardée et dépourvue de fenêtre.

« Il va falloir que vous repartiez. Vous ne pouvez pas rester ici. » Tout en parlant, elle s'affairait, essuyait couteaux, fourchettes et cuillers en scrutant avec soin les lames, les dents et les creux, qu'elle frottait avec son torchon. « La situation est difficile. Je suis toute seule. Ça ne marcherait pas. Je ne pourrais pas y arriver.

— Mais on serait sages. C'est promis, juré. On ne causerait pas d'ennuis et je… je pourrais t'aider. À monter le charbon, à faire les courses. » Il jeta un regard affolé autour de lui. « Et aussi à balayer, à tout nettoyer. Je surveillerais Margaret jusqu'à ce que tu reviennes du travail. Je me suis occupé d'elle tout l'été. En plus, on irait à l'école, si bien qu'on ne poserait pas beaucoup de problèmes. »

Sa mère secoua la tête et essuya le reste de la vaisselle, leurs trois verres, leurs trois assiettes. Cette simple tâche l'embêtait déjà, songea-t-il.

« Je pourrai m'en charger. Je pourrai laver la vaisselle, l'essuyer et la ranger. Tiens, regarde, je vais le faire. » Il tendit la main vers le torchon.

Elle se retourna, enfouit son visage dans le morceau de toile et se mit à pleurer doucement.

« Ne nous renvoie pas. S'il te plaît !

— Tu ne comprends pas, finit-elle par lâcher entre deux hoquets. Je ne peux pas vous garder. Je ne peux vraiment pas. »

Elle avait raison : il ne comprenait pas.

Le lendemain matin, Thomas et Margaret descendirent en courant dans le salon pour se réchauffer devant le poêle. Revigorée par sa nuit de sommeil, Margaret avait soit oublié, soit pardonné les critiques de sa mère. Elle se sentait très heureuse et voulait aller jouer dehors. Trois petites filles habitaient une maison brune à l'autre bout de Kressey Court. La cadette avait à peu près son âge. La veille, dans l'après-midi, postée derrière la fenêtre, elle avait observé leurs jeux de ballon et de saut à la corde. Ce matin-là, elle avait bien l'intention d'aller faire connaissance, prévint-elle Thomas. Il lui rappela que les petites filles seraient en classe. Bon, alors quand elles reviendraient.

Irene sortit de sa chambre, vêtue d'une robe verte au large col et aux poignets en dentelle. Voilà qui ne ressemblait pas du tout aux robes qu'elle avait l'habitude de porter, remarqua Thomas.

« Oh, là, là, maman ! Que tu es jolie ! » Margaret effleura le poignet en dentelle. « Où est-ce que tu vas ? » Elle lui emboîta le pas jusque dans la cuisine, où Irene versa des flocons d'avoine dans des bols à leur intention. Margaret insista. « Tu vas au travail ? »

Elle n'allait nulle part, répondit-elle. En fait, elle attendait de la visite. Un de ses amis. Il viendrait ici.

Le sucrier à la main, Margaret la suivit jusqu'à la table carrée installée dans un coin du salon. Elle aussi, elle aurait bien voulu pouvoir mettre une belle robe. Est-ce que sa mère recevrait des gens pour le thé, comme la fois où elle était allée chez Mme Farley avec les dames de l'association ? Non, répondit Irene en arrosant leurs céréales avec du lait, puis en posant le broc sur le buffet bleu. Tout comme le petit cottage, les meubles étaient peints avec des couleurs vives. Si les portes vertes aux moulures jaunes, les fenêtres aux encadrements roses et aux rebords violets avaient un aspect fantaisiste, c'était par souci d'économie, car elle avait raclé le fond des boîtes trouvées dans la cabane du gardien, s'était empressée d'expliquer Irene quand Margaret avait affirmé qu'ils n'avaient encore jamais habité une aussi jolie maison. Thomas avait l'impression que sa mère les ramenait toujours aux dures réalités.

Non, il ne s'agissait pas d'un thé, ce serait une simple visite. M. Dexter passerait dans l'après-midi. Dès que la sonnette retentirait, ils devraient courir à l'étage et y rester sagement, sans faire le moindre bruit, jusqu'à son départ. « Pourquoi ? » demanda Margaret, déçue. Thomas était soulagé, mais intrigué.

« Parce que. Parce que je te le dis », répliqua Irene.

Margaret la harcela. « Mais pourquoi ? Il n'aime pas les enfants ?

— Parce que. Kressey Court appartient à M. Dexter. Toutes les maisons sont à lui, et il a bien voulu que j'habite ici. Moi seule, pas mes enfants.

— Pourquoi est-ce qu'il ne veut pas qu'on soit là ? » Une fois de plus, sa petite voix obstinée, impérieuse, agaçait sa mère, Thomas le voyait bien. « Il nous connaît même pas !

— S'il te plaît, Margaret, mange et tais-toi, coupa Irene d'un ton distrait.

— On ne casse rien. Pendant tout le temps qu'on est restés chez les Farley, on n'a rien cassé. Pas vrai ?

— En tout cas, rien d'important. » Thomas fronça le nez pour lui rappeler qu'il avait esquinté celui de Jesse-boy.

« Ce qu'il veut dire, c'est qu'on n'a pas cassé grand-chose. » Sa sœur gloussa.

« Tes flocons d'avoine sont les meilleurs que j'aie jamais mangés », déclara Thomas à sa mère avant que Margaret n'en dise davantage.

Pendant qu'ils prenaient le petit déjeuner, leur mère s'affaira d'un air agité, lissa des napperons, ramassa des peluches infinitésimales sur les sièges, passa ses longs doigts dans les franges du tapis pour les aplatir. Elle était très silencieuse, ayant beaucoup de choses en tête. Les enfants eux aussi se turent et l'observèrent avec attention. Au fur et à mesure que la journée avançait, la visite imminente de M. Dexter se mit à peser aussi lourd sur eux que sur elle.

Avant même que la sonnette ait retenti, le claquement du portillon métallique annonça le visiteur.

« Montez ! Allez-y ! Dépêchez-vous ! » Elle les

poussa dans l'escalier étroit et raide. « Restez bien sagement assis », leur recommanda-t-elle avant de refermer la porte du bas.

Les genoux ramenés sous le menton, ils étaient installés sur le lit. Margaret relâcha son souffle en espérant le voir se transformer en vapeur comme c'était le cas tôt le matin, mais le soleil de l'après-midi tapait sur l'avancée du toit. Au rez-de-chaussée, un homme parlait sans arrêt. Monotone, sa voix grondait faiblement à travers les lames de parquet brutes. Si Irene prit la parole, ce fut d'une voix trop basse pour leur permettre de l'entendre. De temps à autre, ils surprenaient quelques mots. Les doigts écartés posés sur le sol, Thomas n'avait que le bas du corps sur le lit et tendait l'oreille. M. Dexter évoquait une réception à laquelle il avait été invité à Boston durant le week-end. Chez son beau-frère, semblait-il.

« … mais beaucoup trop fastueux, étant donné la… assez bizarre la manière dont Archie tient désespérément à maintenir… il avait même son… je n'ai pas cessé de penser à toi… t'ai rapporté ça…

— Oh ! Louis ! Merci ! s'écria Irene avant d'exprimer sa gratitude dans un murmure indistinct.

— Qu'est-ce qu'elle dit ? » Juchée sur le lit, Margaret le harcelait. Pas assez grande pour poser les mains par terre, elle s'était lassée de se voir intimer le silence.

« … pas beaucoup de temps… », poursuivait M. Dexter.

La voix d'Irene lui répondit, de moins en moins perceptible. Une porte se referma.

« Il est parti ? souffla Margaret.

— Chut !

— Je n'entends plus rien.

— Chut !
— Viens, on descend !
— Non, écoute.
— C'est quoi, ce bruit ?
— Je l'ignore. » À moitié dans le vide, à moitié sur le matelas à l'odeur de moisi, il s'efforçait de décrypter cette lutte rythmée qui ne lui était pas inconnue et tenait à présent davantage de la vibration que du son, tant le sang lui martelait les oreilles.
« C'est lui qui fait ça ? Il rit ? murmura Margaret.
— Non. »
Une fois les voix éteintes, on n'entendit plus rien. Quelque chose de froid, d'aussi coupant qu'une lame, demeura suspendu en l'air. Si Thomas bougeait, ce geste détruirait tout. Il n'éprouvait que malaise en ce moment de révélation où il comprenait déjà sans même savoir. Oui. Bien sûr. Mais alors ? La transgression était trop énorme. Elle changeait tout.

« Quarante-cinq, quarante-six, quarante-sept, quarante-huit, quarante-neuf, cinquante. » Irene comptait en brossant les cheveux de sa fille. Cette brosse en argent était le cadeau qu'il lui avait offert, ainsi que le miroir gravé assorti, qui renvoyait le reflet de Margaret. Irene avait les joues empourprées. Elle était heureuse, se mettait facilement à rire en entendant Margaret imiter le père Bibeau en train de brailler à Gladys qu'elle était tellement moche qu'elle ne trouverait jamais un homme.
« Pauvre Gladys ! lâcha Irene avec un soupir.
— Même du rouge à lèvres, elle n'en met jamais », dit Margaret en se retournant pour regarder sa mère.
Allongé par terre, Thomas déplaçait les pièces d'un puzzle. Il était sûr qu'il en manquait, mais il n'avait rien d'autre pour s'amuser. Maintenant que Margaret

accaparait sa mère, elle n'avait pas besoin de jeux ni de jouets. Pour sa part, il se sentait exclu de leur conversation détendue.

« Elle a des poils au menton. » Margaret frémit. « En plus, elle porte des bottes d'homme.

— Gladys n'a jamais été très féminine. Elle ne se souciait pas de ce genre de chose. » Elle soupira de nouveau.

« Elle fait bien la cuisine. » Thomas s'accroupit sur ses talons. « Et elle sait s'y prendre pour pêcher.

— Oui. » Irene lança un coup d'œil à son fils. « Je n'en doute pas.

— Le père Bibeau a dit à papa qu'il aurait dû épouser Gladys. Parce que, elle, au moins, elle serait jamais partie. » Le regard appuyé de Margaret démentait son ton léger.

Thomas se pencha pour examiner les différentes pièces. Les bleues et les blanches formaient le ciel, mais on ne pouvait pas savoir où il commençait et où il se terminait.

Le lendemain, en début de matinée, ils accompagnèrent leur mère chez l'épicier. Leur appétit la stupéfiait. Elle avait oublié que deux enfants en pleine croissance mangeaient à ce point, déclara-t-elle, gênée, en comptant la monnaie contenue dans sa bourse en tissu. Thomas lui demanda si elle avait assez d'argent. Assez pour être inquiète, répondit-elle à sa manière déconcertante, tout en propos ambigus, illogiques. Il restait cinq dollars à Thomas, mais l'avouer lui vaudrait peut-être d'acheter leurs deux billets de retour. Même Margaret n'avait pas remarqué le renflement dans sa chaussure.

Ils étaient restés plusieurs jours cloîtrés dans le cottage quand Irene finit par céder. Elle leur permit d'aller jouer dehors. Si quelqu'un les questionnait, ils devaient répondre qu'ils lui rendaient simplement visite. Et surtout, ne révéler sous aucun prétexte qu'ils étaient ses enfants. C'était interdit. En refermant la porte, elle les supplia de ne pas la trahir.

Malgré le froid, ils étaient contents de se retrouver dehors. Ni l'un ni l'autre n'avait de moufles ; Margaret avait oublié les siennes dans la voiture du fou. Ils marchaient sur le cercle envahi çà et là par les mauvaises herbes desséchées. Les maisons formaient un U tout autour. Très rapprochées, plus que celles de leur région, elles appartenaient toutes à la Dexter Mill Company. Des surveillants et contremaîtres de la filature en louaient trois. Un ouvrier dont la main avait été écharpée par l'une des machines en occupait une. Une autre était vide. Plus petit que les autres, le cottage de leur mère était situé un peu à l'écart.

Ils s'étaient aventurés jusque dans la rue passante qui se trouvait derrière. Là, les gens parlaient une autre langue et habitaient des bâtisses de deux étages louées en meublés, encore plus rapprochées que les maisons de Kressey Court. Des Italiens. Thomas donna un coup de coude à Margaret quand deux très vieilles femmes vêtues de longues robes noires passèrent devant eux. Un panier de poivrons rouges et jaunes se balançait au bras de l'une d'elles. Margaret demanda à son frère si c'étaient des pommes. Des pommes italiennes, affirma-t-il d'un air assuré.

Des enfants affluèrent bientôt. L'école était finie. Ravis, Thomas et Margaret se retournèrent pour regarder le flot qui les contournait. Quand ils regagnèrent Kressey Court, certains y étaient déjà arrivés. Deux garçonnets couraient en frappant avec un bâton les tiges de coton sauvage pour en faire sortir le duvet flétri. Une grappe de fillettes observait l'arrivée de Thomas et de Margaret. La plus grande était très maigre. Première à prendre la parole, elle leur demanda s'ils habitaient le cottage. Margaret le confirma avec un grand sourire. Thomas s'empressa d'ajouter qu'ils étaient seulement venus en visite. C'était tout. À qui rendaient-ils visite ? répliquèrent d'une même voix les fillettes. À la dame ? voulut savoir la plus grande. Oui. Margaret avait toujours le sourire aux lèvres, aussi exaltée de capter à ce point leur attention que de devoir garder un secret.

« Elle est gentille ? s'enquit une petite fille en jetant un regard prudent en direction du cottage.

— Oh ! oui, très gentille, répondit Margaret, pendant que Thomas approuvait d'un signe de tête.

— On n'a pas le droit d'aller là-bas, expliqua la plus petite.

— Elle s'appelle Mlle Talcott, précisa une autre.

— Non, elle… » Thomas se reprit. « Elle s'appelle Irene. »

Le ciel gris était de plus en plus bas. Tout était morne, miteux, tout excepté le cottage bleu pâle.

« La femme légère, voilà comment mon père l'appelle », dit la plus jeune. Les autres étaient mal à l'aise. Il valait mieux partir. Elles devaient rentrer à la maison.

M. Dexter était un homme très gentil, leur apprit leur mère. Elle prenait plaisir à parler de lui et, aussitôt, Thomas se murait dans le silence. Dès qu'elle prononçait son nom, ses joues rosissaient, ses yeux brillaient. L'autre jour, elle l'avait appelé Louis, mais pour eux il était M. Dexter. M. Dexter lui permettait d'habiter ici en attendant mieux. En attendant quoi ? L'amélioration de sa situation, expliqua-t-elle. Un travail ? Eh bien, quelque chose qui lui conviendrait davantage. C'était M. Hemmings qui lui avait parlé de la filature. Il se faisait passer pour l'un des patrons, alors qu'il n'était qu'un représentant de commerce. L'apprendre avait été déjà décevant quand elle était arrivée ici avec les quelques affaires qu'elle avait réussi à entasser dans sa petite valise, mais ensuite, elle avait découvert à quel point le travail en usine était dur. Il y avait trop de gens grossiers. Cette place ne lui valait rien. Un jour, M. Dexter était entré dans le bureau au moment où le chef comptable lui passait un savon. Il jurait et employait des expressions très vulgaires. Bon, elle avait fait des erreurs, mais seulement parce qu'elle n'avait pas compris son accent. M. Dexter avait ordonné au chef comptable de se taire et l'avait prise à part pour essayer de la calmer. Incapable de s'arrêter de pleurer, elle se déclara désolée, elle n'était pas habituée à leur système de comptabilité en partie double et de postes déroutants. Ni à ces gens aussi grossiers, lui confierait-elle plus tard. Peut-être devrait-elle retourner chez elle. Là d'où elle venait, les gens étaient simples, travailleurs, mais témoignaient du respect à une femme. Ils savaient comment traiter une dame. À sa façon de la raconter, cette histoire ressemblait à un conte de fées.

Le pain d'épice n'avait pas levé, pourtant ils le mangèrent quand même. Leur mère prépara une compote de pommes tellement aigre qu'ils passèrent toute la nuit roulés en boule tant ils avaient mal au ventre. Tous les jours, elle se précipitait vers la boîte aux lettres, mais il n'y avait pas de lettre de Lena. M. Dexter revint un autre après-midi. Cette fois, sa visite dura plus longtemps, et Margaret eut davantage de difficulté à la supporter et à rester tranquille sur le lit de la mansarde. Elle murmurait qu'elle s'ennuyait, qu'elle ne tiendrait pas une minute de plus. Après le tumulte étouffé, la porte s'ouvrit puis se referma. La voix de M. Dexter bourdonna en bas.

« Je déteste cette odeur, souffla Margaret pendant que la fumée lourde de cigare s'insinuait par chaque fissure et chaque raccord du plancher. Je vais éternuer », prévint-elle. Thomas lui écrasa un oreiller sur la figure. Elle lui pinça le bras. Furieux, il la pinça à son tour, de toutes ses forces. Il était fâché contre elle et contre sa mère. Pour empêcher Margaret de crier, il augmenta la pression de l'oreiller. Tout en grognant, elle moulinait des bras et des jambes.

« Je regrette, dit-il entre ses dents après avoir soulevé le bord de l'oreiller.

— J'arrive pas à respirer, gémit-elle en essayant de se libérer. Tu vas m'étouffer !

— Chut ! Chut ! » Il s'allongea à côté d'elle et la supplia de ne pas pleurer, de rester tranquille afin que M. Dexter ne les entende pas. Afin qu'ils puissent rester dans cette maison. Parce qu'elle voulait rester, oui ou non ?

Les deux mains sur la bouche, elle se mit à sangloter. Il leva les yeux sur les froids et minces rais de soleil qui filtraient par les interstices du toit gelé.

12

M. DEXTER SE PRÉSENTAIT deux ou trois fois par semaine, mais jamais le week-end. Sur la petite table d'angle, un cendrier en marbre vert était posé à côté de son carafon de brandy en verre taillé. Le cigare à demi fumé la veille y était encore. Plus la température baissait dans le cottage, plus le mégot empestait. Thomas proposa d'aller le jeter à la poubelle, mais Irene répliqua qu'elle allait s'en charger dans un moment. En fait, reconnut-elle, elle aimait cette odeur.

« Ça pue. » Margaret se pinça le nez.

« C'est parce que tu es encore une enfant. » Irene avança son pion rouge. La veille, elle avait rapporté un jeu de dames. « Tu changeras d'avis en grandissant, ajouta-t-elle avec un petit sourire.

— Non. » Margaret se pencha sur la table, le regard vigilant.

Irene tendit la main pour lui caresser la joue. « Tu verras.

— Qu'est-ce qu'elle verra ? » C'était à Thomas de jouer.

« Eh bien, on ne pense plus la même chose, une fois qu'on a pris de l'âge.

— Est-ce que tu aimais l'odeur des cigares quand tu étais comme moi ? demanda Margaret.

— Je n'étais pas comme toi, Margaret, répondit Irene d'un air distrait.

— Si ! Si, tu étais comme moi ! » Margaret se leva avec une telle vivacité qu'elle fit bouger le damier. Elle était déconfite. « Tout le monde dit que je te ressemble.

— Oui, seulement, par bien des côtés, nous sommes très différentes. Tu as toujours été une petite fille heureuse, et… et moi non.

— Je ne suis pas heureuse ! protesta Margaret.

— Si, tu l'es. Tu es gentille et ouverte. Les gens adorent ce trait de caractère chez toi, Margaret. » Irene s'appuya à son dossier et prit la main de sa fille.

« Je fais seulement ça pour que les gens nous aiment. »

La bouche d'Irene s'ouvrit, mais aucun son n'en sortit avant un moment. « Les gens t'aiment, lâcha-t-elle enfin d'une voix faible. Ils vous aiment tous les deux.

— Non. Ils ne veulent jamais nous garder. Comme le père Bibeau. Il ne m'aimait pas beaucoup, mais il aimait Thomas. Et d'autres personnes m'aiment bien, mais n'aiment pas Thomas, alors j'essaie de les obliger à m'aimer encore plus pour qu'on puisse rester.

— Oh ! Margaret ! » Irene ne cessait de lui tapoter la main. Une expression de stupéfaction peinte sur son visage, elle secoua la tête, semblant avoir peine à croire que sa fille ait pu éprouver de tels sentiments.

« Tu vas revenir à la maison avec nous ? S'il te plaît ? S'il te plaît, maman ? »

Thomas balada avec nervosité son pion entre deux cases. *Ça y est. Nous y voilà.*

« Je ne peux pas, répondit tranquillement sa mère.

— Pourquoi ? Tu n'as même pas de travail. Tu

habites ici, c'est tout. Alors on pourrait retourner à la maison, et tu habiterais là-bas. Avec nous.

— Je ne pourrais pas. Non. Je… je ne pourrais pas. »

Quand ils allèrent se coucher, il pleuvait. Tout proche, ce crépitement sur le toit leur rappelait la pluie qui heurtait la toile de tente, un bruit réconfortant lorsque leur père était à proximité. Bientôt, un profond sommeil les gagna. La sonnerie retentit au loin, très loin. Tous deux remuèrent, puis se rendormirent. Le vent hurlait à présent. La nuit ayant fraîchi, la pluie s'était transformée en flocons lourds. Les coups frappés à la porte obligèrent Thomas à ouvrir les yeux. Dehors, une voix forte appelait. Il se leva d'un bond et se mit à descendre l'escalier en se plaquant au mur glacé. Sa mère ouvrit la porte d'entrée.

M. Dexter avait l'air soûl. Il parlait fort et ne parvenait pas à s'exprimer distinctement. Sa clé était tombée dans la neige. Il venait de son club. Mais les routes étaient horribles. Une vraie patinoire. Il ne pouvait pas aller plus loin, alors, quelle chance elle avait, voilà qu'il se pointait chez elle. Il était tout à elle pour le reste de la nuit. Thomas entendait chacune de ses paroles car, avant de se coucher, sa mère ouvrait toujours la porte du bas de l'escalier pour laisser monter la chaleur. Irene essayait de murmurer, seulement M. Dexter exigea qu'elle élève la voix : il n'entendait pas un fichu mot de ce qu'elle racontait.

« Et ta femme ? Elle va s'inquiéter.

— Non. Elle sera bien contente !

— Qu'est-ce que tu lui diras ?

— Ce que je lui dis toujours, et, bon Dieu ! ce que j'ai envie de lui dire. »

Avec précaution, Thomas descendit trois marches de plus. L'éclairage de la rue filtrait par la fenêtre.

M. Dexter avait jeté son manteau et son chapeau sur l'un des petits fauteuils roses, arraché sa cravate et déboutonnait sa chemise. Thomas fut surpris de voir un homme aussi petit, aux épaules voûtées. Il avait des cheveux bruns gominés, une fine moustache, et à peu près la même taille qu'Irene.

« Louis. » Irene avait les bras serrés autour de sa chemise de nuit. « Il faut que tu t'en ailles. Imagine que ta femme…

— Tiens ! Tiens ! » Il s'avança vers elle en riant. « Je vois. Tu n'es pas contente de me voir.

— Si, je suis contente. C'est seulement que je suis… surprise.

— Tu ne m'attendais pas, alors tu as peut-être un autre visiteur. Qui est-ce ? » Il ouvrit la porte de la chambre. « Qui est là ? Quel enfant de putain s'est glissé dans mon… »

Elle l'observa du seuil pendant qu'il arrachait les couvertures. « Louis ! Arrête ! Regarde ! Tu vois bien qu'il n'y a personne, naturellement. » Elle ramassa sa cravate par terre et la lui apporta avec son chapeau et son manteau. « Tu ne devrais pas être ici.

— Si tu t'y trouves, c'est grâce à moi ! gronda-t-il. Alors c'est peut-être toi qui devrais partir !

— Tout ce que je voulais dire, c'est que… eh bien, tu es dans un état effroyable.

— Un état effroyable ! » beugla-t-il. Le bruit d'une gifle se fit entendre. Aussitôt, la porte de la chambre se referma.

Thomas se précipita au bas de l'escalier. Il mit une minute à comprendre que ce n'était pas sa mère qui pleurait, mais M. Dexter. Entre deux sanglots haut perchés, hoquetant, il supplia Irene de lui pardonner. Ça ne se reproduirait plus. Plus jamais. Il le promettait. Bien sûr qu'elle lui pardonnait, assura-t-elle.

« Je voulais seulement être avec toi, rester ici, reprit-il en sanglotant. C'est tout ce que je voulais.

— Oui. Je sais. Tu es là, maintenant. Mon cher Louis, mon Louis adoré, tu es là, maintenant. »

Thomas eut l'impression d'entendre presque aussitôt exploser le ronflement sonore, sans retenue, de M. Dexter. Sur la pointe des pieds, il retourna se coucher. « C'était M. Dexter, souffla-t-il, croyant Margaret endormie tant elle était immobile, le dos tourné.

— Je sais », répondit-elle tout bas, avant de se pelotonner en une boule encore plus serrée au bord du lit.

Le lendemain, ils jouèrent dehors. M. Dexter était parti à l'aube. En patinant, ses roues avaient creusé de profondes ornières le long de la clôture. Margaret et Thomas accumulèrent de la neige pour faire un bonhomme et, bientôt, ils en eurent assez pour le bas du corps. Margaret portait les gants en tissu de sa mère, mais les mains de Thomas étaient violacées de froid. Sans cesse, il s'interrompait pour souffler dedans.

« Coucou ! » C'était la fillette grande et maigre. Son manteau violet lui tombait jusqu'aux pieds. À chaque pas, elle devait en soulever l'ourlet. Elle leur demanda ce qu'ils étaient en train de faire.

« Ça ne se voit pas ? » répliqua Thomas, frissonnant, les épaules voûtées, les mains enfoncées dans les poches. Margaret accumulait de la neige pour le torse du bonhomme.

« J'essayais seulement d'être aimable, expliqua la fillette en plissant les yeux.

— On fait un bonhomme de neige. » Margaret se

retourna et lui sourit. « Mais il n'y a pas beaucoup de neige.

— Vous voulez que je vous aide ?

— D'accord ! » La voix de Margaret couvrit le « Non » de son frère.

La fillette aida Margaret à charrier de la neige et à l'empiler sur le bas du bonhomme. Elle s'appelait Clementine, leur apprit-elle pendant que toutes deux comblaient les creux. Ses mains, elles aussi, étaient nues. Elle avait deux frères plus âgés et deux plus jeunes. La main de son père avait été presque entièrement sectionnée à l'usine l'année précédente, si bien qu'il restait à la maison à présent. Sa mère travaillait. Six jours par semaine. Elle faisait le ménage dans une grande maison à Dearborn. Chez les Pratt. M. Pratt vendait des voitures, des Ford. Ils étaient tellement riches qu'il leur arrivait de porter un vêtement une seule fois et de le jeter ensuite, parce qu'ils ne pouvaient plus le voir. Comme ce manteau, qu'elle avait sur le dos. C'était celui de Connie Pratt, lança-t-elle d'un air suffisant, avant de froncer les sourcils quand aucune réaction ne se manifesta. Ils ne savaient pas qui était Connie Pratt ?

Non, répondit Margaret. Ils ne connaissaient personne. Ils n'étaient pas du coin, ils venaient du Vermont, ajouta-t-elle. Clementine demanda s'ils allaient habiter ici, maintenant, ou s'ils étaient…

Thomas lui coupa la parole. « On est juste venus en visite.

— Mais on va rester, dit Margaret d'un ton énergique. On va habiter ici. » Elle ne regarda pas son frère.

« Alors, comme ça, cette dame, c'est votre mère ? » Clementine écarquilla les yeux.

Margaret le confirma.

« Et votre père, où il est ?

— Il n'est pas là, répondit Thomas avec un regard acéré destiné à faire taire à sa sœur.

— Il est mort ?

— Non ! » Margaret se tourna vers Thomas, comme si ça pouvait être vrai et que personne ne l'avait prévenue.

« Tu es trop curieuse. Qu'est-ce que ça peut te faire ? » lâcha Thomas d'un ton sec à l'adresse de la fillette. Il se mit à entasser de la neige sur le bas du bonhomme. Au loin, de la fumée noire s'échappait des cheminées d'usine. Un nuage de suie était suspendu au-dessus des toits.

« Je n'ai fait que poser une question. » Clementine tassa de la neige sur l'autre flanc.

« Bon, je ne t'ai rien demandé sur ton père, je n'ai pas voulu savoir comment il s'était débrouillé pour avoir la main coupée, que je sache ? dit Thomas.

— Vas-y. Pose-moi la question. Je m'en fiche.

— Ça ne me regarde pas », grogna-t-il en s'affairant à présent du même côté qu'elle.

Margaret avait le visage crispé d'inquiétude. Quelque chose de bien pire que la prison était arrivé à son père, et personne ne voulait lui en parler… Voilà qui expliquerait tout.

« Sa main s'est prise dans une grosse machine. Elle a été presque entièrement coupée, et le docteur a dû finir le boulot. Il a failli mourir », raconta Clementine. Pendant quelques instants, on n'entendit que les coups sourds de leurs mains qui frappaient la neige tassée. « M. Dexter est très riche. Cette usine, là. » Elle indiqua la plus haute cheminée. « Elle lui appartient. Les Dexter ont trois maisons. Et même des chevaux. Quelque part, je ne sais pas où, ils ont aussi cinq gosses… des gosses comme nous, ajouta-t-elle, fière de ce lien. Mais Mme Dexter est malade. Ma mère dit que les dames riches ne devraient pas avoir trop d'enfants, elles ne sont pas assez résistantes. »

Margaret se dirigea vers le cottage et expliqua qu'elle allait rentrer parce qu'elle avait froid. Thomas renchérit qu'il avait froid lui aussi et commença à la suivre.

« Et la tête ? demanda Clementine.

— Tu peux t'en occuper », lui lança-t-il une fois la porte ouverte.

Clementine souleva son manteau et s'élança sur ses talons. « Moi aussi, j'ai froid. Je peux entrer ?

— Non. » Il referma la porte.

La nouvelle s'ébruita bien vite. Les enfants se sentirent observés. Les femmes allaient d'une fenêtre à l'autre en guettant avec gourmandise tout indice de catastrophe – une femme pareille, vous pensez ! Elles détournaient le regard quand Irene passait dans la rue. Clementine était devenue l'objet d'une attention considérable. Rivalisant pour apprendre les secrets qu'elle était la seule à détenir, les autres enfants la courtisaient, et leurs mères laissaient pendre la mâchoire à l'écoute de leurs récits extravagants : son mari était tellement cruel que la jolie dame qui habitait le cottage du gardien s'était enfuie et, par la suite, avait fait venir ses enfants. Terrorisés par leur père, ces pauvres petits étaient reconnaissants à M. Dexter de les protéger. Il n'y avait pas, estimaient-ils, d'homme plus gentil au monde. Les mères de Kressey Court levaient les yeux au ciel. Elles savaient parfaitement en quoi consistait cette gentillesse.

On sonnait une nouvelle fois à la porte d'entrée. L'œil vorace de Clementine scrutait, collé au verre. Irene était en train d'épingler des vêtements sur la petite corde tendue derrière le cottage. Aucune lettre de Lena n'était arrivée. Tous les jours, Irene attendait le passage du facteur pour entreprendre une activité quelconque. Ce jour-là, constatant qu'il n'y avait pas de courrier, elle s'était hâtée d'aller étendre le linge avant qu'il neige. La sonnette retentit de nouveau.

« Tu ne dois pas jouer avec elle », rappela Thomas à sa sœur, qui se dirigea néanmoins vers la porte. Ils étaient fatigués de rester cloîtrés. Mais surtout, étant constamment ensemble, ils étaient fatigués l'un de l'autre. Il lui agrippa le bras et la retint.

« Je veux juste regarder ! » Elle lutta pour se dégager.

« Non ! » Il la repoussa brutalement contre la causeuse, qui recula un peu.

« Tu m'as fait mal ! » Margaret attrapa le jeu de dames et le lança dans sa direction. Le coin du damier vint heurter la clavicule de Thomas, pendant que les pions volaient dans toute la pièce. Le coup, bref, rude, n'était rien ; non, ce qui le mettait en rage, c'étaient la faiblesse de Margaret, son besoin de se trouver avec d'autres et de leur faire plaisir, cette trahison permanente, d'autant plus que la perfide Clementine représentait une menace imminente. Il ramassa le damier et le lança de toutes ses forces. *Fichue Margaret*, songea-t-il lorsque sa sœur se baissa pour l'esquiver et qu'il alla s'écraser sur le globe du lampadaire.

« Tu l'as cassé ! » s'écria Margaret quand les éclats de verre coloré atterrirent à ses pieds.

Clementine était partie, soit pour aller apporter cette nouvelle fraîche, soit par pure frustration. La porte de derrière s'ouvrit, puis se referma.

« Qu'est-ce que tu as fait ? souffla Irene. Au nom de Dieu, qu'est-ce que tu as fait ? » Secouée de sanglots, elle s'agenouilla et rassembla les éclats lavande comme s'il s'agissait de précieuses reliques. « Tu ne comprends donc pas ? Ce lampadaire ne m'appartient pas. Il n'est pas à moi. Pas plus que cette maison. Rien n'est à moi ici. Tu comprends ? Oui ou non ? » demanda-t-elle d'un ton insistant, toujours à genoux, les yeux brûlants de larmes. Déformé par l'affolement, son visage n'était plus joli ; trop long, il avait une expression quelque peu stupide. Une bouffée de pitié monta en Thomas, suscitant l'embarras, la honte. Et eux, alors ? Ils étaient bel et bien à elle, mais le dire n'aurait fait qu'augmenter le désespoir de sa mère.

Le lendemain matin, Irene alla poster deux lettres. Elle revint aussitôt, l'air plus heureuse qu'elle ne l'avait été depuis plusieurs jours. Dans l'après-midi, la longue visite de M. Dexter accentua encore sa gaieté. Il n'était pas du tout fâché à cause du lampadaire, leur raconta-t-elle ensuite. En fait, un nouveau modèle serait bientôt livré par Hetter's Furniture Store. Bien entendu, elle avait endossé la faute, leur expliqua-t-elle, comme s'ils devaient lui être reconnaissants de ce sacrifice, car n'étaient-ils pas tous les trois dans le même bateau et leur existence ne dépendait-elle pas des humeurs de cet homme ? Elle avait prétendu avoir renversé le lampadaire en faisant le ménage. Cette fois aussi, ils montèrent à l'étage et restèrent si tranquilles, si sages sur le matelas mince que tous les bruits du petit cottage leur parvenaient. À présent, ni l'un ni l'autre ne s'interrogeait sur le tumulte cadencé, les petits gémissements, puis, enfin, le râle empreint d'une profonde reconnaissance poussé par M. Dexter. Toute raide, Margaret se blottissait de son côté du lit et retenait son souffle, Thomas le savait. Peu après, le cigare était allumé et son odeur âcre s'insinuait dans la gorge de Thomas. Les deux enfants se sentaient tout aussi indésirables que chez le père Bibeau. Peut-être même plus. Là-bas, au moins, Gladys aurait bien voulu qu'ils restent.

Une semaine s'était écoulée sans une seule visite de M. Dexter. Margaret demanda s'il ne reviendrait plus. Mais non, répondit Irene, il s'était absenté, voilà tout. Il était parti en voyage et allait bientôt revenir. Demain, en fait, leur lança-t-elle de la cuisine avant de passer dans le salon. « Du sucre à la cannelle », annonça-t-elle en remuant des granules ambrées dans un saladier en cristal. Prendre le thé avec des toasts en fin d'après-midi se faisait à présent, leur apprit-elle. Jadis, ils n'avaient pas eu le droit de manger avant le dîner.

« Chez les gens bien ? s'enquit Margaret avec un frisson ravi pendant qu'Irene tartinait un toast.

— Chez les gens très bien ! »

Irene déposa le toast devant Margaret. Celle-ci gloussa, mordit dedans et savoura bien davantage la lueur hésitante d'attention maternelle que le toast sucré. Thomas mangea le sien et parla peu. Même ce goûter était un exercice affligeant, vide de sens. Margaret aurait fait n'importe quoi pour que leur mère les aime, tandis que le bonheur d'Irene n'avait pas grand-chose à voir avec eux.

« Sers-toi de ta serviette, Tom. Tu es en train de laisser des traces de graisse sur le fauteuil.

— C'est un très joli fauteuil. Il est aussi à M. Dexter ? questionna Margaret, et Thomas lui jeta un regard mauvais.

— Oui. C'est lui qui a tout décoré. »

Ils observèrent son sourire, son coup d'œil reconnaissant autour d'elle.

« Il est gentil, M. Dexter ? reprit Margaret d'un ton un peu triste.

— Très gentil. Il est très gentil. » D'un geste de la main, elle balaya la pièce. « Comme tu peux t'en apercevoir. Il est très attentionné. Quand je suis arrivée ici, je ne connaissais personne. Sauf cet horrible M. Hemmings. Quand mon travail est devenu insupportable, il m'a dit de ne pas m'inquiéter et de venir habiter ici. » Ses lèvres esquissèrent un sourire. « J'ai trouvé ça vraiment gentil de sa part.

— Pourquoi est-ce que tu n'es pas revenue à la maison ? » lâcha Thomas.

D'un air las, elle leva les yeux. « Je ne pouvais pas. » Une fois ces mots prononcés, chacun se réfugia dans le silence. Thomas sentait une colère bouillonnante monter en lui.

« Papa connaît M. Dexter ? demanda Margaret, et Thomas la fixa d'un regard incrédule.

— Non. Non. » Irene tendit la main pour ramasser quelque chose sur le tapis. Une miette de toast. Elle l'écrasa au bord d'une assiette. « Ils ne se sont jamais rencontrés. »

Un bruit métallique leur parvint du portillon, et le couvercle de la boîte aux lettres grinça en s'ouvrant, puis en se refermant. Irene se leva à la hâte. Tous les jours, le facteur était passé devant le cottage sans s'arrêter.

« Écoute, tante Lena ne va pas nous prendre. Elle est soûle tout le temps, lança Thomas à sa mère avant qu'elle ait eu le temps d'arriver à la porte.

— Thomas ! Ce n'est pas gentil de dire ça.

— N'empêche que c'est vrai. Elle cache les bouteilles dans le panier à linge. Et oncle Max ne veut pas de nous non plus. »

Dès qu'elle ouvrit la bouche, il regretta de s'être livré à cette attaque. « Bon, je regrette beaucoup, mais il faut bien faire quelque chose », répliqua-t-elle en ouvrant la porte. Elle se précipita dehors.

« Arrête ! Tu vas la mettre en colère ! » siffla Margaret entre ses dents.

Assise à la table, Irene agrippait le feuillet d'une main tremblante. L'écriture franche, presque réprobatrice, sur l'enveloppe était celle de Gladys, mais la lettre qu'elle contenait avait été écrite par leur père. On avait rayé 34, Common Street et ajouté Kressey Court au bas de l'enveloppe. Irene ferma les yeux et prit une profonde inspiration qui parut la soutenir. Ils l'observaient. Le soleil de l'après-midi réfléchissait les contours du carafon sur le mur d'en face, et le verre taillé luisait, tels de fins arcs-en-ciel.

« Est-ce que papa va venir ? » finit par demander Margaret.

Le silence pesait sur la pièce et, de nouveau, Margaret tenta de le rompre. « Il pourrait habiter ici, avec nous. Il y a sûrement du travail d'abattage. Il doit bien y en avoir. Pas vrai, Thomas ? On a vu des fermes, tu te rappelles ? Sur le chemin. Oui, on en a vu. »

Crispée, Irene se leva et passa dans sa chambre. Les deux enfants attrapèrent la lettre et la lurent.

Leur père était toujours en prison. Oncle Max était allé le voir pour exiger qu'il fasse quelque chose. Les gosses que Henry avait eus avec Irene n'étaient tout de même pas le problème de Lena et de Max. Margaret et Thomas n'étaient le problème de personne, leur responsabilité incombait à leurs parents, voilà ce que Henry avait répondu à Max, d'après ce qu'il écrivait. Comme il ne pouvait pas dédommager les Farley pour la porte de la grange esquintée ou la scie et le pneu « volés », il était bien obligé de purger sa peine et de rester encore six semaines en prison.

Je sais à quel point ça doit être difficile pour toi de travailler tout en t'occupant des enfants, mais il va bien falloir continuer pendant quelque temps. Je regrette de ne rien pouvoir faire. Même Gladys essaie de m'aider, mais elle n'a pas assez d'argent à me prêter. Thomas et Margaret savent se surveiller l'un l'autre. Dis-leur que je leur demande de t'aider aux tâches ménagères, et ils le feront. Dès que possible, je viendrai les chercher.

Ton mari,

T. Henry Talcott

P.-S. Ou bien tu peux les ramener ici si tu préfères, Irene. J'espère que tu es en bonne santé et que tu te débrouilles très bien. Je suis sincère. Très sincère.

13

MÊME THOMAS PENSAIT QU'ILS DEVRAIENT aller à l'école maintenant qu'ils étaient installés ici pour de bon. Il ne voulait pas finir comme Billy Pfeiffer, qui, un hiver, s'était absenté si longtemps qu'il n'était jamais revenu. Billy Pfeiffer s'en sortait bien en écorchant des ratons laveurs et en vendant leurs peaux, d'accord, mais il ne savait ni lire ni écrire, et tout le monde le trouvait complètement idiot, à l'égal des autres Pfeiffer.

Un jour, Margaret avait descendu la colline avec Clementine pour voir l'endroit où elle allait en classe, l'école Burleigh. Le lendemain, elle y emmena Thomas. Le bâtiment ne lui plut pas du tout : briques, granit, hautes fenêtres et larges portes en chêne. Il n'avait jamais vu d'école plus grande. C'était sûrement là qu'ils iraient, dit Margaret sur le chemin du retour. La maîtresse de Clementine avait de la moustache. « Tu ne vas pas le croire, elle s'appelle Mlle Beardsley [1]. » Quand elle s'imaginait que personne ne la regardait, elle se coupait les poils du menton avec de minuscules ciseaux – Clementine l'avait vue faire. Mlle Beardsley serait sans doute aussi l'institutrice de Thomas, parce

1. Barbue. *(N.d.T.)*

qu'il serait dans la classe de Clementine. En dernière année de primaire.

« Elle a quatorze ans ! » Thomas s'immobilisa soudain.

« Je sais. »

D'un haussement d'épaules, Margaret admit cette incongruité. Clementine était son amie et, comme elle l'avait fait au début avec Jesse-boy, elle ne se contentait pas de fermer les yeux sur telle ou telle bizarrerie, elle se sentait obligée de la défendre si personne d'autre ne s'en donnait la peine. Margaret ne tarda guère à devenir la compagne de jeux la plus recherchée de Kressey Court. Il fallait néanmoins le lui accorder, elle insistait toujours pour inclure Clementine dans le groupe. Clementine, cette chipie, avait peut-être été la première à dévoiler le mystère du petit cottage, mais à présent les enfants avaient Margaret en personne à se mettre sous la dent. Les petites filles l'adoraient, tout comme leurs mères, qui prenaient plaisir à regarder son joli visage et citaient en exemple ses manières douces et polies. Margaret Talcott disait toujours merci. Elle laissait ses chaussures mouillées sur le paillasson et s'extasiait devant les bébés. Une fillette ravissante. Pas le moins du monde impolie, contrairement à son frère et à sa mère. Pourquoi une enfant aussi dégourdie n'allait-elle pas en classe ? La même interrogation valait pour son frère, d'ailleurs. Y avait-il un rapport avec M. Dexter ? Il continuait à venir plusieurs après-midi par semaine, au volant de sa voiture verte luisante, dans son pardessus élégant. Elles le guettaient derrière leurs rideaux. Imaginez un peu, avec des enfants dans la maison ! Vu tout l'argent qu'il avait, rien ni personne ne l'inquiétait. Mais la mère, tout de même… Pas étonnant qu'elle rase les murs, les yeux fixés droit devant elle, coiffée d'un joli chapeau neuf et vêtue d'un manteau à col de fourrure, alors que ses enfants, eux, portaient jour après jour les mêmes habits. N'aurait-elle pas pu, au moins, mettre des poches aux genoux sur le pantalon usé du gamin, ou recoudre la manche déchirée de la petite ?

« Alors, quand est-ce que vous irez en classe ? » demandait la voisine, Mme Ronan. « Bientôt », répondait Margaret, toujours habile à éveiller leur curiosité avec des détails sans rien révéler d'important : dès que leurs bulletins arriveraient de leur ancienne école. Bon, ce n'était pas une vraie école, pas comme l'école Burleigh, mais des cours privés, d'une certaine manière. Ils avaient un professeur rien que pour eux trois, son frère, elle et Jesse-boy, qui, bien sûr, devait rester dans son fauteuil roulant. Tout le monde l'appelait Jesse-boy, c'était curieux, parce qu'il n'était plus un petit garçon. C'est-à-dire, pas comme Thomas. Tous les jours, elle allait donc jouer dehors, ravie de voir tant d'amies solliciter son attention, tandis qu'elle réussissait à se tenir suffisamment en retrait pour ne rien livrer d'elle.

Maussade, Thomas restait à l'intérieur et dessinait les plans d'immenses manoirs. En plus des pièces d'habitation, ses demeures avaient des endroits réservés au rangement des chaussures, des outils et des livres. En lettres minuscules, il inscrivait Salle des Chaussures et, dessous, Salle des Livres. Ce jour-là, il avait situé la Salle des Outils au deuxième étage. Il dessina un tout petit évier où l'on pouvait laver les outils sanglants de son père.

« Salle des Livres, remarqua Irene en regardant par-dessus son épaule. Tu veux dire bibliothèque ? »

Il ne savait pas ce qu'il voulait dire.

« C'est comme ça que ça s'appelle, expliqua-t-elle en enfilant de longs gants en chevreau gris, un nouveau cadeau offert la veille. M. Dexter en a une. Chez lui. Tous les murs sont tapissés de livres. Les étagères montent jusqu'au plafond. Et tous les meubles sont en cuir rouge. Sauf la table de lecture, bien sûr, où il y a de grosses lampes en cuivre avec des abat-jour verts. »

La mine du crayon troua le papier. Il y avait plusieurs jours que sa mère n'avait pas prononcé autant de mots à la suite. Son silence rappelait à Thomas les derniers mois lugubres qu'elle avait passés dans leur ancienne maison. Même les efforts les plus débridés de Margaret ne réussissaient pas à percer sa mélancolie. Jusqu'ici.

« Tu y es allée ? se força-t-il à questionner en se sentant obligé de savoir, même si ça faisait mal. Dans la bibliothèque ?

— Oui. » D'un doigt forcé entre les jointures de son autre main, elle mit le gant en place. « Une seule fois.

— Oh !

— Au sujet d'un travail. M. Dexter pensait que travailler chez lui pourrait me plaire. M'occuper des papiers de la maison. Classer les factures, ce genre de chose. »

Il patienta un instant. « Et alors, tu as eu le boulot ? » demanda-t-il d'un ton prudent. Le seul fait qu'elle s'adresse à lui était merveilleux, même si c'était pour parler de cet infâme Dexter. Thomas était toutefois effrayé en apprenant qu'il l'avait amenée chez lui. Ç'aurait été encore pire de partager sa mère avec toute la famille de M. Dexter. Y compris avec ses cinq enfants.

« Non », répondit-elle. En soupirant, elle ramassa son sac. « Elle ne voulait pas de moi. Sa femme. »

Était-elle en train de sourire ? Oui. Oui. Pour quelle raison ? L'ironie de l'histoire ? Ou bien éprouvait-elle une sorte de triomphe du fait que, en fin de compte, elle n'en avait pas moins réussi à nouer une relation avec

M. Dexter ? D'une main légère, elle effleura l'épaule de son fils. « Autant que tu le saches, Thomas. Je ne peux pas l'expliquer à Margaret. Elle est trop jeune pour comprendre. Disons que je me sentais obligée de partir. Je savais que c'était mal. Je savais à quel point ce serait affreux pour ta sœur et toi. N'empêche, je devais le faire. J'avais une peur bleue, mais j'étais persuadée que quelque chose de terrible se produirait si je restais. »

Quelque chose de terrible. Il risquait de la détester, voilà ce qu'elle avait à l'esprit. Voilà ce qui l'avait poussée à partir. Toutes les mauvaises actions qu'il avait commises, les méchancetés qu'il lui avait dites. Qu'il avait dites à sa sœur, à son père, à tout le monde. Il retint son souffle lorsqu'elle poursuivit :

« On aurait dit que… que j'étais en train de mourir à l'intérieur.

— Je regrette, maman, souffla-t-il, mais elle ne parut pas l'entendre tant elle était déterminée à s'expliquer.

— À force de toujours faire semblant. De toujours désirer ce que je n'avais pas, de me sentir prise au piège. C'était vraiment ce que j'éprouvais. Oh ! je ne devrais pas t'en parler. Excuse-moi. Mais écoute-moi bien : pas un jour ne passait sans que je pense à vous. Pas un seul jour. » Elle exerça une pression sur son épaule, puis lui embrassa le sommet du crâne. Il avait envie de se lever d'un bond et de l'enlacer pour lui permettre de le serrer dans ses bras à son tour, mais elle l'avertissait déjà qu'elle avait rendez-vous chez le coiffeur ; il devait aller chercher Margaret pour qu'elle reste à la maison jusqu'à son retour. Elle en avait pour une heure environ.

« Elle a dit ça ? » Sans avoir pris le temps d'ôter son manteau ni son chapeau, Margaret s'était assise aux pieds de son frère et s'entourait les genoux de ses deux bras. « Qu'on allait rester ici ?

— Non, mais c'est à ça qu'elle pensait. Elle a dit qu'elle en avait assez de faire semblant.

— De faire semblant de quoi ?

— Elle en avait assez qu'on ne soit pas avec elle. » À toute vitesse, son esprit évaluait l'importance des quelques paroles prononcées par sa mère. C'était vraiment agaçant que Margaret – elle était mal placée pour ça – attende de lui des citations exactes, une parfaite restitution de chaque mot, de chaque nuance. « Elle a dit qu'elle pensait à nous tous les jours. Tout le temps. »

Le sourire de Margaret trahissait un bonheur sans mélange. Donc, finalement, ils iraient en classe à Burleigh. « Tu vois bien. Je te l'avais dit, oui ou non ? J'avais pas raison ? Reconnais-le. » Quand la lettre de papa était arrivée, elle l'avait tout de suite compris. Elle en était sûre. C'était pour ça que maman avait été aussi silencieuse ces derniers jours. Elle réfléchissait, prenait sa décision. Bien sûr, papa allait leur manquer, pauvre papa, mais même s'ils retournaient là-bas, papa n'en resterait pas moins en prison. Tandis que, de cette façon, ils seraient avec leur mère. Et bientôt avec leur père. Car dès qu'il sortirait, il viendrait sûrement les voir. Oui, ce serait la première chose qu'il ferait. Et alors, il verrait maman, elle le verrait, et ils retomberaient amoureux, et ils le resteraient toujours.

« Enlève ton manteau.

— Si. Je t'assure. Toi aussi, tu le sais, Thomas. Tu ne veux pas le reconnaître parce que c'est moi qui l'ai dit la première. »

Il effaça Salle des Livres et écrivit Bibliothèque. Il gomma deux portes et trois fenêtres. Tous les pans de mur seraient réservés aux étagères. Du sol au plafond.

Son père pensait-il à lui tous les jours comme sa mère l'avait fait ? Sans doute pas, mais ça n'était pas trop grave. Un jour, il raconterait à son père qu'il s'était étranglé en fumant la cigarette d'Otis. Quand il serait plus grand et qu'on ne pourrait plus le punir. Un jour, ils pourraient peut-être en rire.

Allongée sur la causeuse, Margaret lisait un livre déchiré que lui avait prêté Ann Ronan. Les pages tombaient lorsqu'elle les tournait. Elle ne cessait de les remettre en place, puis finit par les prendre une à une pour les lire. Un jour, Margaret aurait sa propre bibliothèque. Chaque étagère serait pleine à craquer de livres tout neufs, plus de livres qu'elle n'aurait le temps d'en lire durant toute sa vie. Le bruit du portillon qui se refermait leur parvint. Thomas poussa son plan – il avait inscrit « Plan » en haut – au bord de la table, là où sa mère le verrait en arrivant. Sa clé tourna dans la serrure. Margaret s'élança à sa rencontre.

« Oh ! » Elle s'immobilisa en tenant la porte ouverte. « Je croyais que c'était ma mère », dit-elle d'un air coupable.

Louis Dexter la dévisagea avant de regarder en direction de Thomas. Il avait à la main un gros bouquet de roses jaunes. « Je suis venu voir Mlle Talcott. Elle est là ?

— Non, répondit Margaret.

— Est-ce que tu sais à quelle heure elle va revenir ? »

Margaret haussa les épaules. Elle lança un coup d'œil à son frère.

« Dans pas longtemps, lâcha-t-il.

— Bon, alors je vais peut-être l'attendre. Si ça ne vous ennuie pas. »

De nouveau, Margaret regarda son frère.

« D'accord.

— Très bien ! » M. Dexter entra. « Je vais m'asseoir une minute. Pour voir si elle arrive. Je suis M. Dexter », expliqua-t-il en posant les roses sur la causeuse. Il ôta son chapeau, déboutonna son manteau puis s'assit, les mains sur les genoux, en souriant aux deux enfants.

Ne sachant que dire, ces derniers gardèrent les yeux baissés. Quand M. Dexter reprit la parole, ils échangèrent un regard affolé. Il leur demanda comment ils s'appelaient. Margaret et Thomas, répondit Thomas. Puis leur âge. Douze ans et huit ans. Où habitaient-ils ?

À Belton, dans le Vermont.

« Ah ! oui. C'est de là que vient Mlle Talcott. » Il sourit. « Et combien de temps allez-vous rester ici ?

— Je n'en sais rien », répondit Thomas.

M. Dexter consulta sa montre. « Mlle Talcott a-t-elle dit à quelle heure elle allait revenir ? »

Trop sèche pour proférer un son, la bouche de Thomas ne pouvait que s'ouvrir. Il haussa alors les épaules.

« Elle est allée au salon de coiffure, murmura Margaret.

— Bon. Alors ça va sans doute prendre un certain temps, pas vrai ? » Il se leva en tenant d'une main légère le haut fendu de son beau chapeau gris. Enchâssé dans sa grosse alliance en or, un diamant lançait ses feux. « Coiffer une dame, ça ne se fait pas en deux temps trois mouvements. » Il se dirigea vers la porte, puis se retourna pour préciser que les fleurs étaient pour Mlle Talcott. « Expliquez-lui qu'elles sont de la part d'un soupirant assidu. » Il fit un clin d'œil à Margaret.

Si le portillon avait grincé, personne ne l'avait entendu. Soudain la porte s'ouvrit et Irene se rua à l'intérieur, les cheveux bien crantés, le visage livide de terreur. Que faisait-il ici ? Il savait pourtant qu'elle serait absente. Elle le lui avait dit. Pourquoi était-il venu ? Pourquoi agissait-il ainsi ? Pourquoi ?

Pour lui faire une surprise. Tu vois ? Les roses. Il y avait maintenant huit mois. Il comptait les déposer pour qu'elle les trouve à son retour. Il était sur le point de s'introduire dans la maison quand ses jeunes visiteurs avaient eu la gentillesse de le faire entrer. Il effleura la joue d'Irene et approcha son visage du sien. « Tu as vraiment l'air fatiguée. Tu es très belle, mais tu as l'air fatiguée.

— Montez ! Tout de suite ! ordonna-t-elle aux enfants.

— Non, s'écria-t-il avant de leur laisser le temps d'obéir. Irene, ne sois pas fâchée contre eux. Ils ont été très gentils. Bien sûr, étant de Belton, ce sont forcément des enfants adorables. » Il colla son front à celui d'Irene. « Presque aussi adorables que toi, souffla-t-il.

— Ce sont mes enfants. » Elle se dégagea et, figée, se tint devant lui. « Ils sont à moi. »

Il les considéra alors non plus avec la lueur amusée, condescendante qu'il avait eue tout à l'heure, mais d'un air brisé, vaincu.

« Excuse-moi », dit-elle.

De quoi s'excusait-elle ? se demanda Thomas en grimpant les marches derrière Margaret. De ne pas l'avoir prévenu qu'elle avait des enfants ou d'avoir ces enfants-là, ces pauvres marmots loqueteux ?

La porte d'entrée se referma. Irene monta un instant plus tard. Le moteur puissant de la grosse voiture rugit avant de se perdre bien vite au loin. Son manteau toujours sur le dos, leur mère se blottit au bord du lit métallique, le visage dans les mains. Elle resta un long moment dans cette posture, mais ne pleura pas. Ils n'éprouvaient pas la moindre compassion tant ils étaient excités d'avoir récupéré leur bien. Elle. Leur mère.

Au cours des jours suivants, Irene accomplit en silence les tâches quotidiennes de leur existence, d'une manière pesante qui n'autorisait que les échanges strictement nécessaires. Elle leur faisait la cuisine, même si, pour sa part, elle ne paraissait pas s'alimenter. Le soir, elle étendait leurs chaussettes et leurs sous-vêtements devant le poêle rougeoyant pour qu'ils sèchent pendant la nuit et, le matin, elle rappelait à Thomas qu'il fallait aller chercher du charbon dans le coffre, alors qu'il s'en était déjà occupé avant qu'elle pose un pied par terre. Il se réveillait quand le soleil n'était pas encore levé. Si son père devait rester six semaines de plus en prison, ils pourraient être tous réunis à Noël. L'attente ne serait pas si longue, pourtant elle paraissait interminable à Margaret. Maintenant que M. Dexter était parti, elle voulait retourner à la maison avec leur mère et Thomas. Mais s'ils ne pouvaient pas se payer les billets d'autocar pour l'instant, pourquoi ne pourrait-elle pas aller en classe dans l'intervalle ? Ann Ronan disait qu'elle aurait accumulé trop de retard si elle ne reprenait pas bientôt l'école. Quant à Thomas, il lui ordonnait tout le temps de se taire pour ne pas agacer leur mère.

Irene se retirait dans sa chambre et y restait de longues heures. Si elle dormait, elle semblait rarement reposée. Au contraire, elle était toujours agitée, se cognait à la porte, avait le souffle coupé quand, d'un de ses bavardages soudains, Margaret rompait le silence. Elle sursautait facilement, semblait oublier qu'ils étaient encore là. Un matin, elle écrivit deux nouvelles lettres, puis se prépara à descendre la colline pour aller les poster. Margaret lui demanda si elle pouvait l'accompagner. Il n'y aurait personne pour jouer avec elle avant la sortie de l'école. Elle ne supportait plus la compagnie de son frère, et il ne supportait plus la sienne. Irene répondit qu'elle avait d'autres courses à faire. Il neigeait trop, et Margaret serait fatiguée. Margaret promit de ne pas se plaindre, même s'il lui fallait s'arrêter dans de nombreux magasins.

Irene était en train de lacer ses bottes. La neige s'était mise à tomber la veille au soir. Thomas avait déblayé leur allée et leur trottoir, mais ailleurs la couche devait déjà atteindre les chevilles.

« S'il te plaît, supplia Margaret. Je ne traînerai pas. Je te le promets.

— Tu n'as ni bottes ni jambières, alors, je t'en prie, cesse tes jérémiades », répliqua sa mère d'un ton furieux.

Margaret s'obstina. « Je me fiche d'avoir des bottes. Et je n'ai pas besoin de jambières.

— Tu devrais t'en soucier, au contraire ! lâcha Irene.

— On pourrait peut-être nous en donner à l'église. C'est là que Mme Ronan a eu celles d'Ann. » Margaret la suivit jusqu'à la porte. « Je sais où est l'église St. Mary, Mme Ronan me l'a expliqué. »

Irene baissa les yeux, se mordit la langue pour ravaler ce qu'elle allait dire. « Je rentrerai peut-être assez tard », annonça-t-elle avant de refermer la porte derrière elle.

« Des petits mendiants, marmonna la femme qui tenait la maison en les laissant patienter dans le vestibule.

— Tu vois ! » fit Thomas.

Margaret gloussa, une main devant la bouche. C'était elle qui avait eu l'idée qu'ils étaient en train de mettre à exécution. Son frère n'avait pas réussi à l'en dissuader, ni par le raisonnement ni par la menace. Pour ne pas courir le risque de la voir s'y lancer seule, il était devenu malgré lui son complice.

Les hauts plafonds, le bois sombre ciré, le calme incroyable, chaleureux, rappelaient la maison des Farley. Le prêtre parut descendre l'escalier en glissant. Grand et élégant dans son ample soutane noire, il avait une charpente plus délicate qu'il ne convenait à un homme, songea Thomas. Sa gouvernante lui avait expliqué la raison de leur présence, annonça-t-il. Margaret s'empressa néanmoins de préciser qu'ils voulaient des bottes et, si possible, des jambières. Son aventure la faisait jubiler, elle qui n'était jamais aussi heureuse que lorsqu'elle pouvait résoudre un problème, elle qui essayait toujours de combler les vides, de boucher d'éternels trous. Un sourire, un comportement aimable, doux, chaleureux, ça marchait toujours. Des jambières, ce serait parfait. N'importe lesquelles. Elle pourrait alors faire de la luge. Avec Ann et sa sœur. Sur les plaques de tôle que M. Ronan avait apportées à la maison. Comme le prêtre gardait le silence, sa voix s'éteignit.

« Talcott, dit-il enfin d'un air songeur. Êtes-vous dans cette paroisse, ou votre famille l'est-elle ? »

Accablée, Margaret regarda son frère. La plaisanterie prenait un tour inattendu. Se montrer aimable, doux, chaleureux n'allait pas suffire.

« Hum ! Je ne sais pas. Peut-être. » Thomas la fusilla du regard. Ici, avec cette lumière tamisée, à côté des jolis meubles, sa sœur avait l'air sale, négligée, sauvage dans son désespoir.

« Êtes-vous catholiques ?

— Oui. » Du moins son père l'était, ou l'avait été, Thomas en était presque sûr.

« Quelle école fréquentez-vous ?

— Nous n'allons pas à l'école. En tout cas, pas pour l'instant. Mais nous irons bientôt. Bientôt. »

Le prêtre les emmena dans le sous-sol poussiéreux en leur recommandant de bien tenir la rampe. La plupart des vêtements d'hiver avaient déjà été distribués, expliqua-t-il en fouillant dans le coffre en bois, profond, placé dans un coin. Voyons, des vieux tissus. Une chaussette. Tiens ! Des bottes en caoutchouc noir pour Thomas ; des bottes d'homme, mais avec des chiffons au bout, elles devraient aller, grommela-t-il avant de plonger de nouveau la main. Ni bottes ni jambières, rien pour la petite fille, constata-t-il d'une voix caverneuse qui montait du coffre. Et ça ? Il brandit un pantalon de garçon en laine, rapiécé aux genoux.

« Non, merci », répondit Margaret avec un mouvement de recul en voyant ce tweed orangé. À ses yeux, il n'aurait pas pu être plus horrible, à moins de contenir un petit garçon.

« C'est de la bonne laine, bien épaisse, fit remarquer le prêtre d'un ton enjôleur. Il te tiendrait chaud. » Il s'obstina, l'assura qu'il n'était pas mal du tout et avait même un petit air crâneur avec ses pièces rouges aux genoux.

« Il ira très bien, merci. » Thomas le lui prit des mains. Il avait envie de partir. Le prêtre posait trop de questions. Sur leur mère, leur père, avant de revenir au sujet de l'école. Et où habitaient-ils ?

« Kressey Court. » C'était la première fois que Thomas répondait directement à une question. Après quoi, ils s'en allèrent enfin.

Les bottes faisaient floc-floc en s'enfonçant dans la neige. Un camion de charbon les dépassa à toute vitesse et les aspergea d'une averse glacée de neige fondue grisâtre. En gémissant, Margaret s'essuya les jambes.

« Tu vois, lui dit son frère avec une joie mauvaise en agitant le pantalon. Tu aurais dû l'enfiler. »

Elle se remit à avancer à grands pas.

« Tes chaussures sont trempées, et maintenant tu as aussi les jambes mouillées. À quoi ça t'avance ? »

Accélérant le pas autant que la couche de neige de plus en plus épaisse le lui permettait, elle ne répondit pas.

« Il n'y a rien qui cloche avec ce pantalon. Tu es trop gâtée, c'est ça le problème. » Contrarié, il avançait à ses côtés dans le froid mordant. Deux jeunes gens descendaient avec peine un escalier raide, écrasés sous le poids d'une énorme armoire en chêne. L'une de ses portes s'ouvrit soudain et une robe en soie rouge glissa sur la neige. Deux valises boursouflées à la main, une femme aux cheveux gris sortit du logement. Elle ramassa la robe, la passa sur un de ses bras et s'engagea dans la rue, derrière les hommes. Vu la distance, l'armoire semblait à présent avancer toute seule, gigantesque carapace de bois en route vers un appartement moins cher, ou un hébergement chez un parent de sa propriétaire, un fils ou une fille. Ou peut-être vers un brocanteur, pour savoir combien il serait prêt à payer le dernier meuble qu'elle possédait.

Thomas courut pour rattraper sa sœur, mais ce n'était pas facile avec les bottes trop grandes qui adhéraient à la neige. « Et t'as intérêt à ne pas faire d'histoires quand maman te dira de le porter. » Il lui attrapa le bras.

« Laisse-moi tranquille !

— Non, sinon elle va se mettre à pleurer à cause de toi. Il ne faut pas la fâcher. Tu dois faire ce qu'elle te dit. D'accord, Margaret ? S'il te plaît ! »

Quelques jours plus tard, en début de soirée, M. Dexter se présenta à la porte. Il demanda à Irene si elle voulait aller faire un tour dans sa voiture. Il allait rentrer chez lui, mais, auparavant, il avait besoin de lui parler. Elle répondit qu'elle ne pouvait laisser ses enfants seuls le soir, mais il était le bienvenu s'il voulait entrer. Ce qu'il prononça alors à voix basse poussa Irene à se retourner sur le seuil et à leur ordonner de monter à l'étage. Vite !

Même avec l'oreille collée au plancher, ils n'entendirent pas grand-chose. Ce fut surtout M. Dexter qui s'exprima, d'une voix retenue, indistincte. De temps à autre, leur mère poussait un soupir lugubre. « Je ne peux pas… j'ai déjà essayé… il n'y a personne… »

Avec impatience, M. Dexter haussa le ton. Le vent qui avait soufflé toute la journée se glissait dans l'avant-toit et couvrait ses paroles.

« Bien sûr que si ! Tu le sais bien ! s'écria Irene.

— Non. Si c'était vrai, si tu étais vraiment sincère, tu trouverais une solution ! » répliqua-t-il d'un ton furieux.

La porte se referma. La voiture vrombit ; il était reparti. Margaret se leva tout de go. Elle avait atteint la porte quand elle entendit les gros sanglots douloureux de leur mère s'élever à travers les lames de parquet. Assis sur le lit, Thomas et Margaret se sentaient plus impuissants que si quelqu'un avait été en train de la frapper. Elle gémit, s'étrangla, puis appela à l'aide, aidez-moi, je vous en supplie ! Ils dégringolèrent l'escalier.

« Maman !

— Allez-vous-en ! grogna-t-elle de son lit plongé dans l'obscurité. Allez-vous-en ! S'il vous plaît, s'il vous plaît, partez, c'est tout ! »

14

PORTANT DÉJÀ BONNET, MANTEAU ET BOTTES, Thomas regardait par la fenêtre. Le temps était ensoleillé, mais glacial. La neige avait fondu plusieurs jours auparavant en donnant au sol gelé l'aspect cannelé d'une planche à laver. Noël allait arriver dans quelques semaines à peine. Les deux enfants étaient surexcités, tout en sachant qu'ils n'auraient pas de cadeaux. Et sans doute même pas d'arbre, répéta Thomas pour préparer sa sœur à cette idée et s'y préparer lui aussi. Au moins, ils étaient avec leur mère. Pourtant, en voyant M. Ronan traîner un arbre maigrichon derrière chez lui, comment ne pas se remémorer le Noël précédent, où ils avaient été tous réunis ?

À l'époque, le petit James était mort depuis près d'un an, et ils étaient tous plus heureux qu'aujourd'hui. Du moins, Thomas avait cette impression. Ils avaient mangé chez le père Bibeau. Comme d'habitude, c'était Gladys qui avait préparé presque tout le repas. Sa mère avait bien dû l'aider, même s'il avait du mal à se la représenter à un endroit particulier, en train d'accomplir telle ou telle tâche. En revanche, il avait gardé en mémoire l'image de Gladys fouettant avec une spatule en bois du potimarron cuit, pendant que Margaret y versait du beurre fondu et de la crème. Son père et Bibeau bavardaient, assis devant le feu de cheminée. Si sa mère avait gardé un silence inhabituel, il ne s'en était pas inquiété. En effet, elle ne supportait pas le vieux bonhomme, mais Henry tenait à ce qu'ils passent ce jour-là en sa compagnie. Après tout, le père Bibeau l'avait recueilli, à un moment où personne d'autre n'y était disposé. Partager le repas de Noël avec sa famille était bien le moins qu'il pouvait faire pour le remercier.

À présent que Thomas y réfléchissait, il se demanda si, ce jour-là, elle avait su qu'elle allait partir. Avait-elle déjà acheté son billet d'autocar ? Ou bien s'était-elle décidée le lendemain, ce matin terrible où il lui avait dit qu'il la détestait ? En réalité, tout ce qu'il voulait demander était : « Pourquoi est-ce que tu ne m'aimes plus ? » Pour quelle raison s'était-elle mise autant en colère ? En fait, il ne s'était rien passé de particulier. Il s'était disputé avec Margaret. Peut-être l'avait-il seulement taquinée, toujours est-il qu'elle s'était précipitée dans la cuisine en pleurnichant. Pendant qu'elle se plaignait, il revoyait sa mère, courbée devant le baquet, en train de fouler la chemise de travail de son père en la pressant du haut en bas de la planche à laver, du haut en bas, avec une telle force qu'il entendait ses jointures frotter contre les cannelures. Margaret réclamait son intervention.

« Ça suffit ! Ça suffit ! Ça suffit ! Tu m'entends ? » avait hurlé sa mère en se ruant sur lui. Les bulles de savon dégoulinaient de ses mains pendant qu'elle le frappait, le giflait, le bousculait, le secouait.

« Je n'ai rien fait ! Qu'est-ce que j'ai fait ? s'était-il écrié, pendant que Margaret suppliait sa mère de cesser.

— Tu es méchant, méchant, méchant, comme ton père. Exactement comme lui ! avait-elle lâché en sanglotant tandis qu'il se blottissait dans le coin de la pièce. J'en ai marre ! Marre, plus que marre d'être seule, personne ne se soucie de moi.

— Je te déteste ! Tu es une mère horrible. Je te déteste ! » avait-il hurlé et, enfin, elle s'était arrêtée. Avait-elle fait sa valise à ce moment-là pour l'emporter ensuite chez tante Lena ?

« Tu les vois ? » demanda Margaret, assise à la table. Elle découpait des journaux pour fabriquer des guirlandes de flocons. Sans arbre pour les accrocher, cette tâche semblait vaine, mais ça lui était égal. Elle les donnerait peut-être comme cadeaux de Noël. Pour sa part, merci bien, il n'en voulait pas, avertit-il. Tant mieux, répliqua-t-elle en taillant dans les pliures minuscules, parce qu'elle n'en avait pas prévu pour lui.

« Les voilà ! » prévint-il, et elle accourut. Les enfants de Kressey Court revenaient de l'école. Tous deux les virent passer devant le cottage pour gagner leur maison.

« Où est maman ? » gémit Margaret. Ils n'avaient pas le droit de sortir avant son retour des courses. La veille, elle s'était attardée jusqu'au moment où il faisait trop noir pour sortir. Il ne restait sans doute qu'une heure de jour.

Ann Ronan agita la main dans la rue. Margaret donna un coup sur la vitre et lui fit signe d'approcher. Ann secoua la tête ; elle n'en avait pas la permission. Sa mère ne la laisserait jamais entrer. Mais le large croissant de la cour représentait plus ou moins un terrain neutre où pouvaient s'aventurer ces enfants exclus pour des raisons de moralité. Clementine avait repéré Margaret à la fenêtre. Elle se précipita dans l'allée et frappa à la porte. « Je vais venir jouer avec toi ! » brailla-t-elle à travers la vitre. Margaret commença par essayer de lui dire que c'était impossible, puis, ne voulant pas la vexer, elle lui ouvrit. Clementine se rua à l'intérieur.

« Tu ne peux pas entrer ! s'exclama Thomas.

— Je suis déjà entrée ! » Elle se déplaçait avec vivacité dans la pièce, fourrait la main dans un vase bleu vide, ouvrait et refermait un coffret en écaille, humait le cendrier en marbre. Chaque fois qu'elle attrapait un objet, Thomas lui intimait l'ordre de le reposer. « Je regarde, c'est tout », disait-elle. Elle porta un coquillage en porcelaine rose à son oreille. Il lui dit de ne pas faire ça.

« Tais-toi ! J'essaie d'entendre la mer.

— Tu n'y arriveras pas. C'est pas un vrai coquillage.

— Si, c'est un coquillage, rétorqua-t-elle d'un ton méprisant en le reposant d'un geste brutal. Hé, c'est quoi, ça ? » Elle souleva une guirlande de flocons et regarda à travers les interstices.

Soulagée de la voir délaisser les objets précieux de sa mère, Margaret replia du papier en carrés de plus en plus petits et lui montra comment découper un motif. Clementine ne tarda pas à se lasser de ses propres tentatives maladroites et préféra suspendre à la fenêtre la guirlande terminée. D'un coup de langue, elle en humidifia le dos et le plaqua contre la vitre. Les flocons ne cessaient de tomber à terre. Thomas lui dit qu'elle ferait mieux de s'en aller. Sa mère allait bientôt revenir. Clementine répliqua qu'il était jaloux parce qu'elle jouait avec Margaret et pas avec lui, et décida qu'il fallait de la pâte pour maintenir la guirlande en place. Elles n'avaient qu'à en préparer, s'écria-t-elle en attrapant sur l'étagère la boîte rouge en fer-blanc contenant la farine.

« Margaret ! » lança Thomas d'un ton d'avertissement, mais sa sœur ne réagit pas.

Il lui fallait une poêle et une cuiller, déclara Clementine. Elle obligea Margaret à aller les lui chercher dans la petite cuisine. De l'eau, maintenant. Elle souleva le dessus de la cuisinière pour augmenter la flamme. Margaret ne put alors supporter plus longtemps sa propre lâcheté polie. Ils n'avaient pas le droit de faire la cuisine, annonça-t-elle.

« Je ne fais pas la cuisine. » Avec maladresse, Clementine ajouta des cuillerées de farine dans la poêle. « Je fais seulement de la pâte. » Elle versa de l'eau à l'aide du gobelet métallique que Margaret lui avait donné. « Comme ça, la guirlande va rester collée. » Elle se pencha pour remuer le mélange bouillonnant. « Encore un peu de farine. » Seulement, cette fois, elle renversa la boîte au lieu de se servir de sa cuiller pour en ajouter. Le flot de farine tomba dans la poêle en arrosant par la même occasion la cuisinière, les chaussures de Clementine et le sol. Un nuage de poudre blanche flottait dans l'air.

« Regarde ce que tu as fait ! beugla Thomas. Regarde-moi un peu ce gâchis ! Tu vas pas t'en tirer comme ça ! »

Clementine se rua vers la porte et la referma derrière elle. Margaret essaya d'ôter la farine avec un balai et une pelle. À l'aide du torchon mouillé, Thomas effaça les traces blanches que Clementine et lui avaient laissées sur le tapis du salon. La sonnette retentit. Certain que Clementine était revenue, il ouvrit la porte d'un geste rageur.

« Parfait ! » Le prêtre à la haute taille avait les bras chargés. « J'ai donc trouvé la bonne maison. Bonjour, Margaret ! » ajouta-t-il lorsqu'elle sortit de la cuisine.

Les enfants lui apprirent que leur mère n'était pas là, mais il affirma qu'il ne resterait qu'une minute. Il ouvrit un sac et leur montra ce qu'il leur avait apporté. Pour

Thomas, une casquette en laine rouge, avec des rabats en peluche pour les oreilles. Une paire de moufles rouges tricotées. Et, regarde un peu, une chemise de flanelle en parfait état. Juste une petite tache sur la poche, fit-il en essayant de la gratter avec un ongle. Et pour Margaret – il retira d'un autre sac une paire de jambières en laine bleue, « pour filles ! » annonça-t-il en levant le haut au niveau de sa poitrine. Des bottes de fille. Il les déposa sur le sol. Et un beau bonnet bien chaud, avec des moufles assorties !

« Merci. » Margaret avait un grand sourire.

« Quelle est cette odeur ? » Le prêtre leva la tête et renifla la fumée qui s'échappait de la cuisine. Non seulement le mélange collant était calciné au fond de la poêle, mais la farine renversée sur la cuisinière était en train de brûler. Le balai toujours à la main, Margaret resta un instant pétrifiée, les yeux fixés sur le prêtre qui s'empressait de mettre la poêle carbonisée sous le robinet. En se servant du torchon pris à Thomas, il tentait de retirer la farine tombée sur la cuisinière.

« Que s'est-il passé ? Qu'est-ce que vous faites ? Qui êtes-vous ? » demanda Irene sur le seuil.

C'était la faute de Clementine, s'efforcèrent-ils de lui expliquer, pendant que le prêtre se présentait. Père Harrington. Il venait d'arriver avec des vêtements chauds pour les enfants quand le feu avait pris.

« Le feu ? » lâcha-t-elle, le souffle coupé, les yeux gonflés, irrités. Il n'y avait pas très longtemps qu'elle avait pleuré, si bien que, toutes prêtes, les larmes jaillirent. C'en était trop pour elle. Elle n'en pouvait plus. Elle n'en pouvait vraiment plus.

« Il faudrait ouvrir les fenêtres, grommela le prêtre en forçant sur les châssis à guillotine récalcitrants.

— Pardon, maman ! » Margaret pleurait en voyant sa mère aussi affligée.

Irene, en effet, ne parvenait pas à les regarder, ni même à lever la tête, et, assise sur une chaise, sanglotait. « Je n'y arrive pas… Je n'y arrive pas… Je n'y arrive pas… Je n'y arrive pas…

— À quoi donc ? » Chaque fois que le prêtre lui posait la question, elle gémissait. Il glissa un genou à terre pour mieux l'entendre. « Dites-moi, à quoi n'arrivez-vous pas ? C'est la fumée ? Vous n'arrivez pas à la faire sortir ? Je vais vous aider. C'est ça ? Dites-le-moi. Allons, répondez-moi. »

Lorsqu'il lui effleura la main, elle leva la tête. Jadis si joli, son visage était tellement ravagé par le chagrin que ses enfants gardèrent le regard rivé au sol.

« À ça ! siffla-t-elle en tournant vers lui ses yeux mouillés, irrités, qui exprimaient colère et regret mêlés. À tout ça. »

St. Elizabeth. Le premier jour, Thomas fut bousculé avec une telle force que, chancelant, il alla heurter une porte.

« Ne viens pas te coller devant moi ! » gronda son assaillant, un garçon baraqué plus âgé que lui, vêtu du pantalon marron et de la chemise beige qu'ils portaient tous.

Thomas l'observa pendant qu'il avançait dans le couloir d'un air fanfaron. Margaret se trouvait dans la moitié du bâtiment réservée aux filles. Ils se voyaient aux repas, mais ne pouvaient pas se parler. Ils mangeaient dans le même réfectoire, les garçons d'un côté, les filles de l'autre, avait expliqué sœur Mary Sebastian quand le prêtre les avait amenés. Ils avaient de la chance. St. Elizabeth était plein à craquer, mais le père

Harrington avait convaincu la religieuse de les accepter. Leur mère était en plein désordre mental. Sans travail, sans mari, la pauvre femme avait déjà du mal à s'occuper d'elle-même. C'était la Providence, oui, une force divine qui l'avait poussé vers le petit cottage. Juste à temps. Un feu. Une mère au bord de l'effondrement. Puis la générosité de Louis Dexter.

M. Dexter était arrivé dans la soirée, peu après le départ du père Harrington, qui avait promis de revenir le lendemain à la première heure. Il expliqua que le prêtre l'avait appelé. Les enfants entendirent sa voix osciller entre colère et exaspération. Comment Irene osait-elle solliciter l'intervention d'un prêtre ? Qu'espérait-elle obtenir de lui par ce moyen ? Que pouvait-il faire ? Irene devrait réfléchir un peu, voyons, un homme de sa condition ! Il avait sa propre situation à prendre en considération. Irene aurait dû se montrer franche dès le début – sur son état civil. Et ses enfants. Bien sûr que ça changeait tout. Comment le contraire serait-il possible ? Elle était mariée et mère de deux enfants, des enfants du même âge que les siens. Il devait penser à sa propre famille, veiller à son bien-être, à son bonheur. Son épouse n'était pas en bonne santé. Un tel scandale la démolirait.

La fumée de cigare qui s'infiltrait dans la mansarde glacée sentait la honte et le regret. Les cigares auraient toujours cette odeur.

La voix monocorde d'Irene s'éleva pour poser une question. Ses mots étaient implacables dans leur insistance obstinée.

« Oui ! Oui ! » Bien sûr qu'il s'intéressait à elle.

De nouveau la question fut inlassablement répétée, morne litanie funèbre.

D'accord ! Oui ! Oui ! Il l'aimait ! N'empêche qu'il ne pouvait rien faire, ne le comprenait-elle pas ?

Bien que modeste, le don consenti par M. Dexter à St. Elizabeth était une chose remarquable en elle-même, dans la mesure où il était épiscopalien. La mère des enfants avait été employée dans son usine à un moment donné, mais ce n'était pas un endroit assez raffiné pour une telle nature. Il l'avait donc aidée en attendant qu'elle trouve un emploi plus approprié.

Durant sa première nuit à l'orphelinat, Thomas resta longtemps éveillé. Entouré par un si grand nombre d'autres garçons qui murmuraient et gigotaient, il ne parvenait pas à s'endormir. Comme il était le dernier arrivé, on lui attribua un lit placé au milieu de la salle. Ceux qui s'alignaient contre les murs étaient les plus convoités, souffla Monty, son voisin. La religieuse venait de passer pour avertir Monty qu'il ne devait plus mouiller son lit. « Mais ça prend un moment avant d'en avoir un là-bas. Le mieux, c'est le lit installé dans l'angle, reprit Monty dès le départ de la bonne sœur. C'est Robert Groomes qui l'a, parce qu'il est ici depuis plus longtemps que tout le monde. »

Thomas leva les yeux au plafond. « Depuis combien de temps ? » demanda-t-il tout bas, la tête retombant sur l'oreiller. Groomes était le garçon qui l'avait poussé contre la porte.

« Depuis qu'il est tout petit. Ça doit faire dix ans.

— Dix ans !

— Ouais. Plus à St. Leo. Il est aussi resté un moment là-bas. »

Thomas croisa les bras devant son visage. Dix ans. Ça ressemblait plus ou moins à une peine de prison. Son père ressentait-il lui aussi cet engourdissement ? C'était peut-être une question d'habitude. Dix ans. Il serait déjà vieux en sortant. Il aurait vingt-deux ans. Et Margaret dix-huit. C'était elle la fautive. Une fois de plus, elle avait tout fichu en l'air. Vexer Clementine n'était pas bien grave. Margaret n'aurait jamais dû accepter qu'elle entre. Personne ne lui ouvrait sa porte à Kressey Court. Margaret laissait toujours les choses horriblement mal tourner, et ensuite, pétrifiée, elle ne savait plus quoi faire. Pauvre Margaret. Le père Harrington avait été obligé de l'arracher à sa mère pour qu'elle monte dans la voiture. Quelqu'un pleurait. Thomas écarta les bras pour jeter un coup d'œil.

« Ferme-la, Monty, dit quelqu'un.

— C'est pas moi, répliqua Monty en reniflant.

— Si, espèce de chialeur.

— Non, c'est le nouveau.

— Hé là ! » Thomas se redressa. Monty lui tournait le dos.

« Avec lui, c'est toujours le nouveau », fit la voix en bâillant.

Excepté le fait qu'il mangeait et dormait aussi dans ce bâtiment, il avait presque l'impression de se retrouver dans une vraie école. Filles et garçons étaient regroupés pour les cours, mais quatre classes le séparaient de Margaret. Pendant la récréation, ils se regardèrent, chacun dans un coin de la cour. Margaret maniait une extrémité d'une corde à sauter. Sa robe marron ressemblait à toutes les autres. Trop grande, elle dépassait de son manteau, et son ourlet irrégulier lui pendouillait au-dessus des chevilles. N'étant plus coiffés par sa mère, ses cheveux épais étaient de nouveau tout emmêlés.

« Bonjour, Margaret. » Il l'avait rejointe.

« Bonjour. » Elle continua à faire tourner la corde. La fillette qui sautait en était à soixante-dix-huit.

« Demain, c'est samedi. Maman viendra peut-être. »

Il crut la voir incliner la tête. Elle semblait hébétée. « Et peut-être même papa, lui aussi. » À voix basse, il lui répéta que l'une des lettres qu'Irene était allée poster le jour où la pâte avait brûlé lui était adressée. S'il n'avait pas vraiment vu cette lettre, il trouvait logique que leur mère ait écrit à Henry, aux bons soins du shérif, pour lui demander de venir les chercher dès que possible. Quant à l'autre missive, il ne savait pas au juste à qui elle l'avait envoyée. « Sûrement pas à tante Lena. Oncle Max a dit de ne pas le faire.

— Quatre-vingt-onze, quatre-vingt-douze… », chantonnaient les petites filles, pressées de prendre leur tour. Avec d'horribles grimaces, la première de la queue essayait de faire rire et trébucher celle qui était en train de sauter.

« Dis-moi quelque chose. » Il donna un coup de coude à sa sœur.

« Quoi ? demanda-t-elle, le regard fixe.

— J'en sais rien. » N'importe quoi, pourvu que ça le requinque, tout comme, pour sa part, il tentait de remonter le moral de Margaret. Pourquoi était-ce toujours à lui de faire tous les efforts pour arranger les choses ? Il la poussa de nouveau du coude, plus fort, cette fois. La corde fit un écart et frappa la cheville de la fillette qui sautait.

« Aïe ! s'écria-t-elle.

— Jè t'ai vu ! » affirma sœur Mary Joseph. Petite, massive, presque aussi large que haute, elle attrapa ses longues et lourdes jupes et s'approcha sans grâce aucune, dans un cliquetis de chapelet et de clés. Ses joues saillaient, ceintes par la guimpe empesée. « Tu l'as poussée. Tu l'as délibérément poussée, jeune homme ! » Sa main se referma sur l'épaule de Thomas.

« Je l'ai heurtée. Sans le faire exprès ! » Il haussa les

sourcils, supplique adressée à Margaret afin qu'elle confirme ses dires, mais sa sœur avait trop peur de cette religieuse au visage cramoisi pour venir à son secours.

« Tu étais en train de l'embêter. Je t'ai vu.

— C'est ma sœur.

— Voilà qui aggrave encore les choses, jeune homme ! » s'exclama la religieuse d'une voix haletante en entraînant Thomas dans le bâtiment.

Une double retenue signifiait ne pas avoir de récréation pendant deux jours. Au lieu de quoi, il pèlerait carottes et pommes de terre dans les cuisines. Assis sur un tabouret bas, il maniait le couteau éplucheur autour de la pomme de terre. Il s'était coupé au doigt. Le cuisinier était un homme au regard mauvais, une cigarette éternellement plantée au coin des lèvres. Deux religieuses travaillaient elles aussi dans les cuisines. La plus âgée confectionnait pain et pâtisseries, secondée par une sœur beaucoup plus jeune, qui portait des verres si épais que ses yeux semblaient flotter derrière. Le cuisinier venait de traîner un nouveau sac de patates devant Thomas. Il attrapa une pomme de terre pelée. « Qu'est-ce que c'est que ça, bordel ? » Des cendres volaient à chaque mot prononcé.

« Je ne sais pas. Du sang ?

— Bon Dieu ! » Il la jeta dans le seau et agrippa Thomas par le bras.

« Monsieur Kent ! » s'écria la religieuse plus âgée sur un ton d'avertissement. Elle préparait des petits gâteaux aux raisins et faisait tomber des cuillerées de pâte sur de longs plateaux que la plus jeune glissait dans le four.

« Son sang dégouline sur les patates ! répliqua le cuisinier en écartant le bras de Thomas.

— Dans ce cas, il ne devrait pas les peler. Attribuez-lui une autre tâche, monsieur Kent.

— J'ai pas d'autre boulot à lui donner, sauf si vous voulez aussi du sang dans le pain de viande. J'vous ai dit et répété que c'était pas un endroit pour les gosses. J'suis pas maton, bon Dieu, j'suis cuisinier ! » Après quoi, il lança dans l'évier un couvercle qui retomba avec fracas.

La jeune religieuse se hâta d'aller demander son nom à Thomas. « Bon, Thomas, tu vas venir m'aider. Mais d'abord, nous allons nous occuper de cette coupure. »

Pendant que M. Kent abattait bruyamment louches et conserves en se déplaçant dans la cuisine, elle lava la main de Thomas sous l'eau chaude, puis la sécha. Quand elle prit la parole, ce fut en zozotant derrière de larges dents écartées. Elle voulut alors savoir depuis combien de temps il se trouvait dans l'établissement et quel quartier de la ville il habitait. Kressey Court, répondit-il, en expliquant qu'il venait en fait de Belton, dans le Vermont. Pour appliquer la gaze sur la coupure, elle se pencha tellement vers lui qu'il sentit son souffle sur sa main. Des mèches folles de cheveux roux dépassaient de sa guimpe. Ses cils et ses sourcils, rouge orangé, étaient grossis par les verres épais. Thomas ne pouvait détacher d'elle son regard. La peau, qui lui avait tout d'abord paru enflammée, était parsemée de taches de rousseur. Jamais il n'en avait vu autant sur un visage. La sœur découpa une bande de tissu qu'elle lui enroula délicatement autour de la main. Il jugea plus sage de ne pas évoquer M. Dexter, expliqua que sa mère était malade, puisque c'était la version du prêtre. Il lui parla de la pâte brûlée, de leur trajet écourté en autocar, de l'enseignement soporifique de M. Wentworth dans le salon surchauffé des Farley, du chaton de Margaret, qui avait griffé le père Bibeau, de sa peur bleue lorsque, couché sous la tente, la nuit, il entendait les crapauds coasser, les ratons laveurs rôder tout près, sous des étoiles si proches qu'elles semblaient presque crépiter.

« Eh bien, quelle aventure ! » Elle lui sourit, lui rendit sa main et fut obligée de la lui poser sur les genoux car, peu habitué aux contacts physiques, il avait oublié qu'elle lui appartenait.

Une fois que la punition de Thomas eut pris fin, Margaret tomba gravement malade. La fièvre l'avait terrassée en pleine nuit. Elle pouvait à peine marcher tant ses articulations étaient douloureuses, et son estomac ne tolérait ni solide ni liquide. On l'avait transportée à l'infirmerie, un petit bâtiment voisin en brique, avec des vérandas aux hautes fenêtres orientées au sud. Là, les jeunes convalescents, allongés, s'aéraient les poumons au maigre soleil de l'après-midi. Margaret y resta trois jours. Durant toute cette période, qui tombait pendant les vacances, son frère demeura désœuvré dans la cour. Pire que la solitude, le sentiment d'être coupé de tout l'habitait. D'un moment à l'autre, les choses tourneraient peut-être mal pour lui. Groomes, ou n'importe lequel des grands garçons, risquait de le prendre en grippe et de le battre, ou une violente rafale pouvait le soulever de terre et l'éloigner encore davantage des rares personnes qui le connaissaient. Semblant avoir besoin d'un soutien, il s'adossait au mur de brique rugueux. Aux repas, il ne mangeait que les pâtisseries et petits gâteaux que sœur Mary Christopher avait enfournés puis sortis du four, la seule tâche de cuisine que sa vue déficiente lui permettait d'exécuter. Il aurait bien voulu se trouver à ses côtés. Au terme de sa punition, la religieuse n'ignorait plus rien de sa vie, pas même l'épisode du Palomino nickelé à deux lames, ni l'arrestation de son père, qui avait seulement essayé de récupérer son bien. Bon, en réalité elle savait presque tout : en effet, s'il lui parla de Jesse-boy, il n'évoqua pas ses dessins salaces, son nez cassé, les glapissements joyeux de M. Dexter, le chahut qui montait de la chambre, le chaton qu'il avait fait passer par-dessus bord et qui avait trouvé la mort. Il ne révéla pas que sa mère était partie parce qu'elle le détestait, ni que sur le moment il la détestait aussi, car c'était fini maintenant, ça n'avait plus d'importance. Rien ne semblait plus en avoir.

Une semaine s'était écoulée. Personne n'était venu les voir, toutefois peu d'enfants avaient de la visite, si bien qu'il n'en fut pas trop affecté. Quand il aperçut sœur Mary Christopher et une autre religieuse dans la cour, il eut un choc en la voyant boiter. Tout en agitant la main, il s'élança dans sa direction, mais elle avait déjà disparu à l'intérieur. Se sentir ignoré lui porta un coup au cœur. Il n'aurait pas dû autant se confier. Elle avait sans doute peur qu'il se remette à jacasser et qu'elle ne réussisse plus à se débarrasser de lui.

« Hé ! Talcott ! Ta sœur est sortie de l'infirmerie ! lui lança Monty. Je viens de la voir. Elle est retournée dans le bâtiment principal. »

Même si c'était interdit, il se hâta d'entrer et de grimper l'escalier métallique bruyant. Comme d'habitude, la porte de l'aile réservée aux filles était fermée à clé. Il appuya sur la sonnette, frappa, sonna une nouvelle fois en frottant le bout de son pied contre la grille. Sœur Mary Marion ouvrit enfin la porte, agacée de trouver un garçon sur le seuil. Elle était la directrice des filles. Oui, confirma-t-elle, on avait ramené Margaret dans sa chambre. Elle allait mieux mais était encore faible et devait rester alitée pendant au moins une semaine. Il demanda s'il pouvait la voir. Juste une minute. Pour lui dire bonjour. Non, elle se reposait. Quand il se présenta le lendemain, la même religieuse refusa. Le troisième jour, il voulut savoir si Margaret avait repris des forces. Grande, autoritaire, sœur Mary Marion le toisa de toute sa hauteur, et son regard perçant lui rappela Gladys. Il verrait Margaret dans cinq jours. Pas avant. Avait-il bien compris ? Sinon, elle chargerait sœur Mary Martin, la directrice des garçons, de le lui expliquer. Oui, répondit-il en élevant la voix, affolé, craignant de voir la porte se refermer. Margaret se rétablirait plus vite si on lui permettait de le voir, brailla-t-il. « Un rien la terrifie, mais si elle…

— Thomas ! » Sœur Mary Marion franchit le seuil. La lourde porte en chêne se referma derrière elle. « Tu as trop besoin de ta sœur, ce n'est pas normal. Tu dois apprendre à te passer des autres et à ne compter que sur toi. Un jour prochain, ce ne sera peut-être pas un simple mur qui vous séparera. Certains enfants ne restent pas longtemps ici. Ils sont accueillis dans des familles. Si ça arrive, il faudra que tu t'habitues à être seul. Tu devras laisser partir Margaret, Thomas. » Elle ouvrit la porte et entra. « Nous devons tous en passer par là à un moment ou à un autre de notre vie, conclut-elle d'une voix douce, gentille, avec un petit sourire peiné, soucieux. Ça ne sera pas aussi difficile que tu le crois, je t'assure. »

Thomas était posté à la porte lorsque les fillettes la franchirent à la queue leu leu, leurs voix emplissant la cour. Il cherchait des yeux celle qui avait les joues roses. La dernière fois qu'il avait vu sa sœur, elle tenait l'autre bout de la corde. « Hé ! Oui, toi ! appela-t-il en la rattrapant. Tu connais ma sœur, Margaret ? Margaret Talcott ? »

Elle fit un signe de tête, mais garda les yeux baissés.

« Tiens, donne-lui ce mot. » Il lui tendit un bout de papier replié en un petit carré serré. « Tu veux bien ? C'est de ma part.

— Non. On ne peut pas faire passer des mots. On n'a pas le droit.

— Mais je suis son frère. Elle est malade. C'est juste pour lui dire bonjour. » Il ouvrit son message et le lui montra. « Tu vois ? Regarde. Lis-le.

— Hé, Empaffeur ! » C'était Groomes. Il s'était mis à appeler Thomas « Empaffeur », ce qui, pour une raison ou une autre, faisait rire tout le monde. « Qui c'est, celle-là ? Ta petite amie ? » Il approcha, entouré par quatre garçons, tous plus petits que lui d'une bonne tête. Le plus jeune était Monty. Humiliée, la fillette s'enfuit. « Fais voir ! » Groomes lui arracha le message et le lut tout haut.

> *Chère Margaret,*
>
> *J'espère que tu vas mieux. J'ai essayé de te voir à trois reprises, mais la sœur a dit que c'était impossible. S'il te plaît, écris-moi un petit mot. Je me sens très seul. Tu me manques beaucoup.*
>
> *Affectueusement,*
>
> *Thomas*

Les quatre garçons s'esclaffèrent, Monty plus fort que les autres.

« Rends-moi ça ! » Thomas sautilla autour de Groomes pour essayer d'attraper le bout de papier. Groomes le levait au-dessus de sa tête et feignit de lire : « Tu es ma chérie adorée, j'ai envie de t'embrasser et de te… »

Presque sans effort, Thomas s'élança et lui tomba sur le dos. Ses deux bras se refermèrent autour du cou épais et de la face charnue. Tout en jurant, Groomes pivota pour essayer de le repousser, mais, comme Thomas tenait bon, il vacilla, puis trébucha. Son assaillant pesait toujours sur son dos, aussi Groomes s'écroula-t-il à quatre pattes. Thomas se mit à lui marteler la tête. Un attroupement de garçons s'était formé. Certains comptaient parmi les anciennes victimes de Groomes et hurlèrent à Thomas de lui régler son compte, de le frapper, de le tuer.

« D'accord, d'accord ! » grogna Thomas avant de le cogner si fort sur le côté de la tête qu'une vive douleur lui remonta jusqu'à l'épaule.

Quelqu'un le tirait par le bras. « Espèce de salaud, de dégueulasse, de pourri ! » Il sanglotait encore lorsque les deux religieuses le relevèrent d'un coup sec. Groomes avait un œil en sang. Accroupi, le visage sur les genoux, il pleurait lui aussi.

« Tu vas venir avec moi, jeune homme », déclara l'une des religieuses avec insistance, en essayant de l'entraîner hors de la cour. Il avait beau savoir qu'il avait intérêt à se laisser maîtriser et emmener vers le lieu de sa punition, il s'en révéla incapable, oui, incapable d'avancer à côté de la bonne sœur pour retourner de force dans cet énorme bâtiment. Il se dégagea donc. Aussi violemment que possible. Il vit alors une simple tache noire, floue, qui s'agrippait à la rampe.

Il fut question de l'envoyer à l'institution St. Leo pour jeunes en difficulté. Au lieu de quoi on lui imposa une nouvelle retenue. De plus, il devait prendre tous ses repas à la longue table des religieuses et manger en silence. Aucune d'elles ne lui adressait la parole. On lui passait pain et beurre, betteraves et pommes de terre, fricassée de poulet nageant dans son éternelle sauce blanche, sans même lui accorder un regard. Personne ne croyait à sa version des faits, à savoir qu'il n'avait pas frappé la religieuse mais simplement tenté de se dégager. Sœur Mary Christopher ne le croyait pas non plus. Les deux derniers jours, elle n'avait pas prononcé un mot, sauf pour lui attribuer ses tâches. Aujourd'hui, ils étaient seuls dans la cuisine et il avait eu droit à du caramel au beurre. C'était délicieux, lui dit-il en raclant sa cuiller dans le bol pour ne rien laisser. Voulait-il une autre part ? demanda-t-elle, et, cette fois, il la mangea plus lentement. Elle avait préparé le dessert toute seule. Hier, après le départ de sœur Mary Frances.

« Donc, vous voyez assez pour cuisiner ? » Il était surpris.

« Je vois assez pour faire des tas de choses. » Elle empila une poêle sale sur les autres. « Il faut simplement que je sois prudente. » Elle se mit à rire, et il lui sourit d'un air reconnaissant. « Sinon, je pourrais mettre le feu.

— Est-ce que vous êtes aveugle ? » Il ouvrit le robinet.

« Non, j'arrive à te voir. » Elle était tout près de lui, mais semblait regarder un point au-dessus de sa tête. « Je ne distingue pas les détails, c'est tout.

— Oh ! » Il commença à récurer une poêle. « C'est pas plus mal, reprit-il en haussant la voix pour couvrir le bruit de l'eau qui coulait. Est-ce que vous êtes née comme ça ?

— Voilà une question un peu trop personnelle. » Elle paraissait étonnée. Sa main tâtonna au-dessus de l'égouttoir pour trouver une large spatule qu'il avait lavée. Après l'avoir essuyée, elle la suspendit près du four. Il l'observait pendant qu'elle boitillait dans la cuisine, ses mains tâtonnant sur chaque surface, moins pour chercher un objet que pour évaluer les distances, déterminer sa position, trouver ses repères.

« Je n'ai pas frappé cette dame, cette sœur, je vous assure.

— Tu ferais bien d'apprendre à te contrôler. » Elle lui apporta une autre poêle à laver.

Tout en la frottant, il tenta de lui expliquer que Groomes s'était emparé du mot destiné à sa sœur et l'avait lu tout haut devant les autres.

« Mais ce n'était pas vraiment contre lui que tu étais furieux, n'est-ce pas ? » Elle fit courir un doigt au fond de la poêle pour vérifier s'il ne restait pas de graisse avant de l'essuyer.

« Bien sûr que si, c'était contre lui.

— Non. En réalité, c'était sœur Mary Marion que tu frappais parce qu'elle t'avait interdit de voir ta sœur. Et cette dame de la ferme laitière, dont tu m'as parlé. Et aussi cet horrible vieillard. Et enfin ta mère. En voilà une à qui tu aimerais bien flanquer une beigne, pas vrai ?

— Non ! Je ne ferais jamais une chose pareille.

— Si. » Elle s'essuya les mains, puis jeta le torchon par-dessus son épaule. « Ça ne saurait tarder. Tu y vas tout droit. Un de ces jours, tu frapperas même Margaret. Pour peu qu'elle te mette en rage. » Elle avait empilé les moules à *muffin* et les avait rangés sur une étagère en bois. « Si ce n'est déjà fait », ajouta-t-elle en se tournant vers lui. Ses yeux ternes, mi-clos, grossis par les verres, fixèrent un point derrière lui.

Thomas frotta avec une énergie accrue tant le ressentiment bouillonnait en lui. Sœur Mary Christopher n'arrivait même pas à voir ou à marcher correctement, alors comprendre les choses, vous pensez !

« Tu ne veux pas finir en prison comme ton père, dis-moi ? »

Il pivota. « Mon père n'a frappé personne ! Il essayait seulement de récupérer ses affaires !

— Et toi aussi, tu essayais de récupérer ton bien ? Ton petit mot ? Ta sœur ? »

Il ne répondit pas. Rien ne l'y obligeait. Elle n'était même pas censée lui parler.

« Thomas. » Elle lui effleura l'épaule et sa main s'attarda là un instant. « Autrefois, je voyais aussi bien que toi. Je ne boitais même pas. Je pouvais courir avec les autres et faire tout ce que font les enfants normaux. Mais un jour, quelqu'un s'est mis en colère. Pas contre moi, non, ça n'avait aucun rapport avec moi. Je suppose que j'ai alors hurlé, ou que je me suis soudain élancée dans sa direction. Bref, je lui ai fait peur, alors il m'a attrapée et jetée en bas de l'escalier.

— Quel âge aviez-vous ?

— Quatre ans.

— Qui vous a fait ça ?

— Aucune importance. Il l'a fait, c'est tout, et ensuite, rien n'a jamais plus été pareil.

— Donc, une fois plus grande, vous… vous… bon, vous êtes venue ici et vous avez décidé d'être bonne sœur. » Il bafouillait parce qu'il avait failli dire : « Vous n'aviez pas d'autre solution. »

« On m'a envoyée ici. Aussitôt après. Ils étaient pauvres. C'était trop dur pour eux de me voir dans l'état où j'étais. Dans l'état où je suis, ajouta-t-elle avec un petit rire léger.

— Moi, je détesterais ne pas bien voir ! Je ne sais pas ce que je ferais ! » cria-t-il d'un ton furieux. Il commençait à comprendre à quel point le monde pouvait être dur et les gens cruels, pas seulement le père Bibeau, les Farley et T. C. Whitby à Belton, dans le Vermont, mais des gens qu'il ne connaissait même pas.

15

MARGARET ALLAIT MIEUX. Il la voyait passer dans le couloir ou l'apercevait à table, dans le coin opposé du réfectoire bondé. Elle avait maigri. Sa robe pendait sur son ossature décharnée en formant de grands plis. Pendant sa maladie, on lui avait coupé les cheveux, sans la moindre habileté. Tel un bonnet de fourrure aux poils ébouriffés, ils se dressaient autour de son visage blême.

Il neigeait depuis trois jours. La semaine prochaine, ce serait Noël. Dans les salles de classe, les fenêtres étaient décorées avec les guirlandes de flocons et les cartons à rayures multicolores que les enfants découpaient et coloriaient tous les jours pendant leur dernière heure de cours. Les guirlandes de Margaret étaient peut-être accrochées à la fenêtre de sa mère. À moins qu'elle les ait réservées à l'arbre de Noël. Thomas était persuadé qu'ils ne passeraient pas les fêtes à l'institution. Sa mère ne le tolérerait pas. Même si elle était encore malade, elle viendrait les chercher. Ou, du moins, elle viendrait les voir. Si elle ne l'avait pas fait jusqu'ici, c'était peut-être parce qu'elle voulait les surprendre le matin de Noël. Qu'ils n'aient pas de cadeaux lui était égal. Être avec elle serait le plus beau cadeau de tous.

« Prenez vos places, les enfants ! » s'écria sœur Mary Andrew d'une voix excitée. D'un geste de la main, elle les faisait entrer l'un après l'autre dans la salle des fêtes. « Prenez vos places, prenez vos places habituelles. Allons, dépêchez-vous. Ne faites pas attendre ces gentilles dames. »

Les petits devant. Les grands derrière. Les garçons à gauche. Les filles à droite. Comme d'habitude. Thomas se redressa sur son siège pour chercher Margaret des yeux. Il ne distingua que le sommet broussailleux de sa tête. Sur la scène, des pieds se déplaçaient derrière le rideau cramoisi. Des talons hauts. Des chevilles. Il y avait là de vraies dames. Comme sa mère. ASSOCIATION CARITATIVE FÉMININE DE COLLERTON, pouvait-on lire en lettres rouges et dorées sur la pancarte. Les lumières s'éteignirent peu à peu. Son cœur battait à toute allure. L'année dernière, malgré la tempête de neige, ils étaient allés à pied chez les Bibeau afin que sa mère puisse demander à Gladys de les accompagner en ville. Tante Lena recevait des invités, et son père n'était pas encore rentré à la maison. Par la suite, il invoquerait l'excuse d'une panne de camionnette en rase campagne, mais Irene affirma que ça l'arrangeait bien d'avoir oublié. Son père détestait les fêtes, surtout celles de tante Lena. C'était bruyant, oncle Max racontait des histoires paillardes, tout le monde buvait et fumait, même les femmes. Lorsque Gladys les avait déposés, trempés et frissonnants, la fête battait déjà son plein.

« Regardez un peu ! Ma petite sœur est là ! Elle a réussi à venir de la ferme ! Ça fait un bout de chemin ! s'était écriée tante Lena, déjà à moitié soûle.

— Il faut que je parte d'ici. Il le faut, avait dit Irene d'une voix basse, tendue.

— Quoi ? Tu quitterais le beau Henry ? » Tante Lena

s'était mise à rire et avait trébuché en essayant d'ôter son manteau à Margaret. Elle n'avait pas dégrafé le bouton du col. « Tu ne vas pas faire ça, tu le sais très bien. »

Le rideau s'ouvrit. Le côté droit peina, puis s'immobilisa. L'un des grands garçons se hâta de sortir des coulisses pour le tirer. Sœur Mary Sebastian, la directrice, présenta les dames et les remercia à la fois pour venir distraire les enfants chaque année et pour les bonnets, moufles et écharpes qu'elles avaient tricotés, des présents particulièrement nécessaires et vivement appréciés. Dans leur robe bleue de choriste, les dames sourirent aux enfants qu'elles ne voyaient pas à cause des feux de la rampe aveuglants et poussiéreux. Une autre dame dodelina de sa tête argentée en commençant à jouer du piano.

« Douce nuit, sainte nuit. Tout est calme, et sans bruit. Dans une pauvre étable… », chantèrent-elles.

Le regard fixé sur elles, les enfants écoutaient avec attention. Bien sûr que sa mère n'était pas sur la scène. Jamais elle ne les surprendrait de cette manière. Elle viendrait, tout simplement. Même si, pour les voir, il lui fallait affronter une tempête de neige.

« Dort l'enfant adorable, d'un céleste repos. »

Une immense vague de chaleur gagna le cœur de Thomas. Il plissa tant les yeux qu'il ne vit plus que de vagues silhouettes bleues sous les projecteurs. Paroles et musique trouvaient un écho douloureux en lui. D'un moment à l'autre, sa poitrine allait éclater ; à cause de quoi, il ne le savait pas au juste. Cette sensation était merveilleuse, même si elle faisait mal.

Le problème entre les deux garçons perdurait du fait que Thomas avait ignoré ce Groomes brutal, remuant, agressif. Certes, Groomes le traitait toujours d'empaffeur, le bousculait en faisant la queue à la cantine, renversait son lait, mais une nouvelle règle du jeu s'était imposée. En outre, Thomas avait peur de ne pas être autorisé à voir sa mère à Noël s'il se lançait dans une autre bagarre.

Les joues de Margaret avaient retrouvé leurs couleurs. Elle s'était fait de nombreuses amies. À présent, chaque fois qu'il la voyait, elle semblait pressée de s'éloigner. Soit elle marchait bras dessus, bras dessous avec l'une des fillettes qui se disputaient ses faveurs, soit elle se distinguait lors d'un concours de saut à la corde, en jouant à la balle au prisonnier ou au pirate. N'acceptant pas de la voir heureuse, il l'observait de l'autre côté de la cour. Ici, rien ne procurait le moindre plaisir à Thomas. En revanche, il n'avait pas fallu longtemps à Margaret pour oublier son frère ainsi que les épreuves traversées ensemble. C'était son tour de jouer. Pour l'instant, personne n'avait sauté aussi haut qu'elle. Les fillettes qui tenaient la corde la levèrent. Margaret prit le départ en reculant, s'élança puis, à la dernière minute, sauta sans peine. La corde fut alors levée à hauteur de poitrine. Sur le côté, certaines de ses camarades mirent leur main devant la bouche. Margaret recula, s'immobilisa un moment, les poings serrés, et fixa la corde d'un regard farouche. Avec un mouvement si imperceptible que Thomas fut persuadé que personne d'autre ne l'avait remarqué, elle balança d'avant en arrière la tête et le haut de son torse pour se préparer au saut. Puis elle s'élança. Certain que, cette fois, elle allait tomber, Thomas plissa les yeux pour mieux voir la forme marron floue qui franchit la corde avant de s'écrouler. Les fillettes hurlèrent et se précipitèrent sur elle.

« Margaret Talcott ! Qu'essaies-tu de prouver,

dis-moi un peu ? » s'écria une religieuse en l'aidant à se relever. La fillette avait les genoux égratignés, et du sang coulait le long de ses jambes. Elle pleurait. Thomas accourut à son secours, mais deux de ses camarades l'encadraient déjà.

Il leur bloqua le passage. « Je vais la ramener.

— Va rejoindre les garçons, répliqua la religieuse avec un geste de la main.

— Mes amies vont me ramener », glapit Margaret d'une petite voix étranglée.

Un frisson le parcourut. Jamais encore elle n'avait eu à ce point la voix de sa mère.

« Pousse-toi ! lui lancèrent les fillettes avant d'aider Margaret à s'éloigner en boitillant.

— Hé, regardez un peu ! s'écria Groomes en le montrant du doigt pendant qu'il s'écartait d'un air maussade. Même les filles ne veulent pas jouer avec Empaffeur, parce que c'est une pédale. » Thomas parcourut toute la longueur de la cour avec Groomes sur les talons, qui le harcelait sans relâche. Quand il arriva à l'entrée du bâtiment, il grimpa sur la plus haute marche du perron puis s'assit là, les bras autour des genoux. « Qu'est-ce que t'as à chialer, Empaffeur ? Les filles t'ont vexé, hein, espèce de pleurnicheur maigrichon ? railla Groomes d'en bas. Descends un peu, chialeur, descends, moi, je vais jouer avec toi. »

Tout était déformé à travers les larmes. Même Groomes n'était plus Groomes, juste une voix ridicule. De la même façon qu'il avait senti la chute imminente de Margaret, il sentait à présent la nostalgie de sa mère. À ce moment précis, elle pensait à lui autant qu'il pensait à elle. Il le savait car il percevait en lui la souffrance de sa mère. L'espace d'un instant, ce fut comme s'ils étaient réunis.

« Assieds-toi, s'il te plaît, Thomas. » Sœur Mary Sebastian referma la porte et rassembla les lourds plis de sa jupe sur ses genoux pour pouvoir se caser dans son fauteuil. C'était une grosse dame au visage long, au nez grêlé et aux épais sourcils noirs. Thomas ne pouvait s'empêcher de fixer les poils qu'elle avait au menton. Elle feuilleta les papiers déposés sur son bureau jusqu'au moment où elle trouva le bon. Pendant qu'elle le lisait, l'esprit de Thomas tournait à toute allure. Il allait résulter de cet entretien quelque chose de très bon ou de très mauvais. Une convocation dans le bureau de la directrice était une affaire sérieuse. Soit on allait le renvoyer chez lui, soit il serait transféré à l'institution St. Leo pour jeunes en difficulté. Sa conduite avait pourtant été exemplaire. Ce matin encore, quand il était sorti du lit et avait enfilé ses chaussures remplies d'eau glacée, il s'était contenté de les vider et d'ignorer le petit rire étouffé. Groomes avait accéléré le rythme de ses persécutions. La veille, une boule de neige gelée avait frappé Thomas entre les omoplates, et il en avait eu le souffle coupé durant plusieurs secondes. Avec un sourire narquois, Groomes en roulait une autre entre ses grosses moufles rayées tricotées par les dames charitables.

« Ton père », commença la religieuse en posant le document. Elle retira ses lunettes, en chaussa d'autres. « Tu n'as pas eu de ses nouvelles depuis ton arrivée ici, c'est bien ça ?

— C'est ça, madame. »

Les sourcils broussailleux se haussèrent par-dessus les lunettes.

« Je voulais dire : ma sœur.

— Alors, as-tu eu de ses nouvelles ?

— Non.

— Nous devons le contacter, Thomas. As-tu une adresse ? Y a-t-il un moyen de lui envoyer une lettre ?

— Je l'ignore. » Il n'allait pas avouer que son père était en prison et lui faciliter ainsi la tâche si elle avait l'intention de l'expédier à St. Leo.

« Sais-tu où il se trouve ? » Elle reprit la feuille de papier. « Ta mère indique là-dessus qu'elle n'a aucune idée de l'endroit où il est allé, ni de ce qu'il est devenu. »

Il haussa les épaules. Sa mère, elle aussi, avait honte de l'avouer. C'était donc qu'elle allait venir. Elle était prête à les faire sortir d'ici.

« Et toi non plus, tu ne le sais pas ?

— Non. » Il ne put réprimer un large sourire, mais, en même temps, il avait peur de se mettre à pleurer.

« Est-ce que tout va bien, Thomas ?

— Oui, je suppose, répondit-il avec un nouveau haussement d'épaules.

— As-tu été heureux ici ? »

C'était une question piège, il le sentait bien. « Plutôt. »

Elle sourit. « Bon, il semble que tout le monde, ici, soit content de toi la plupart du temps. T'efforces-tu de modérer tes accès d'humeur ?

— Oui. Oui, ma sœur. »

Elle se leva et lui annonça qu'il pouvait redescendre. Quand elle ouvrit la porte, l'odeur de pommes à la cannelle en train de cuire au four emplit la pièce. C'était presque l'heure du dîner. « Tu peux entrer à présent, Margaret, fit sœur Mary Sebastian.

— Thomas ! » souffla Margaret, le visage blême de frayeur, en se hâtant de passer devant lui pour franchir le seuil.

Au lieu d'aller manger, il patienta en bas de l'escalier. Margaret resta là-haut plus longtemps que lui.

« Margaret ! » s'écria-t-il quand il aperçut ses chevilles maigres sur le point de descendre. Il grimpa à sa rencontre. « Qu'est-ce qu'elle voulait ? C'était au sujet de papa ?

— Chut ! » murmura-t-elle, craignant qu'on les surprenne ensemble. Il lui attrapa le bras et lui demanda ce que lui avait dit la religieuse. « Elle voulait savoir où était papa, souffla-t-elle.

— Mais tu ne le lui as pas dit, hein ? »

Elle inclina la tête.

« Tu lui as dit qu'il était en prison ?

— Elle m'a demandé où il était. Elle a dit que maman ne le savait pas. Pourtant, on lui a dit, pas vrai ? » Margaret parut affligée. « Peut-être qu'elle l'a oublié.

— Tu sais ce qui va arriver maintenant ? » Il exerça une pression sur son bras.

« Non, quoi ?

— Je vais aller à St. Leo, et toi, tu resteras ici pendant une éternité ! Toute seule ! » Il ne savait plus vraiment ce qui risquait ou non d'arriver, mais il voulait la punir de ne pas avoir protégé leur père, et, en même temps, il craignait de voir les espérances de Margaret devenir aussi folles que les siennes.

« Elle voulait que je lui parle des Farley.

— Des Farley ? Je ne vois pas quel intérêt tu aurais à révéler leur existence.

— Elle les connaît déjà. Ce n'est pas moi qui en ai parlé la première.

— Elle t'a obligée à raconter que j'avais frappé Jesse-boy ? » Il la poussa contre la rampe.

« Non ! Elle m'a seulement posé des questions sur eux. Est-ce qu'ils étaient gentils ? Est-ce qu'ils avaient une belle maison ? Des trucs comme ça.

— Et alors ?

— J'ai dit qu'ils étaient riches.

— Tu es folle ? Tu aurais dû te taire ! Tu es vraiment stupide ! Tu gâches toujours tout ! Toujours ! »

Elle le repoussa. « Je te déteste, Thomas ! Je te déteste vraiment ! Je serai bien contente si on t'envoie à St. Leo ! J'espère que je ne te reverrai plus jamais ! »

Après le repas, il attendit à la porte du réfectoire. Comme d'habitude, Margaret la franchit au milieu d'une grappe de camarades secouées de rires. Quand il l'appela, elle ne se retourna pas.

« Hé, Empaffeur ! lui lança Groomes en sortant. T'as oublié tes bouquins. »

Thomas se dépêcha de retourner dans le réfectoire et attrapa la pile de livres laissée sous sa chaise. Puis, comme il était en retard pour l'étude, il courut dans le couloir. La seule place libre était à côté de Groomes, occupé à noircir avec application son cahier de rédaction. En cours d'anglais, on leur avait demandé d'expliquer en quelques lignes ce qui les rendait le plus reconnaissants. Thomas regarda dans le vague. Il n'avait aucune raison de se sentir reconnaissant. Ses chaussures étaient encore mouillées. Sa sœur le détestait. Ce soir, le temps qu'il s'installe à table, les plats étaient dégoûtants, petits pois froids, mixture de pommes de terre écrabouillées et de jambon caoutchouteux. Maintenant qu'il y pensait, tout était arrivé par la faute de son père. S'il avait été plus intelligent, disons aussi intelligent que M. Farley, il aurait gagné de quoi acheter une grande maison, et sa mère ne serait jamais partie. Et enfin, Margaret et lui n'auraient pas échoué dans un endroit aussi terrible. Il n'aimait personne ici, et personne ne l'aimait. Sauf, peut-être, sœur Mary Christopher. Il attrapa son crayon, mais que pouvait-il dire à son sujet ? Qu'elle l'avait écouté quand il lui avait raconté ses difficultés. Il était sans doute le seul à lui avoir parlé, et il n'aurait pas l'air bien malin quand les rédactions seraient épinglées dans le couloir pour que tout le monde les lise. Il entendait déjà Groomes chantonner : « Empaffeur se sent reconnaissant envers la bonne sœur boiteuse et bigleuse, parce qu'elle est incapable de s'apercevoir qu'il est une pédale, une vraie pédale ! »

« Tu ferais mieux de t'y mettre, Thomas, lui jeta sur un ton d'avertissement sœur Mary Martin, la surveillante de l'étude, en s'avançant dans l'allée.

— Hé, Monty ! De quoi tu parles, toi ? » murmura-t-il après le passage de la religieuse dans un bruissement de laine noire imprégnée de camphre. Les yeux écarquillés, Monty éclata de rire.

« Thomas, tais-toi et travaille ! lança sœur Mary Martin.

— Il parle de petits pois, souffla Groomes lorsque Thomas attrapa son cahier. Il raconte une histoire de petits pois. »

Les deux premières pages du cahier étaient collées avec une épaisse pâte verte. Ainsi que les suivantes, jusqu'aux dernières. Des petits pois s'écrasaient entre chacune. Autour de Thomas, tout le monde ricanait.

Son cahier ouvert dans une main, il se leva brusquement. Il avait envie de barbouiller de purée cette large face charnue, mais Groomes n'eut aucun mal à le repousser. Thomas s'élança une nouvelle fois et le fit rouler à terre. « Espèce de gros lard, de bon à rien, de salaud ! » grogna-t-il pendant que chacun s'efforçait de frapper l'autre, luttait entre les pieds des chaises renversées. À présent, Groomes, à califourchon sur sa poitrine, lui martelait le visage.

« Arrêtez ! Je vous ai demandé d'arrêter ! » brailla sœur Mary Martin en appliquant une tape sonore sur l'arrière de la tête de Groomes, qui poussa un gémissement. Thomas saignait du nez. Son adversaire se préparait à se relever ; plus rapide, Thomas plongea sur lui et, haletant, sanglotant, lui infligea une averse de coups frénétiques en l'acculant entre les pieds de chaise. Trois religieuses tentèrent alors de les séparer. L'une le retenait par sa chemise tandis qu'il essayait d'atteindre Groomes, ce Groomes qui était la véritable cause de tous ses malheurs.

« Voilà ce que tu as gagné, Thomas Talcott ! s'écria sœur Mary Martin en agitant un doigt dans sa direction. Quinze jours de retenue ! Pas de fête ! Pas de Noël ! Rien ! »

Ce n'était pas la religieuse à la voix sombre, rocailleuse, qu'il tentait de repousser avec son bras, c'était ce doigt qui oscillait sous ses yeux. Que venait-il donc faire devant sa figure ? Pourquoi toute cette histoire ?

« St. Leo, lui fut-il assené lorsque la religieuse perdit l'équilibre et s'effondra contre la table. C'est là qu'est sa place. »

Thomas était de nouveau en retenue. Mais ce n'était pas si terrible, parce que, tous les après-midi, il passait deux heures auprès de sœur Mary Christopher. Le premier jour, elle l'avait grondé ; maintenant, elle semblait elle aussi contente de l'avoir à ses côtés. Groomes était plutôt à plaindre, lui confia-t-elle. Il avait été abandonné ici tout petit, et on ne lui connaissait pas de famille. S'il était loin d'être bête, il ne savait vraiment pas s'y prendre avec les autres. C'était une maladie, au même titre qu'une mauvaise vue ou des jambes estropiées. Il avait renoncé à se faire aimer depuis longtemps. « Il n'a pas d'amis.

— Si, répliqua Thomas.

— Non. Seulement des gamins qui ont peur de lui. »

Quand les casseroles étaient lavées et rangées, quand venait l'heure de quitter la cuisine bien chaude, sœur Mary Christopher lui tournait le dos, le temps qu'il se remplisse en douce les poches de petits gâteaux. Le plus souvent, il les partageait le lendemain avec sa sœur et son amie Katie dans la cour de récréation. Katie avait de grands yeux bleus, comme Margaret, des joues roses éclatantes de santé et des boucles dorées et soyeuses. Thomas lui trouvait un sourire contagieux. Elle l'appelait Tommy et son visage s'illuminait quand elle prononçait son nom. Ce soir, les pâtisseries étaient des bonshommes en pain d'épice. Thomas pouvait en glisser un seul dans chaque poche. Un pour Katie, un pour Margaret.

« Attends ! » Sœur Mary Christopher en enveloppait deux dans du papier d'emballage. « Je voudrais que tu me rendes un service. Tiens. Tu en donneras un à Robert Groomes.

— Non. Il va encore vouloir se bagarrer.

— Thomas, il faut que tu fasses de gros efforts pour t'entendre avec Robert. Tu resteras peut-être ici très longtemps, et tu ne peux pas te battre avec lui sans arrêt.

— Je ne vais pas rester ici. Je vais bientôt rentrer à la maison.

— Qu'est-ce qui te fait croire ça ? » Elle le scruta.

« Je le sais, c'est tout. » Les nombreuses questions qu'il avait toujours eu peur de poser se bousculaient dans sa tête. Son univers était fractionné. Il y avait son père. Sa mère. Cette institution. Margaret. Lui. Déplacer l'un de ces éléments, c'était un peu se trouver sur un radeau en train de se fracasser dans un fleuve tumultueux. « Parce qu'on est presque à Noël. » Mais oui. Bien sûr ! C'était pour ça.

Sœur Mary Christopher posa les deux mains sur les épaules de Thomas et approcha son visage du sien. Ses yeux grossis, déformés, semblaient le sonder derrière une couche de glace. « C'est magnifique ici, à Noël. On mange du jambon et de la dinde, et tous les enfants ont droit à un cadeau. Tous, sans exception. »

Le lendemain, il courut dans toute la cour pour y chercher Margaret. Ensuite, les yeux plissés à cause du reflet aveuglant de la neige, il attendit qu'elle ait fini de jouer. Leur haleine lâchant des volutes dans l'air glacial, les fillettes formaient une ronde et hurlaient : « Pirate rouge, pirate rouge, envoie Margaret chez l'ennemi ! »

Margaret s'élança, poussa de toutes ses forces, mais ne put se frayer un passage. Elle s'était endurcie, et toutes le savaient. C'était pour ça qu'elle avait tant d'amies, songea-t-il. Ou peut-être des disciples, comme Groomes. Peut-être la craignaient-elles.

« Tiens », lui dit-il quand elle finit par le rejoindre. Il lui donna un bonhomme en pain d'épice et elle le glissa dans sa poche. Si quelqu'un s'en apercevait, il y aurait foule autour d'eux. Il avait déjà mangé celui de Groomes. Il avait eu l'intention de le lui remettre, la veille au soir, mais Groomes avait fourré des cailloux sous son drap.

Thomas demanda où était Katie. Pourquoi ? rétorqua Margaret avec un sourire narquois. Parce qu'il avait un gâteau pour elle, expliqua-t-il en se sentant stupide. Il aimait bien Katie, pas vrai ? Elle le voyait bien.

« Non. J'essaie seulement d'être gentil avec tes amies.

— Pourquoi est-ce que tu n'as pas d'amis à toi ? Tu es toujours tout seul.

— Je n'en veux pas. À quoi ça me servirait ? Ici, en tout cas. »

Margaret se tut un instant et regarda autour d'elle. Sur le perron, sœur Mary Marion surveillait la cour, les bras croisés, les mains dans ses amples manches, son long voile noir flottant au gré des vives bourrasques. Margaret s'approcha de lui. « Je crois qu'on va partir.

— Pour aller où ?

— À la maison.

— Quand ? » Soudain, il regretta de ne plus avoir le gâteau de Groomes pour pouvoir le réduire en miettes qu'il déposerait sur son oreiller. Ou dans sa malle, au pied de son lit. Avec des cailloux, de l'eau et des petits pois. Rien n'aurait plus d'importance.

Margaret n'en était pas sûre, mais ce matin-là, sœur Mary Sebastian l'avait appelée de nouveau dans son bureau. Cette fois, elle avait parlé presque tout le temps. Elle lui avait dit que sa mère était une dame très gentille. Sa vie était dure, cependant, malgré les temps difficiles, elle avait fait de son mieux pour élever ses deux beaux enfants. Malheureusement, son père n'était pas encore capable de s'occuper d'eux. Sa mère craignait que les épreuves qu'il traversait n'aient un effet désastreux sur les enfants, surtout sur Margaret.

Il l'interrompit. « Qu'est-ce que ça veut dire ?

— C'est sûrement parce que je me mets parfois à pleurer, s'empressa de répondre Margaret.

— Parfois ! »

Margaret haussa les épaules. Là n'était pas le plus important. Ensuite, sœur Mary Sebastian lui avait demandé si elle comprenait bien que sa mère voulait son bonheur. Elle sourit à son frère.

« Qu'est-ce que ça veut dire, encore une fois ? » Il fronça les sourcils pour masquer sa propre allégresse.

« Qu'elle va nous récupérer !

— Comment tu le sais ?

— Il va y avoir une réunion demain. Dans son bureau. Elle veut que je sois très polie. Quelqu'un sera là.

— Ouais, ta maîtresse, sans doute. »

Margaret n'avait pas très bien travaillé.

« Non. Parce que je dois prendre un bain ce soir. Tu ne comprends donc pas ? »

Il la regarda d'un air interdit et mit un certain temps à saisir. On prenait un bain le samedi soir. Jamais en semaine. Or, on était mercredi. « Ouais. Elles vont te récurer avant de t'envoyer à St. Leo. »

Les larmes montèrent aux yeux de Margaret.

« Non, je plaisante. Tiens. » Il lui donna le deuxième bonhomme en pain d'épice. Qu'est-ce que ça pouvait faire ? À partir de demain, il ne verrait plus Katie. « St. Leo ne prend que des garçons. Pas de filles.

— Je sais ! dit-elle en pleurant.

— Alors, arrête de chialer !

— Oui ! » s'écria-t-elle, et elle s'enfuit en sanglotant.

Pendant toute la journée et le début de soirée, il s'attendait à être convoqué dans le bureau de la directrice, puis envoyé au bain. Peut-être jugeait-on qu'il était plus important pour une fille d'être soignée. Ouais. Un garçon devait s'occuper de lui tout seul. Voilà. Au moment de se coucher, il se lava le visage, les oreilles et le cou avec grand soin. Il se brossa les dents si fort que ses gencives saignèrent. Quand il se glissa entre ses draps parsemés de sel, il se releva d'un bond et l'ôta du plat de la main, non seulement d'un air imperméable à la vague de ricanements et de couinements étouffés qui montait autour de lui, mais avec un sentiment de supériorité. Il avait presque pitié de ces gamins. Sa détresse faisait leur plus grand bonheur. Voilà ce qui arrivait à des gosses que personne n'aimait, songea-t-il avant de s'endormir.

Plus que deux jours avant Noël. Dans le réfectoire, le grand arbre était décoré avec les ornements que les enfants avaient réalisés au cours des dernières semaines. On appela Thomas au bureau aussitôt après le petit déjeuner. Sœur Mary Martin l'intercepta au moment où il sortait du réfectoire. Sœur Mary Sebastian voulait le voir à neuf heures.

« Est-ce que je dois apporter mes vêtements ? » Il ne pouvait réprimer un grand sourire.

« Ce que tu portes est tout à fait correct, Thomas », répondit-elle avant de s'éloigner dans le couloir de son pas vif habituel.

Non. Ce qu'il avait sur le dos était la propriété de l'orphelinat. Il ne voulait pas retourner chez lui dans cette horrible chemise beigeasse et ce pantalon marron. Il ne voulait même pas que sa mère le voie dans cette tenue. Son apparence comptait. Sa mère avait toujours été sensible à ce genre de choses. Elle était si tatillonne que, après son départ, il avait été soulagé de ne plus être obligé d'assortir couleurs, rayures ou carreaux. Mais, désormais, cette question allait retrouver son importance. D'ailleurs, il le désirait furieusement.

Margaret et lui patientèrent sur des chaises à lattes. Au lieu de sa tenue d'orphelinat, Margaret portait une robe rose et bleu qu'il ne lui connaissait pas. Un ruban rose était noué dans ses cheveux bien lissés. Elle avait aux pieds des souliers vernis. Des chaussettes blanches à fanfreluches. On l'avait vraiment bien habillée, songea-t-il, pourtant elle ne paraissait pas aussi heureuse que lui. En dépit des habits ternes qu'il portait.

De temps à autre, des voix s'échappaient du bureau. Thomas regardait alors sa sœur, et elle baissait les yeux sur ses souliers en tendant l'oreille. La voix autoritaire de sœur Mary Sebastian était la plus facile à identifier. Les deux autres, l'une masculine, l'autre féminine, étaient basses, étouffées, comme si elles révélaient des secrets. Ce qui était sans doute le cas. Après tout ce qui était arrivé, vous pensez. Sœur Mary Sebastian devait vouloir s'assurer que leur père et leur mère pourraient reprendre la vie commune. Qu'ils étaient capables de s'occuper de leurs gosses et de bien s'entendre. La semaine précédente, un petit garçon, un certain Bernie Steele, avait été envoyé chez sa mère et son oncle. À peine trois jours plus tard, il était revenu le visage couvert d'horribles bleus, une longue estafilade à la nuque. En fin de compte, son oncle n'était pas son oncle. D'après Monty, il voulait l'obliger à faire des vilaines choses, et Bernie avait refusé. Le pauvre gosse était encore à l'infirmerie.

La porte s'ouvrit et Thomas se leva d'un bond, un grand sourire aux lèvres.

« Une minute, Thomas, dit sœur Mary Sebastian. Je vais d'abord voir Margaret. »

Margaret resta là-dedans un bon moment. Pas de problème. C'était logique. Après tout, cette petite pleurnicheuse avait tellement besoin de sa mère. On savait bien que, pour sa part, il était capable de patienter un peu. Son père ne disait pas grand-chose. C'était surtout sœur Mary Sebastian qui monopolisait la parole. De temps à autre, sa mère acquiesçait. « Oui… bien sûr… nous savons que… c'est une enfant vraiment adorable… »

Il se pencha vers la porte. Sa mère ne parlait pas

comme ça. En général. Non, jamais. Peut-être lui avaient-ils tellement manqué qu'elle s'exprimait d'une façon encore jamais employée avec eux. Il se demanda ce qu'elle dirait à sœur Mary Sebastian quand viendrait son tour. Souvent, elle se calmait quand il était à côté d'elle. Depuis bien longtemps, il avait renoncé à essayer de lui prendre la main. Elle n'aimait pas ça. « Tu es exactement comme ton père ! » avait-elle lâché le dernier jour qu'il avait passé dans le cottage. Il avait souri avant de voir son expression : presque de la frayeur. Elle semblait avoir peur de son propre fils.

Sa tête se releva brusquement. Son père parlait d'un couteau, mais il ne comprit pas le reste. Il ne paraissait pas furieux, toutefois. Thomas se rappela le jour où il avait jeté le couteau rouillé dans la mare. Comme il lui en avait voulu ! Moins que la perte du couteau, c'étaient la rage et la peine de son père qu'il avait eu du mal à supporter. Il avait essayé d'avoir l'air content lorsque Gladys lui avait remis le couteau tout neuf pour son anniversaire. Seulement sa joie n'était pas sincère, car il n'y attachait plus d'importance. Ça n'en avait plus. Ça ne pouvait plus en avoir. Plus rien, désormais, ne compterait vraiment pour lui. Ce soir-là, pendant tout le trajet de retour en camionnette, son père l'avait grondé et traité de petit morveux, d'ingrat. Thomas n'avait pas eu la force de lui expliquer que ce n'était pas le couteau qui l'avait déçu. C'était sa mère. Parce qu'elle n'était pas venue pour son anniversaire.

« … une agréable compagnie, continuait son père. Très polie. » Il se pencha davantage. La voix haut perchée, nasale, n'était pas celle qu'il connaissait. « Crois-moi, si nous pouvions le faire, Margaret, nous le ferions… »

La porte s'ouvrit. « Thomas ! » Sœur Mary Sebastian l'entraîna à l'intérieur.

Il l'entendait à peine. Ses tympans allaient éclater. Margaret baissait la tête, mais l'observait avec des yeux gonflés, irrités. Elle serrait dans ses bras une belle poupée toute neuve. La robe de la poupée était assortie à la sienne.

M. et Mme Farley étaient assis devant le bureau. Ils s'étaient mis sur leur trente et un. À chaque souffle de Mme Farley, la courte voilette noire de son chapeau rouge remontait au-dessus de son nez rond. M. Farley avait un costume gris et une cravate bleue à gros pois blancs. Un porte-documents oscillait sur ses genoux. Ni l'un ni l'autre ne regarda Thomas lorsqu'il s'assit à côté de Margaret. Une chaise vide séparait les Farley des enfants.

« Thomas, dis bonjour.

— Bonjour, ma sœur, marmonna-t-il.

— À M. et à Mme Farley, Thomas. »

Il leur jeta un coup d'œil. « Bonjour. »

Mme Farley réussit à crisper les lèvres en un sourire peiné. M. Farley inclina la tête.

« M. et Mme Farley ont fait un long chemin. Ils avaient une bonne raison. Ce sont des gens très gentils.

— Merci », opina Mme Farley d'un air guindé. Elle ne pouvait détacher son regard de Margaret, qui caressait distraitement les longues boucles blondes de la poupée.

Sœur Mary Sebastian s'adressa alors aux Farley : « Je dois être franche avec vous. Nous ne connaissons pas souvent de dénouement aussi heureux, surtout en cas de confessions différentes. Mais, comme Mme Talcott consent à cet arrangement, et l'approuve même fortement, je n'ai pas qualité pour soulever la moindre objection. » Elle fronça légèrement les sourcils et ajusta ses lunettes. « Je dois cependant préciser que Mme Talcott m'a paru soulagée en apprenant que l'enfant serait élevée dans la foi catholique. »

L'enfant. Essayaient-ils de se débarrasser de Jesse-boy ? Allait-il venir ici ? En quoi est-ce que ça regardait sa mère qu'il soit catholique ou protestant ?

« Eh bien, nous le comprenons, car notre foi est très importante pour nous, répliqua M. Farley d'un ton larmoyant. Sauf que, en fin de compte, nous sommes tous chrétiens. »

Sœur Mary Sebastian lui adressa un sourire tellement condescendant que même Thomas vit bien qu'elle le trouvait idiot. À l'évidence, pour elle, la seule véritable religion était la sienne. Mais si M. Farley se fichait de savoir dans laquelle on élevait son fils unique, pourquoi aurait-elle dû s'en soucier ? N'empêche, quelque chose ne tournait pas rond ; la tension, la raideur étaient palpables. Tout le monde resta sagement assis pendant quelques instants.

« Bon. » Sœur Mary Sebastian consulta sa montre. « Mme Talcott est en retard. Je suis pourtant sûre qu'elle avait promis de venir à dix heures.

— Oui, dix heures, confirma Mme Farley. C'est ce qu'elle avait dit.

— C'est sans doute à cause du mauvais temps. La neige d'hier a gelé pendant la nuit. » Elle jeta un coup d'œil vers la haute fenêtre. « Les rues doivent être dans un état effrayant. » Devant elle s'empilaient deux paquets de documents. Elle attrapa un papier et le parcourut.

« Oui. C'est pour ça que nous sommes partis très tôt, expliqua M. Farley.

— Les routes étaient affreuses », renchérit

Mme Farley. Elle s'était mise à se ronger les ongles. Ce bruit agaçait jadis Thomas, mais à présent il avait presque pitié d'elle.

« On roulait vraiment au pas, reprit M. Farley.

— Nous sommes partis à trois heures du matin, précisa Mme Farley. Pour être sûrs de ne pas être en retard. »

Avec un signe de tête, sœur Mary Sebastian se saisit du document suivant et le lut.

« Tout devrait être là », dit Mme Farley, et son mari le confirma.

Thomas essayait d'obliger Margaret à le regarder. Il souriait. Leur mère allait bel et bien venir. Les Farley allaient peut-être tous les raccompagner dans le Vermont après avoir déposé Jesse-boy. Cette institution serait parfaite pour lui. Groomes lui rendrait la vie encore plus insupportable.

Margaret avait toujours la tête baissée. Ses épaules tremblaient comme quand elle s'efforçait de ne pas pleurer. Il observa alentour. Personne ne se souciait de lui. Sans doute lui en voulaient-ils d'être obligés de se débarrasser de Jesse-boy. Après qu'il l'avait frappé et que Margaret et lui s'étaient enfuis, les Farley avaient dû se rendre compte que leur fils était un vilain dégoûtant.

Mme Farley s'éclaircit la gorge. « Fred, chuchota-t-elle. Le kaléidoscope.

— Ah ! oui. Je l'ai là. » M. Farley ouvrit son porte-documents et en sortit un kaléidoscope rouge. « C'est pour toi ! » Il le tendit à Thomas.

Thomas le remercia et se le colla devant un œil. Il renversa la tête en arrière, orienta l'objet vers le globe lumineux suspendu au plafond, puis le déplaça lentement. À chaque image renvoyée par les prismes complexes, le silence devenait plus pesant dans la pièce.

« Nous pensions que ça lui plairait, finit par dire Mme Farley à la religieuse. Notre Jesse-boy les adorait, ajouta-t-elle, et Margaret lâcha un petit soupir. Oh ! ma pauvre petite ! » Mme Farley tendit la main par-dessus la chaise vide pour lui tapoter la cuisse. « Nous aurions dû nous en douter. Tu en aimerais un toi aussi, hein ? Bon, ne t'inquiète pas. Nous t'en achèterons un. Dès que nous serons arrivés, nous t'amènerons chez Whitby et tu pourras choisir celui que tu préfères. Il y en a de beaucoup plus jolis que celui-ci. Pas vrai, Fred ?

— Oui. Il y en a de plus jolis, et nous t'amènerons là-bas. Dès cet après-midi. » Il regarda sa montre. « Si nous arrivons à temps.

— Sinon, dès demain matin. D'accord, Fred ?

— Dès demain matin ! »

Margaret se mit à gémir et posa le front sur la tête de la poupée. Sœur Mary Sebastian l'observait depuis un moment. « Essaie d'être heureuse, ma chérie. Tout ira bien, tu verras. Et tu connais déjà la famille Farley. Certains enfants partent d'ici avec de parfaits inconnus.

— Oui, ma chérie. Nous allons bien nous occuper de toi. » Mme Farley se remit à tapoter la cuisse de Margaret. « Tu le sais, n'est-ce pas ?

— Comment ça ? Qu'est-ce que ça veut dire ? » demanda Thomas sans s'adresser à quelqu'un en particulier. D'ailleurs, personne ne lui répondit.

Sœur Mary Sebastian ôta ses lunettes et en chaussa une autre paire. « Pourquoi ne pas commencer ? proposa-t-elle aux Farley. Vous pouvez déjà lire ces documents. Lorsque Mme Talcott arrivera, tout le monde signera. » Elle tendit une liasse à M. Farley et une autre à sa femme.

Thomas agrippa le bord du bureau. « Ma mère va nous ramener, hein ? »

Les Farley se plongèrent dans leur lecture. Les lèvres de Mme Farley s'agitaient en même temps qu'elle lisait une ligne après l'autre. Sœur Mary Sebastian glissa les mains dans ses manches. « Nous ferions peut-être mieux d'expliquer la situation à Thomas, dit-elle alors aux Farley, en regardant Thomas à présent. J'espérais le faire en présence de ta mère, mais le temps presse. Je sais que M. et Mme Farley doivent repartir le plus tôt possible.

— Oui, acquiesça Mme Farley. Pauvre Jesse-boy. Son rhume lui a atteint la poitrine. Otis et sa femme sont auprès de lui. Ils sont si gentils avec lui. Tu te souviens d'Otis ? demanda-t-elle à Margaret, avant de lui apprendre que le couple aurait un bébé au printemps. Tu ne trouves pas ça merveilleux ? Jesse-boy est tout excité. Tu penses, un nouveau bébé à attendre. » Elle avait tellement hâte qu'il naisse, ajouta-t-elle avec un frémissement de plaisir anticipé.

M. Farley expliqua à sœur Mary Sebastian que son épouse adorait les bébés. Oui, reconnut Mme Farley. Les papiers tremblaient dans sa main. N'importe quel bébé. Et Jesse-boy était comme elle, n'est-ce pas, Fred ? Oui, les chatons, les agneaux, les veaux. Les chiots. Et les canetons, ajouta-t-elle d'une voix faiblissante.

« Oui. » Sœur Mary Sebastian jeta un coup d'œil à la pendule métallique marron accrochée au mur. Dix heures trente-cinq. Elle était une femme très occupée. Derrière elle, le crucifix semblait jaillir du sommet de son crâne. Les yeux du Christ étaient clos, sa tête affaissée sur le côté, le menton rentré dans le creux de l'épaule, dans une posture de défaite. « Bon, Thomas, comme je le disais, tu es sûrement assez grand pour comprendre ce qui se passe ici. En fait, je suis certaine que tu as déjà compris. »

Margaret pleurait. Mme Farley ouvrit son sac et lui offrit un mouchoir en dentelle. Seulement Margaret ne voyait rien à travers ses larmes.

« Thomas est un garçon très intelligent, insista sœur Mary Sebastian à l'adresse de Mme Farley, comme si elle espérait voir cette ultime tentative réussir.

— En effet. Nous nous en sommes aperçus. » Mme Farley essaya de sécher les larmes de Margaret, mais celle-ci eut un mouvement de recul.

« Non ! s'écria-t-elle. Je ne veux pas aller là-bas ! Je veux rester avec Thomas.

— Il faut bien que tu y ailles, ma chérie », répliqua sœur Mary Sebastian.

Thomas se manifesta. « Non. Pas si elle ne veut pas. Elle peut rester avec moi. C'est même ce qu'elle doit faire. Je suis son frère !

— Allons, Thomas, écoute-moi, dit sœur Mary Sebastian. Écoute-moi. Je sais que c'est dur. C'est douloureux de devoir être séparé de sa sœur, mais pour l'instant M. et Mme Farley ne peuvent se charger que d'un enfant. Un jour, peut-être, ils pourront te prendre toi aussi – nous avons déjà abordé la question – mais, actuellement, vu l'état de santé de leur fils, ils ne peuvent accueillir que Margaret.

— Non ! Ne l'obligez pas à aller là-bas ! Je vous en prie ! » supplia-t-il. À l'évidence, la religieuse avait affronté cette situation assez souvent pour y adapter son discours et son cœur. « Margaret a horreur d'être là-bas !

— Là ! tu vois ! Je savais qu'il réagirait comme ça, fit Mme Farley à son mari. C'est un gamin très égoïste. D'ailleurs, la dernière fois qu'il était chez nous, il ne s'est pas montré gentil du tout avec notre fils, précisa-t-elle à sœur Mary Sebastian d'une voix tremblante.

Bon… pour certaines raisons que je préfère ne pas évoquer ici. Surtout devant cette pauvre petite fille. » Elle renifla.

« Je ne pars pas avec vous ! lâcha Margaret entre deux sanglots. Je ne veux pas aller là-bas ! »

Thomas voulut lui prendre la main, mais elle s'écarta de lui aussi.

« Il faut bien que tu y ailles, ma chérie, répéta sœur Mary Sebastian d'une voix douce. La décision est déjà prise. C'est ce que souhaite ta mère. Elle va arriver d'une minute à l'autre et te le confirmera. Elle veut que tu aies une vie agréable. Et M. et Mme Farley aussi. Ils ont fait tout ce chemin pour que tu passes Noël chez eux. Et que tu sois là-bas pour l'anniversaire de leur fils. Imagine un peu ! Tu fêteras Noël avec ta gentille nouvelle famille. Quant à toi, Thomas, je sais que tu seras heureux si ta sœur est heureuse, martela-t-elle en le regardant par-dessus ses lunettes et en insistant avec sévérité sur chaque mot.

— Elle ne peut pas vivre avec eux ! C'est à cause d'eux que tout est arrivé. Si mon père ne peut pas s'occuper de nous, c'est parce qu'ils l'ont fait mettre en prison !

— Allons, ça suffit, maintenant, jeune homme ! riposta M. Farley. Ton père m'a volé quelque chose. Il a enfreint la loi et a été puni. D'ailleurs, pour ton information, il n'est plus en prison. Il est sorti il y a une semaine. Pourtant, on ne le voit pas ici, hein ? Et pourquoi ? Parce qu'il est un père irresponsable…

— Même sa femme le dit, expliqua Mme Farley à la religieuse en tâchant de se faire entendre par-dessus la voix furieuse de son mari.

— … à cause de lui, tu prends un mauvais chemin, jeune homme. Tu t'attaques à un pauvre garçon incapable de se défendre, et avec un couteau, encore. Par-dessus le marché, tu mets le feu à ma grange. Tout le mur du fond et la moitié du toit ont brûlé, expliqua-t-il à la religieuse. Tenez, voyez par vous-même. » Il déplia une feuille de papier tachée, froissée, et la lui tendit. Elle y jeta un coup d'œil puis s'empressa de la replier. « Voilà le genre de gamin à qui nous avons affaire. Grossier et dépravé ! Il ne vaut même pas la corde pour le pendre. Exactement comme son…

— Fred ! Je t'en prie, arrête ! souffla Mme Farley. Sa mère va bientôt arriver. Laisse-la régler le problème avec lui. »

Sœur Mary Sebastian jeta à Thomas un regard dur qui traduisait moins un choc qu'une mise en garde : tâche de marcher droit.

« Non, nous ne voulons plus que Margaret subisse sa mauvaise influence. C'est une petite adorable, disait M. Farley à sœur Mary Sebastian. Et notre fils lui est très attaché.

— Oui, elle est pour lui d'un grand réconfort. » Mme Farley se tapota les yeux avec le mouchoir.

« Ils s'entendent tellement bien », ajouta-t-elle.

La petite voix de Margaret se fit alors entendre. « C'est pas vrai, monsieur Farley ! Thomas n'a pas fait ce dessin, c'est Jesse-boy. Il me l'a montré et c'est pour ça que Thomas l'a frappé.

— Margaret ! Comment peux-tu dire de telles horreurs ? Jesse-boy ne ferait jamais une chose pareille. Tu le sais très bien. » Le visage maigre de M. Farley vira au violacé.

« Ben, il l'a fait. D'ailleurs, elle aussi elle le sait, parce que c'était pas la première fois. Il l'a souvent fait, et elle s'en est aperçue. Alors, elle a tellement pleuré qu'il lui a promis de plus jamais recommencer. Sauf qu'il a recommencé. Et cette fois, Thomas l'a frappé. »

M. Farley dévisagea sa femme. Elle lui adressa un sourire vide, placide. « Quelle absurdité ! Bien sûr que non, dit-il à sœur Mary Sebastian. Ce gosse est invalide, pas vrai, Phyllis ? Certains jours, il doit déjà s'estimer heureux d'arriver à respirer.

— Pauvre petit ! » Les larmes s'échappaient des paupières closes de Mme Farley.

Des éclats de voix leur parvinrent du couloir. La pièce parut trembler, comme si un vent violent s'était soudain abattu sur le bâtiment. « Non, non, vous ne pouvez pas faire ça ! protesta une femme. Attendez dehors. Attendez ! Attendez ! Vous m'entendez, monsieur ? Monsieur ! Monsieur ! » La porte s'ouvrit alors à la volée.

Il était là, dans ses vêtements sombres tachés, le tissu grossier raidi par la sueur, la graisse et le sang, encore maculé du dépeçage de la veille, parce que, dès qu'il l'avait appris, il s'était réveillé de son sommeil sans rêve de mort-vivant, avait boutonné sa chemise en courant déjà vers la voiture, certain qu'il s'agissait d'un cauchemar, il le fallait bien car, de tous les coups durs, de tous les malheurs de sa vie, c'était le plus incompréhensible, qu'elle puisse faire une chose pareille, donner leurs enfants, des êtres sortis d'elle, et donc sa chair et son sang. Sa vie et son avenir. Sa vie et son avenir à lui aussi.

« Elle n'est pas dans son état normal, du moins, elle n'est pas capable de réfléchir, avait dit Gladys, installée au volant.

— Même un animal malade n'abandonne pas ses

petits ! » avait-il rugi, avant de le lui crier à elle aussi, à Irene, quand ils arrivèrent enfin chez elle.

Soucieuse de ses voisins, elle s'efforçait sans cesse de lui faire baisser le ton. « S'il te plaît, s'il te plaît, parle plus bas », suppliait-elle pendant qu'il lui sortait sans détour ce qu'il avait gardé en lui si longtemps, la douleur, la colère, le désir, la souffrance née de l'amour qu'ils éprouvaient tous pour elle – les enfants surtout. Il ne pouvait pas prononcer leurs noms, s'en était abstenu pendant des semaines, car leur absence lui faisait toucher du doigt son échec.

À présent, avec la religieuse importune toujours sur ses talons, il regardait autour de lui, affolé, les yeux écarquillés, presque terrifié, comme si dans sa fureur, dans le rejet qu'il venait de subir, il avait tout perdu, comme s'il ne savait plus où il était, ne reconnaissait peut-être même pas ses enfants.

D'un bond, ils se levèrent et se précipitèrent vers lui. Il fit alors une chose que Thomas ne lui avait jamais vu faire auparavant. Il s'agenouilla, ouvrit ses longs bras musclés et serra si fort ses enfants contre lui qu'ils en avaient mal. Ils se pressaient sur lui, humaient les relents puants de son tabac et l'odeur de sang âcre.

« Excusez-moi, monsieur. » Sœur Mary Sebastian les dominait de toute sa taille. « Vous ne pouvez pas faire irruption ici comme…

— Je suis leur père. Ce sont mes enfants. Et je les ramène à la maison, annonça-t-il, toujours à genoux, redoutant autant de les relâcher qu'ils redoutaient de voir cesser cette étreinte.

— Pour vivre où ? Dans une camionnette ? s'écria Mme Farley d'une voix perçante. Il n'a pas de maison, expliqua-t-elle à sœur Mary Sebastian. C'est pour cette raison que nous sommes ici. Sa propre mère souhaite que nous prenions la petite.

— Ma femme n'a pas son mot à dire là-dedans », répliqua Henry en se relevant. Il maintenait les enfants cloués devant lui, de ses mains cramponnées à leurs épaules. « Et elle le sait. C'est pour ça qu'elle n'est pas venue.

— Oh ! vous l'avez menacée ? » Mme Farley se tourna vers la religieuse. « Elle est sans doute terrorisée. Cet homme est très violent. »

Henry Talcott dévisagea la petite dame boulotte. Thomas se colla davantage à lui, semblant vouloir retenir la rage de son père.

« Prenez garde, Henry, avertit M. Farley avec un geste de la main. Ne faites pas de bêtise ou vous le regretterez. Je vous le promets.

— La seule chose que je regrette, c'est de ne vous avoir jamais dit en face que vous étiez un vrai salaud, un menteur, un tricheur et un mollasson, Farley. » Il prit une profonde inspiration. « Bon, je crois que je viens de le faire, pas vrai ?

— Comment pouvez-vous parler de cette façon devant ces petits ? souffla Mme Farley. Vous voyez ? lança-t-elle à la religieuse. C'est là tout ce qu'a cette pauvre fillette. Un père qui jure. Et une mère qui ne se soucie pas de ses enfants et n'en veut même pas !

— Non, riposta Henry Talcott. C'est pas vrai. Elle ne se soucie plus de moi, voilà. Et ce n'est pas non plus qu'elle ne veuille pas ses enfants. Elle sait seulement à quel point, moi, je les veux. »

16

GLADYS ATTENDAIT DANS LA VOITURE qu'elle avait empruntée au Dr Creel pour conduire Henry dans le Massachusetts. En pleine nuit, le vieux médecin avait été appelé au chevet de Jesse-boy. La femme d'Otis lui avait expliqué qu'il était tellement excité par l'arrivée de Margaret qu'il avait eu une crise d'asthme et n'arrivait plus à respirer. Gladys en informa Henry, qu'elle emmena ensuite auprès d'Otis. Henry exigea de savoir où étaient allés les Farley. Otis ne le savait pas au juste, sauf que c'était un orphelinat. Et que la mère de Margaret consentait à son adoption. Henry se retrouva ensuite sur le perron enneigé de Lena, en train de cogner à sa porte. Il faisait encore nuit et, malgré la peur que lui inspirait Henry, Lena redoutait encore plus de se retrouver avec les gosses de sa sœur sur les bras. Elle resta donc bouche cousue. De là, Gladys emmena Henry à Collerton. Il se présenta à la pension, la seule adresse dont il disposait. Encore plus ravie que la fois précédente, la propriétaire jubilait en orientant le père des enfants vers le cottage bleu pâle de Kressey Court.

Gladys les ramena tous dans le Vermont. Margaret dormait à l'avant, dans les bras de son père. Thomas avait toute la banquette arrière pour lui et était couvert d'un plaid noir à carreaux Pendleton appartenant au médecin. « Ça va, là-derrière ? » demandait Gladys de temps à autre de sa voix rauque, comme si tout était fini, comme si, désormais, la seule chose dérangeante était le vent froid qui soufflait contre les vitres givrées. Ne savait-elle donc pas à quel point il se sentait seul, là-derrière ? S'il était à présent en sécurité, il n'en restait pas moins seul. C'était peut-être le prix qu'un petit garçon devait payer quand il grandissait avant d'y être prêt. Avant de le vouloir.

Des années plus tard, en observant ses enfants, puis ses petits-enfants, il se rendrait compte que ça n'arrivait pas seulement à lui, mais à tout le monde. C'était ça, grandir. Voilà l'impression que ça faisait. On se sentait seul. Et fort. Même si on ne le voulait pas, même si on ne pensait pas en être encore capable. Tout d'un coup, ça vous tombait dessus. Margaret décrirait elle aussi ce phénomène un jour, à l'occasion du soixante-dixième anniversaire de Thomas, en levant sa coupe de champagne : « À mon merveilleux frère ! Il s'est toujours bien occupé de sa petite sœur. Alors que, mon Dieu ! j'étais une affreuse gamine égoïste. Pourtant, à un moment donné, il a bien fallu que je devienne forte moi aussi. Comme toi, Thomas. Mais c'était facile, parce que tu m'avais montré la voie. »

Combien sommes-nous aujourd'hui ? Trop nombreux pour faire le compte, me semble-t-il parfois. Gladys et papa ne se sont jamais mariés dans les règles. Je l'ai découvert alors que je demandais un extrait d'acte de mariage à la mairie. On m'a informé que cet acte n'existait pas.

Nous avons commencé notre vie commune en occupant trois chambres situées à l'étage, chez le Dr Creel.

Trop âgé pour monter les escaliers tous les soirs, le médecin couchait dans le petit salon jouxtant son cabinet. Gladys lui tenait lieu d'assistante et de secrétaire, même si elle ne s'attardait pas trop sur la comptabilité. Le Dr Creel s'en plaignait. C'est parce qu'elle est inexistante, ripostait-elle du tac au tac. Du fait que la plupart de ses patients n'avaient pas les moyens de le régler, il augmentait la note des rares personnes jouissant d'une certaine aisance. Bien entendu, les riches n'appréciaient pas ce système. Souvent, le médecin vieillissant s'endormait au chevet d'un malade, aux premières lueurs de l'aube. De sorte que, lorsqu'un jeune praticien s'installa en ville dans un cabinet luxueux, nombreux furent ceux qui lui apportèrent leur clientèle.

Gladys et mon père eurent deux garçons à deux ans d'intervalle, Honus et Henry junior. Gladys avait donné au premier le nom de son père. C'est à cette occasion que j'ai su que le père Bibeau avait un prénom. Il mourut un an après notre retour, dans son sommeil, et fit la seule bonne action de sa vie : il laissa à Gladys sa maison et le terrain sur lequel elle était bâtie. Nous allâmes donc nous y installer et, même lorsque la situation devint difficile (et elle le resta assez longtemps), mon père refusa de contracter un emprunt envers quiconque, et ce jusqu'à la fin de ses jours. Si nous n'avions pas d'argent, nous nous en passions. Et s'il nous fallait vraiment quelque chose, nous économisions d'abord avant de l'acheter.

Les gens ne se doutaient pas que Honus et Henry junior étaient des enfants illégitimes parce que, au moment de l'accouchement, le Dr Creel avait coché la case « mariés ». Il ne se souciait pas de ce détail. (Ou peut-être l'ignorait-il. Personne n'était au courant.) Mon père et ma mère ne divorcèrent jamais. C'était curieux, d'une certaine façon, et pourtant, de quoi auraient-ils donc divorcé ? Je suppose que, dans l'esprit de mon père, tout s'était terminé le jour où ma mère était partie ; mais, de la même manière qu'il n'avait pas pu nous le dire ni nous l'expliquer avant cette matinée neigeuse dans le bureau de l'orphelinat, peut-être ne pouvait-il pas se résoudre à officialiser un état de fait qu'il n'avait jamais désiré. Non, il ne l'avait jamais désiré, à mon avis. Pas un seul jour de sa vie. Parfois, surtout à partir du moment où Margaret devint une jeune femme, je voyais, à l'expression de mon père, à quel point il l'aimait. Elle était devenue le portrait saisissant de sa mère.

Tant de beauté. Dans le cas de ma mère, était-ce une malédiction ? Un gâchis ? Je le crois, pourtant je ne puis en être sûr dans la mesure où je ne l'ai jamais revue. Je n'ai d'ailleurs pas voulu la revoir. Je sais seulement ce que Margaret m'a raconté.

Un jour, Margaret, alors jeune mariée, s'est arrêtée à Collerton avec son époux en revenant de Boston, où ils avaient passé leur voyage de noces. Elle a expliqué à ma mère qu'elle s'y était décidée sous le coup d'une soudaine inspiration, bien que, connaissant ma sœur, j'en doute. Elle a téléphoné au préalable d'une cabine située à proximité du cottage. (Lena lui avait sans doute donné le numéro. Lena allait harceler ma sœur pendant des années, en lui demandant de la conduire ici ou là, de lui donner de l'argent, de lui accorder son attention, et sa nièce réagirait toujours avec gentillesse.) Margaret m'a décrit le silence qui s'est installé au bout du fil quand elle s'est annoncée. Un silence qui, lorsqu'elle fermait les yeux, lui donnait l'impression d'être retournée des années en arrière. Sous la tente. Toute seule. Couverte de piqûres de guêpe.

Margaret. Sa mère a répété ce nom, comme si elle essayait de la resituer dans le contexte ténébreux de celle qu'elle avait été. Margaret Talcott. Ta fille, obligea-t-elle ma sœur à préciser. En apprenant cette histoire, je l'ai détestée pour la première fois de ma vie. À cause de cette cruauté injustifiable. Parce que cette Margaret n'était pas seulement sa fille, son enfant perdue, qu'il lui avait fallu oublier, mais aussi ma chère petite sœur. Cette Margaret m'appartiendrait toujours plus qu'à elle. Après s'être bien vite ressaisie, Irene a invité les nouveaux mariés à passer la voir le lendemain. À dix heures et demie, ce serait parfait. Margaret lui a expliqué qu'ils étaient sur le chemin du retour et pouvaient venir tout de suite ou pas du tout. Brad devait regagner sa base militaire le lendemain matin.

« Dans ce cas, il va bien falloir que ce soit maintenant », a-t-elle alors répondu en tâchant d'être aimable, même si elle ne débordait pas d'enthousiasme.

Le cottage n'avait pas changé. Sauf que, vu à travers le regard adulte de Margaret, il paraissait plus petit, voire minuscule. On aurait dit une maison de poupée bien rangée, la seule note discordante étant un bouquet de roses jaunes fanées. Des pétales bruns jonchaient la table. Une tige était dénudée, et l'eau saumâtre, trouble. Irene a servi un brandy à Brad, s'est déclarée ravie que sa fille ait épousé un soldat et a ajouté que le père avait lui aussi été dans l'armée. Margaret ne savait pas au juste à qui elle pensait, à Henry ou au grand-père Jalley. Le brandy et le charme de ma mère ont encouragé un Brad timide à se montrer plus volubile qu'il ne l'avait été jusque-là en présence de Margaret. Quand ma mère est allée chercher encore un peu de thé glacé dans la cuisine pour Margaret et elle-même, ma sœur a lu la carte glissée dans les roses flétries.

« Je pense à toi », voilà ce qui était écrit. La fin de la visite s'est révélée agréable, quoique embarrassée, à cause de tout ce qui était resté inexprimé, de toutes les questions que ma mère n'avait pas posées, des noms qu'elle n'avait pas mentionnés. « Et le mien ? » ai-je demandé. Margaret a hésité, puis comme toujours elle a répondu avec franchise : « Non, mais elle l'a prononcé quand j'ai évoqué certaines personnes. Elle a pris de leurs nouvelles et...

— Tu n'as donc pas parlé de moi ? » Je sentais l'ancien ressentiment revenir, le mur froid et dur s'élever.

« Bien sûr que si. Mais elle s'est contentée d'écouter.

— Elle n'a pas posé une seule question à mon sujet ?

— C'est une femme très malheureuse, Tom. Je m'en suis aperçue. Elle travaille dans un grand magasin, s'habille avec élégance, a de beaux meubles, seulement elle est toute seule et regrette ce qu'elle a fait. Ce à quoi elle a renoncé.

— Elle te l'a dit ?

— Non, mais je m'en suis rendu compte. Je l'ai lu dans ses yeux. Brad partage mon avis. Il lui trouve des yeux d'une tristesse infinie.

— Ouais, sans doute parce que tu es restée plus de cinq minutes.

— Non, Tom, je t'assure ! Si tu l'avais vue, tu comprendrais ce que je veux dire.

— Ça ne risque pas d'arriver ! » Je me suis mis à rire, mais Margaret a poursuivi son récit. Elle était tout à fait certaine que ma mère était seule dans la vie. Quand elle lui a demandé (seule Margaret pouvait oser une telle question) comment allait M. Dexter, ma mère a répondu qu'il était mort quelques années plus tôt. Dans un accident de voiture. Nous nous rappelions tous les deux cette nuit de tempête où il avait cogné à la porte du cottage.

« À mon avis, ça doit être papa qui a envoyé les roses. Et elle n'a pas pu se résoudre à les jeter.

— Papa serait bien le dernier à faire une chose pareille, ai-je affirmé. D'ailleurs, il ne saurait probablement pas s'y prendre pour envoyer des fleurs. » Le pauvre homme savait à peine téléphoner dans un autre État. Mais Margaret ne voulait pas en démordre. Pour elle, la présence de ces fleurs mortes dans ce petit cottage par ailleurs parfait était étrange. On avait presque l'impression que notre mère ne pouvait ni en profiter ni s'en débarrasser.

« Je suis persuadée que c'est lui. J'ai d'ailleurs toujours soupçonné qu'il l'aimait encore.

— C'est ridicule ! Il aime Gladys ! me suis-je écrié, surpris de me sentir aussi furieux.

— Je sais. Pourtant parfois, quand papa me regarde, je sais à quoi il pense. Il pense à maman. »

Oui. Lequel d'entre nous pourrait ne pas penser à elle ? Comment peut-on oublier sa mère ? Même si vous vous efforcez consciemment d'y parvenir, il restera toujours cette nostalgie, ce besoin quasi instinctif. Il est inscrit dans la moelle, dans le sang, dans les gènes. Qu'elle ait pu abandonner puis trahir ses enfants paraît donc sidérant.

Alors, non, je ne l'ai jamais revue. À la naissance de chacun de mes deux enfants, la colère et la frustration sont revenues m'habiter, parce qu'elle les avait privés de leur grand-mère, même s'ils adoraient Gladys et s'amusaient sûrement davantage avec elle dans la mesure où elle faisait de la randonnée, du camping, des parties de pêche avec eux, ce dont ma mère n'aurait jamais été capable.

Des années plus tard, à la mort de notre mère, ma sœur m'a supplié de l'accompagner à l'enterrement. Les enfants de Margaret avaient refusé d'assister à la cérémonie funèbre d'une femme qui avait abandonné leur mère. Il n'y avait pas de veillée, seulement une messe dans une immense église de pierre presque vide. Nous avons porté le cercueil de l'autel au portail. Nous l'avions décidé en nous rendant en voiture à Collerton. Ironie de l'histoire ou non, nous étions prêts, comme jadis, à prendre le peu que nous pouvions d'elle, de son corps si ce n'était de son âme. Quelques femmes ratatinées qui avaient travaillé avec ma mère dans le grand magasin étaient assises au deuxième rang. Surprises, elles se sont penchées en avant, chuchotant sans doute que nous étions un vague neveu, une vague nièce flairant un héritage alors qu'ils n'avaient jamais pris la peine de rendre visite à leur pauvre tante quand elle était en vie. Un vieil homme soigné, nerveux, s'était placé tout au fond. Après l'office, il s'est empressé de partir avant que nous portions le cercueil dans la nef. S'agissait-il d'un autre soupirant marié ? Je me suis demandé s'il y en avait eu beaucoup après M. Dexter, tous aussi fervents, tous s'esquivant aussi furtivement. Ma mère devait être une compagne stupéfiante – pour ces hommes qui ne pouvaient s'attarder ni donner grand-chose.

Quand nous nous sommes ensuite rendus au cottage pour trier ses maigres possessions, un autre vase de roses jaunes était posé sur la table de la cuisine.

« Je pense à toi. » Margaret a lu tout haut la carte. « Donc, ça ne pouvait pas être papa. » Henry Talcott était mort dix ans plus tôt. « Je me demande quand ces fleurs sont arrivées. Tiens ! Regarde ! » Elle a ramassé l'enveloppe. « La date est indiquée. Il y a cinq jours. Le 21 août. C'est la date de ton anniversaire ! Oh ! Tom ! s'est-elle écriée en m'enlaçant. Mon pauvre Tommy ! C'est toi qui les as envoyées. Et les autres aussi. C'était toi, hein ? Le jour de ton anniversaire, tu… tu voulais lui rappeler que tu pensais à elle. »

Margaret s'est accordé une bonne crise de larmes. Je ne l'en ai pas empêchée. Mais, pour dire la vérité toute crue, une fois par an, j'avais trouvé – égoïstement – le moyen d'obliger ma mère à se souvenir de mon existence, à penser à moi et même, peut-être, à se dire que je lui manquais autant qu'elle m'a toujours manqué.

Quoique très âgé aujourd'hui, il y a encore des moments où je ressens au fond de mon cœur ce vide qui étreignait le gamin de douze ans. Une partie de moi restera toujours cet enfant méfiant, seul, apeuré, et parfois furieux pour une raison que je suis incapable d'expliquer. Il y a bien longtemps que j'ai renoncé à juger ma mère. Je ne saurai jamais quels besoins impérieux l'ont éloignée de nous. Peut-être est-ce de l'aveuglement de ma part, mais j'ai toujours voulu croire que sa décision avait été difficile à prendre. Je ne peux que la plaindre d'avoir laissé derrière elle tant d'amour et de vie. Des enfants, des petits-enfants qu'elle n'a jamais connus et, à présent, des arrière-petits-enfants.

Une seule fois, Margaret a réussi à amener mon père à parler d'elle. D'après ce qu'elle m'a raconté, le soleil se couchait et, assis sur la véranda du père Bibeau, ils observaient les traînées de couleurs pâlissantes derrière les arbres. Mon père aimait bien regarder les nouvelles maisons construites de l'autre côté de la route, sur les terres de Farley. M. Farley était mort quelques années plus tôt. Il ramenait un veau égaré dans les bois quand il s'était effondré, foudroyé par une attaque, non loin de l'ancien site de notre tente. Un ou deux ans plus tard, Mme Farley et Jesse-boy étaient allés s'installer dans l'Arizona où, à en croire les lettres qu'il ne cessait d'envoyer à Margaret et qui demeuraient sans réponse, il était devenu un aquarelliste de quelque renom dans la région.

Dès que l'entrepreneur avait quitté les lieux, mon père allait parler avec les charpentiers du chantier. Un jour de chaleur, il leur apporta des bouteilles glacées de limonade maison, du jambon en salade, un bocal de pickles, le tout confectionné par Gladys. Celle-ci avait l'impression d'être revenue au temps passé, quand il adorait s'asseoir pour bavarder à la fin d'une longue journée de travail. Il avait toujours préférer s'entretenir avec des hommes, selon elle. Avec les femmes, il se figeait. Margaret exceptée, ajoutait-elle. Mon père avait alors un cancer, mais seuls Gladys et lui le savaient. Le médecin lui avait donné six mois. Il vécut encore un an et put assister au mariage de Henry junior avec une des filles Tillotson. Ce fut un grand mariage à l'église, et la sœur aînée joua de l'orgue.

Ce jour-là, sur la véranda, Margaret ignorait qu'il était mourant, même s'il lui avait paru vieux, fragile et plus fatigué qu'elle ne l'avait jamais vu. Dans la tiédeur du soir et la chaleur de leur proximité, elle lui dit tout ce que je ne lui avais jamais dit, à savoir qu'il était un homme merveilleux et avait été un père merveilleux. Elle lui dit à quel point il avait dû être dur de travailler nuit et jour en essayant de garder ses enfants. Et en tâchant de ne pas perdre la raison, ajouta-t-elle. « Peu d'hommes auraient fait ce que tu as fait, papa », lui affirma-t-elle avant de lui prendre la main. Il ne répondit pas à la pression qu'elle exerça, mais ne retira pas sa main non plus, et ils restèrent ainsi un moment dans le crépuscule paisible. Mon père tremblait. Finalement, un affreux sanglot lui remonta de la poitrine.

« C'est terrible de laisser tomber ses enfants. De les lâcher. Voilà surtout ce qui m'a toujours fait mal. De ne pas pouvoir la garder auprès de vous. Je n'ai pas su la retenir.

— Elle ne voulait pas rester. Ce n'était pas ta faute. Ni celle de Tom ni la mienne.

— Je l'ai suppliée de revenir. Je veux que tu le saches. Je lui ai dit que je laisserais tomber le dépeçage. Que je trouverais un boulot en ville, n'importe quoi, ce qu'elle voudrait. Si elle préférait une grande ville comme Collerton, bon, ça m'allait aussi, je viendrais m'y installer avec elle. Le jour même. Dans une semaine, ce qu'elle voudrait. Je lui ai promis que je ne laisserais plus jamais une chose aussi terrible que la mort de Jamie lui arriver, plus jamais. Et tout ce qu'elle m'a répondu, c'est : “Je ne peux pas. Je ne peux vraiment pas”, en frissonnant, comme si cette pensée la rendait malade. Comme si moi, je la rendais malade. Même Gladys a essayé. Elle est venue avec moi ce matin-là. Ta mère était là, tremblante, les yeux baissés sur ses mains, pendant tout le temps où Gladys lui a expliqué à quel point je l'aimais. Plus que toutes les femmes que j'avais connues. Et par là, elle voulait parler d'elle-même, bien sûr. À l'époque, j'étais tellement effondré que je ne me suis pas soucié de ses sentiments. Des sentiments de Gladys. J'espère seulement qu'elle le sait. J'ai essayé de me rattraper. Elle a été une très bonne épouse.

— Et une bonne mère », dit Margaret.

Une mère merveilleuse.

Remerciements

Ma gratitude va à Kathryn Court, mon éditrice, et à Jean V. Naggar, mon agent littéraire, pour leur vision pénétrante et pour la gentillesse qu'ils m'ont témoignée au fil de toutes ces années.

L'envers du rêve américain

(Pocket n° 13091)

Après avoir purgé une peine de vingt-cinq ans de prison pour meurtre, Gordon Loomis rentre chez lui. Son ancien quartier est devenu le repaire des laissés-pour-compte. Incapable de s'adapter, étouffé par la prévenance de son entourage, Gordon n'aspire qu'à rester seul. Malheureusement, la vie lui démontrera que le monde extérieur est à peine moins redoutable que la prison…

Il y a toujours un Pocket à découvrir

Impression réalisée sur Presse Offset par

CPI
Brodard & Taupin

46412 – La Flèche (Sarthe), le 02-04-2008
Dépôt légal : avril 2008

POCKET – 12, avenue d'Italie - 75627 Paris cedex 13

Imprimé en France